인생이 바뀌는
행복한 책 쓰기

인생이 바뀌는
행복한 책 쓰기

초판 1쇄 발행 2022년 9월 1일

지 은 이	양병무
발 행 인	권선복
편 집	오동희
전 자 책	서보미
발 행 처	도서출판 행복에너지
출판등록	제315-2011-000035호
주 소	(157-010) 서울특별시 강서구 화곡로 232
전 화	0505-613-6133
팩 스	0303-0799-1560
홈페이지	www.happybook.or.kr
이 메 일	ksbdata@daum.net

값 20,000원
ISBN 979-11-92486-17-8(13800)

도서출판 행복에너지는 독자 여러분의 아이디어와 원고 투고를 기다립니다. 책으로 만들기를 원하는 콘텐츠가 있으신 분은 이메일이나 홈페이지를 통해 간단한 기획서와 기획의도, 연락처 등을 보내주십시오. 행복에너지의 문은 언제나 활짝 열려 있습니다.

인생이 바뀌는
행복한 책 쓰기

양병무 지음

쓰다 보면 행복해지는 글쓰기와 책 쓰기

"글을 써 보세요."

"책을 한번 내 보세요."

내가 사람들을 만나면 권유하는 말이다.

"글 쓰는 능력이 부러워요."

많은 사람들이 나에게 하는 말이다. 지금까지 나는 38권의 책을 썼다. 그중 26권이 전공 서적이고 12권이 일반인을 위한 책이다. 몇 권은 베스트셀러가 되기도 했다. 전공 서적은 연구원이나 학교에서 일하는 사람이라면 당연히 내야 하는 까닭에 특별한 일은 아니다. 아마 사람들은 내가 전문 작가도 아니고 현직에서 일하면서 일반인을 위한 책을 내서 화제가 되었다는 데 관심을 두는 것 같다.

나는 CEO나 전문가들을 만날 때면 글쓰기와 책 쓰기를 진지하게 권유한다. 또, 대학생이든 직장인이든 만나는 사람마다 '저자의 꿈'을 가지라고 말한다. 덕분에 '책 쓰기 전도사'라는 별명도 얻었다.

"어려서부터 글을 잘 쓰셨지요?"

이 또한 많이 받는 질문이다. 내가 원래 글쓰기에 소질이 있었던 건 아니다. 전공이 경제학이고 전공공부만 하다 보니 정식으로 글쓰기를 배울 일이 없었다. 그저 글 쓰는 사람들을 부러워하기만 했다. 그러다 20여 년 전 직장에서 글을 쓰지 않으면 안 되는 상황이 생겼고, 그때부터 신문 칼럼을 모방하면서 글쓰기를 익혔다.

신문에서 칼럼 하나를 골라 매일 두 번씩 분석하면서 6개월 정도 읽었다. 그랬더니 글쓰기에 어느 정도 자신감이 생겼다. 그 후 나는 일반인을 위한 첫 책 『명예퇴직 뛰어넘기』를 펴낼 수 있었다. 이를 계기로 글로써 대중과 소통하는 기쁨을 느꼈다. 첫 책을 내느라 힘이 들었으나 두 번째 책부터는 쉬워졌다.

"누구나 글을 쓰고 책을 낼 수 있다. 다만 방법을 모를 뿐이다."

이 말이 글쓰기와 책 쓰기에 관한 나의 지론이 되었다. 내 이야기를 듣고 실제로 많은 사람들이 책을 냈다.

16년 전 인간개발연구원 원장 시절에 글쓰기와 책 쓰기의 꿈을 체계적으로 실현하기 위해 인간개발연구원 소모임 활동의 하나로

'CEO 에세이클럽'을 만들었다. 30여 명의 CEO와 전문가들이 한 달에 한 번 만나서 강사를 초빙하여 강의를 듣고, 각자가 써 온 글을 서로 평가하면서 글쓰기와 책 쓰기를 위한 순수한 모임으로 성장했다. 이 모임은 현재 '책과글쓰기대학'으로 명칭을 바꾸어 많은 회원이 참여하여 왕성하게 활동하고 있다. 나는 이 모임에서 학장을 맡아 글쓰기와 책 쓰기를 열심히 권장하고 있다. 책을 낸 회원들도 점점 늘어나고 있다.

그동안 많은 CEO와 전문가들에게 글을 쓰고 책을 내라고 권유하고 강의도 했다. 그러다 보니 그런 내용을 모아서 책으로 내 달라고 요청하는 사람들이 많아졌다. 나 역시 만나는 사람마다 같은 내용을 반복하는 부담을 덜기 위해 책을 내기로 결심했다. 특히 다음과 같은 분들을 염두에 두고 책을 썼다.

첫째, 글재주가 없어서 글을 쓰지 못한다고 생각하는 사람들이다.

글쓰기는 누구나 할 수 있다. 다만 방법을 찾지 못했을 뿐이다. 현재 글을 잘 쓰지 못하더라도 상관없다. 글을 쓰고 싶은 욕구가 있는 사람이라면 누구나 그 길을 찾을 수 있다.

둘째, CEO들을 위해서다.

지식사회에서 소통은 중요한 능력이다. 소통을 말로 하는 데는 한계가 있지만 글로 하면 시간과 공간을 초월하여 대화를 나눌 수 있다. '소통경영'을 위해 글쓰기와 책 쓰기가 경영에 얼마나 효율적인 도구인지 알려주고 싶다.

셋째, 전문가들을 위해서다.

전문가들은 한 분야에서 10년 이상 경험을 쌓은 사람들이다. 자신의 전문분야에서 세상을 향하여 전달하고 싶은 이야기가 있을 것이다. 이런 문제의식을 글로 쓰면 칼럼이 되고 그것을 50개 이상 모으면 책이 된다. 세상에 하고 싶은 이야기가 없더라도, 전문가들은 자신의 분야에서 일반인과 소통할 수 있도록 적어도 한 권의 책을 내겠다는 목표를 가질 필요가 있다.

넷째, 자서전을 쓰고 싶은 사람들이다.

성공한 사람들은 그들이 지나온 길에서 얻은 지혜와 업적, 그리고 아쉬움을 정리하는 차원에서 책을 내고 싶어 한다. 또, 평범한 삶을 살았을지라도 자신의 삶을 정리하는 의미에서 자서전을 써보고 싶은 사람들이 의외로 많다. 기록하지 않으면 기억되지 않는다. 기억은 짧고 기록은 길기 때문이다.

이 책은 1부 행복한 글쓰기와 2부 행복한 책 쓰기로 구성되어 있다. 글쓰기가 되어야 책 쓰기가 쉬워지며, 책 쓰기를 해야 글쓰기에 자신감이 생긴다. 그래서 책 쓰기는 글쓰기의 백미라고 할 수 있다. 글쓰기와 책 쓰기에 관심이 있지만 스스로 안 된다고 생각하는 CEO와 전문가들 그리고 일반인들에게 자신감을 심어주는 것이 이 책의 목표다.

물론 나는 전문 작가가 아니기에 이론적인 면에서는 이런 책을 쓰기에 부족한 점이 많다고 생각한다. 하지만 그간의 경험을 소개하여 누구든지 글 쓰는 잠재력과 책 쓰는 능력이 있음을 알려주고 싶은 마음이 책을 펴낼 수 있는 용기를 주었다. 나는 연구원, 대학교수, 기업체 CEO 등 다양한 직업을 경험하면서 글쓰기와 책 쓰기의 중요성을 더욱 실감하게 되었다. 20여 년 동안 터득한 경험과 노하우를 통해 글쓰기와 책 쓰기의 작은 비결을 공유하고 싶다.

이번 책은 기존에 발간했던 『일생에 한 권 책을 써라』를 수정하고 보완하여 다시 내게 되었다. 누구나 마음속에 "말하고 싶은 것, 전하고 싶은 것, 남기고 싶은 것"이 있다. 그것을 쓰면 글이 되고 책이 된다. 글쓰기와 책 쓰기는 처음에는 힘이 들지만 쓰다 보면 좋아지고 행복해진다. 그래서 책 제목을 『행복한 책 쓰기』로 정했다.

책을 집필할 수 있도록 격려해 주신 인간개발연구원 두상달 이사장님, 오종남 회장님, 한영섭 원장님, 책과글쓰기대학에서 강의를 해 주신 손광성 교수님, 신광철 작가님, 강돈묵 교수님, 김종회 교수님, 책과글쓰기대학의 김창송 회장님, 박춘봉 회장님, 정문호 회장님, 정지환 회장님, 가재산 회장님과 회원님들, 그리고 책을 만들어 주신 행복에너지 권선복 사장님께 감사를 드린다.

이 책이 글쓰기와 책 쓰기에 관심이 있는 분들에게 조금이나마 도움이 될 수 있다면 그보다 더 큰 기쁨과 영광은 없겠다. 많은 분들이 글쓰기와 책 쓰기를 통해 저자가 되는 기쁨을 맛보고 자아실현의 욕구를 충족시키기 바라는 마음 간절하다.

2022년 6월

혜강惠江 양병무

차례

프롤로그 쓰다 보면 행복해지는 글쓰기와 책 쓰기 ········ 004

1부 **행복한 글쓰기**

1장 왜 글쓰기인가?

01 작가 대중화 시대가 열리다 ···················· 017

02 글쓰기로 세상과 소통하라 ···················· 024

03 글쓰기로 마음을 치유한다 ······················ 030

2장 글쓰기의 기초 다지기

01 글쓰기가 고통스러운 사람들 ···················· 035

02 글쓰기의 두려움에서 어떻게 벗어날까 ········ 042

03 중학교 국어 수준에서 시작하라 ················ 049

04 메모하는 습관을 가져라 ················· 055

05 삶의 모든 순간이 글쓰기 재료다 ················· 060

06 많이 읽고, 많이 쓰고, 많이 생각하라 ················· 064

07 고치고 또 고쳐라 ················· 070

3장 실용적인 글쓰기 연습

01 글쓰기의 좋은 점 10가지 ················· 075

02 글쓰기로 스토리텔링하라 ················· 081

03 글쓰기 천재는 만들어진다 ················· 085

04 신문 칼럼을 활용하라 ················· 089

05 출장 방문기, 여행기를 써라 ················· 097

06 강연을 들으면 요약하라 ················· 103

4장 교양 글쓰기 연습 사례

01 독서 노트를 준비하라 ················· 110

02 문장력을 어떻게 키울 수 있을까 ················· 118

03 시를 인용하라 ················· 123

04 수필의 서정성을 도입하라 ················· 129

05 책 쓰기는 글쓰기의 백미다 ················· 136

글쓰기 후 인생이 어떻게 달라지는가?
'당사자'에서 '관찰자'로 ················· 143

2부

행복한 책 쓰기

1장 왜 책을 쓰는가?

01 누가 책을 쓰는가 ……………………… 153

02 문제의식이 있어야 한다 ……………… 159

03 최고의 자기소개서다 ………………… 168

04 사회적 영향력이 크다 ………………… 174

05 전문가의 자격증이다 ………………… 180

06 인생이 바뀐다 ………………………… 186

2장 어떤 책을 쓸 것인가?

01 책의 종류는 무궁무진하다 …………… 193

02 인생의 깨달음 쓰기 …………………… 199

03 일평생의 자서전을 써라 ……………… 205

04 CEO의 경영 자서전 이야기 …………… 215

05 치열한 삶의 현장 체험기 ……………… 225

06 실패한 사례도 책의 소재가 된다 …… 234

07 세상과 소통하는 전문서를 써라 …… 238

08 자기계발과 리더십 사례 ……………… 244

09 고전 읽고 새롭게 해석하라 ………… 251

10 신앙 체험을 기록하라 ………………… 257

3장 책 출간에 도전하라

01 출간 기획서를 만들어라 ················· 264

02 책 제목을 먼저 정하라 ················· 270

03 세부 목차 50개를 작성하라 ················· 275

04 집중하여 구상하라 ················· 279

05 말하듯이 책을 쓸 수 있을까 ················· 284

06 20회 이상 퇴고하라 ················· 288

07 머리말과 맺음말을 어떻게 쓸까 ················· 293

08 저자 소개도 중요하다 ················· 298

09 적합한 출판사를 선정하라 ················· 302

10 출판기념회를 준비하라 ················· 307

에필로그 저자의 기쁨과 '1인 1책 쓰기 운동' ·············· 311

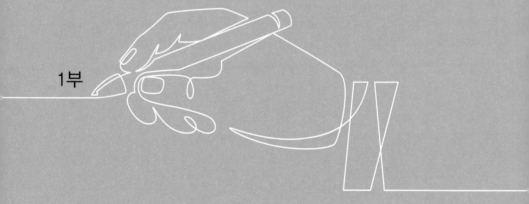

1부

행복한 글쓰기

1장

왜 글쓰기인가?

01
작가 대중화 시대가 열리다

IQ(지능지수), EQ(감성지수)라는 말은 우리의 귀에 익숙해진 지 오래다. 최근에는 글쓰기가 중요해지면서 WQ(글쓰기지수)라는 말도 등장했다. 인터넷의 발달로 글쓰기가 쉬워진 것도 이런 말의 등장에 한몫했다. 과거에는 작가만이 글을 쓸 수 있었고, 보통 사람들은 글을 쓸 기회가 없었다. 글을 쓰더라도 발표할 기회가 주어지지 않았다.

하지만 인터넷의 발달로 블로그, 트위터, 페이스북, 인스타그램 등 SNSSocial Networking Service 사용이 일상화됨에 따라 작가의 대중화 시대가 열리고 있다.

예를 들어 블로그의 등장은 비전문 작가의 등용문이 되었다. 주부들이 아이를 키우다 보면 쉽고 빨리, 그러면서도 영양가 있는 밥상 차리기를 고민해야 할 때가 많다. 그 고민을 사람들과 공유하고 싶어서 블로그를 시작했다가 작가가 된 사람도 있다. 요리 과정을 일일이

카메라로 찍어 올리고 상세한 설명을 덧붙이다 보니 어느덧 방문객이 늘어났고, 어느 날 출판사로부터 책을 내자는 제의를 받고, 결국에는 요리책을 발간하여 작가가 된 것이다.

어떤 사람은 스스로 신혼집 꾸미기에 도전하면서 비싼 가구와 소품 없이도 멋진 인테리어를 할 수 있는 노하우를 터득하여, 이를 네티즌들과 공유하고 자신의 노하우를 알려 일약 스타가 되기도 했다.

그 밖에도 선물 포장법과 인상적인 여행지 소개 등 다양한 분야에서 인기 블로거들이 등장하고 있다. '파워 블로거'로 불리는 이들은 사람들에게 많은 영향력을 행사하고 있다. 또한, SNS의 발달은 1인 미디어 시대를 열었다. 현장성과 소통 능력을 갖추고 기존 언론의 틈새를 공략하게 된 것이다.

1인 미디어 작가 이슬아 씨는 이름 없는 매체에 글과 만화를 기고하며 생계를 겨우 이어온 무명의 작가였다. 이 작가는 언론 매체로부터 청탁을 받아야만 글을 쓸 수 있었다. 그녀는 생각을 바꾸어 어느 날부터 아무도 청탁하지 않은 연재를 기획했다. '일간 이슬아' 1인 언론사를 만든 것이다. 하루에 한 편씩 자신이 쓴 글을 메일로 독자에게 직접 전송하는 연재 프로젝트였다. 그녀는 SNS에 모집 포스트를 올려서 자신의 글을 읽어줄 구독자를 찾았다.

"당신의 메일로 매일 글을 보내 드립니다. 월화수목금 연재! 매월 20편의 수필! 날마다 뭐라도 써서 보낸다! 한 달 구독료 1만 원, 짧지도 길지도 않은 수필을 한 편당 500원에 만나보실 수 있는 절호의

찬스!"

불특정 다수에게 매일 글을 보내는 프로젝트에 누가 반응할까 궁금했는데 놀랍게도 사람들이 뜨거운 반응을 보였다. 얼굴을 모르는 많은 사람들이 선불로 구독료를 내고 글을 기다리기 시작했다. 반년간 연재를 지속한 뒤 그 글들을 모은 『일간 이슬아 수필집』을 출판했다. 2018년부터 시작한 셀프 연재는 지금도 계속 진행 중이다. "처음에는 한 달만 해도 성공이라고 생각했어요. 놀라운 반응을 보이면서 3년이 지난 지금도 계속하고 있습니다. 중간 유통망을 생략하고 SNS를 통한 과감한 시도가 독자들에게 신선하게 보여 호응해 주시는 것 같습니다."

이 작가의 말이다. 그녀는 책을 낸 후 점점 화제가 되면서 입소문을 타고 이름이 나기 시작하자 계속해서 서평 『너는 다시 태어나려고 기다리고 있어』, 인터뷰집 『깨끗한 존경』, 아이들 글방 이야기를 모은 『부지런한 사랑』을 발간하여 지명도를 높였다. 1인 미디어 '일간 이슬아'가 가져온 놀라운 결과다.

나 같은 사람도 글을 써서 작가가 되고 책을 냈어요

이승도 대표는 대기업에서 퇴직한 후 3년 동안 세계 여행을 다녔다. 세계 곳곳을 다니며 보고 느낀 점이 많았다. 그는 '책과글쓰기대학'

가재산 회장을 만나서 여행담을 신나게 들려주었다. 열심히 듣고 있던 가재산 회장이 엉뚱한 제안을 했다.

"지금까지 여행한 경험을 가지고 글로 써서 책을 내보세요."

"저는 글을 한 번도 써보지 않았어요. 말재주도 없고, 글재주도 없는데 어떻게 책을 써요. 말도 안 돼요."

"지금 한 이야기들을 적어보세요. 이런 내용을 여러 개 모으면 책이 되죠. 일단 결심하고 글쓰기를 시작해 보세요. 반드시 책을 써서 작가가 될 겁니다."

이 대표는 책을 써보라는 뜻밖의 권유를 받고 고민이 되었다. 며칠 동안 많은 생각이 스쳐 지나갔다. 직장 생활 하면서 느꼈던 점, 아쉬웠던 일들이 주마등처럼 떠올랐다. 여행지에서 인상 깊었던 순간들, 사람들에게 전해 주고 싶은 사연들이 실타래처럼 풀려나왔다. 그 생각들을 쓰기 시작했다. 신기하게도 자신이 경험하고 느낀 내용이라 그런지 글이 써지는 게 아닌가. 처음에는 속도가 느렸는데 가속도가 붙으니까 빨라졌다.

이렇게 해서 『이승도의 좌충우돌 여행기』가 책으로 나왔다. 기적이 일어났다. 첫 책이 나오고 나서 얼마 있다가 『캠핑카, 전국이 나의 별장』이란 두 번째 책도 냈다. 그는 요즘 만나는 사람들에게 글쓰기와 책 쓰기를 열심히 전파하는 전도사가 되었다.

"나 같은 사람도 글을 써서 작가가 되고 책을 냈어요. 직장 생활할 때 영업만 담당하던 사람이었는데 꿈도 꾸지 못했던 작가가 되었어요. 글쓰기를 시작해 보세요."

그의 권유를 받고 주위에서 여러 사람이 글을 쓰기 시작했다. 이승도 대표는 작가 대중화 시대의 좋은 모델이라고 할 수 있다.

글쓰기는 리더의 중요한 덕목

미국의 명문 대학에서는 글쓰기가 필수과정이다. MIT는 1960년대부터 글쓰기 교육을 선도해 왔다. 우리나라에서도 2003년에 서울대에서 글쓰기 과정이 도입되었다. 이후 고려대, 연세대, 이화여대, 숙명여대 등에서도 필수 과목이 되었다. 지방자치단체나 도서관에서도 문예 창작, 성인 글쓰기, 독서지도자 과정 등을 개설하여 글쓰기의 동기부여에 힘쓰고 있다.

최근에는 자서전 쓰기 강좌가 인기를 끌고 있다. 『내 자서전 쓰기 실전 BOOK』의 저자인 민경호 씨는 다음과 같이 말한다.

"과거에는 유명인사만 자서전을 쓰는 것으로 생각했으나 지금은 누구나 자서전을 쓰고 싶어 하고 그것이 가능한 시대가 되었다."

자서전의 보편화는 작가의 대중화 시대를 말해주는 증거가 아닐 수 없다.

정희모·이재성 교수가 쓴 『글쓰기의 전략』은 글쓰기에 대한 이론과 실제 사례가 잘 설명되어 있다. 저자 중 한 명인 정희모 교수는 글쓰기 교육 시스템을 알아보기 위해 미국 MIT를 방문한 경험을 책에서 소개했다. MIT에서 글쓰기 프로그램을 책임지고 있는 한 교수는, 미국 대학들에서 "글쓰기 교육을 많이 시키는 것에 대해 어떻게 생각하느냐?"는 질문에 "MIT 학생들은 대부분 리더로 성장할 학생들이다. 리더가 하는 일 가운데 가장 중요한 것이 글을 쓰는 것 아니냐"고 반문했다고 한다. 정희모 교수는 대학이나 기업에서 글쓰기 능력을 강조하는 이유를 이렇게 설명한다.

"나는 그것이 글쓰기가 지닌 뛰어난 사고 형성 기능과 관련이 있다고 믿고 있다. 글쓰기는 단순히 생각이나 지식을 전달하기 위한 것이 아니다. 오히려 글쓰기는 생각을 만들어내고 지식을 구성하는 데 중요한 역할을 담당한다. 그래서 노벨의학상을 받은 피터 도허티 교수나 MIT의 바버라 골드프타스 교수도 글을 잘 쓰는 사람이 사고가 명확하여 연구 성과가 뛰어나다고 단언하고 있다.

글은 엉켜진 생각을 명료하게 정리해 주는 신비한 마력이 있다. 또, 이 생각을 저 생각으로 옮기는 능청스러운 힘을 가지고 있다. 우리는 글을 쓰면서 생각을 정리하고, 글을 쓰면서 새로운 생각을 만든다. 글쓰기가 논리적 사고, 창조적 사고를 키운다는 말은 그래서 가능하다."

직장에서도 글쓰기의 중요성은 점점 높아지고 있다. 직위가 올라갈수록 글쓰기의 비중은 더욱 커진다. 중간관리자는 업무시간의 40%, 매니저는 50%가 글쓰기와 관련이 있다고 한다. 글 쓰는 CEO가 늘어나는 것도 같은 맥락에서 이해할 수 있다. 글쓰기는 리더의 가장 중요한 업무 중 하나다. 생각을 정리해 주고 논리적, 창의적 사고를 키워주며 소통의 도구가 되기 때문이다. 이제부터 글쓰기가 주는 고통과 기쁨과 효과를 다양한 사례와 함께 하나씩 음미해 보자.

02
글쓰기로 세상과 소통하라

'통즉불통通則不痛 불통즉통不通則痛.'

『동의보감』에 나오는 말이다. 몸에 기운이 통하면 고통이 없지만 통하지 않으면 고통이 생긴다는 뜻이다. 우리의 몸은 기가 통하지 않으면 병이 찾아온다. 화와 분노가 쌓이면 병이 들 수밖에 없다. 현대인의 질병의 70%가 마음에서 온다고 하지 않는가. 마음이 막히면 병이 된다.

지식사회에서 개성과 창의성이 강조되면서 소통은 중요한 경쟁력의 수단이 되었다. 구성원들이 서로의 생각과 아이디어를 공유할 때 창의력이 발현될 수 있기 때문이다. 수직적인 조직구조에서는 소통이 잘되지 않더라도 크게 문제가 되지 않았다. 하지만 수평적인 조직에서 소통이 안 되면 창의성을 기대할 수 없다.

CEO 중에는 이메일이나 홈페이지를 통해 소통하는 사람들이 늘어나고 있다. 김황식 전 국무총리는 광주에서 법원장 시절 매주 월요일 직원들에게 이메일을 보내 소통한 것으로 유명하다. 법원장의 생각을 글로 담아 올리면 직원들이 그 취지를 이해했다. 임기를 마치고 서울로 올라갔을 때 직원들이 받은 글들을 모아 『지산 통신』이란 이름으로 책을 발간해 화제가 되었다.

한미글로벌 김종훈 회장은 매주 1회 자신의 홈페이지에 CEO 단상을 올려 소통하는 것으로 소문이 나 있다. 김 회장이 2020년 추석을 앞두고 올린 글의 한 대목을 살펴보자.

"우리 민족의 최대 명절인 추석이 며칠 안 남았습니다.

어느 해 어렵지 않은 해가 없었으나 올해는 중국 우한에서 발생한 코로나 폐렴이 전 세계를 강타하여 코로나 팬데믹 현상이 끝을 기약할 수 없는 상태가 지속되어 왔기 때문에 얼마 전까지 앞이 안 보였습니다. 회사의 경영을 책임진 최고경영자로서 저는 무조건 '회사의 생존'에 가장 큰 역점을 두면서 구성원들의 일자리가 사라지지 않도록 경영의 초점을 생존에 두고 노심초사하며 지금까지 왔습니다. 누구도 가보지 않은 길이기에 헤매기도 하고 이 길이 맞는 길인가 하는 의구심을 가지면서 초보운전자가 운전하는 것처럼 조심조심 여기까지 왔습니다.

다행히 간부들과 구성원들이 모두 혼신을 다해 주신 덕에 올해 경영 목표에 근접해서 실적을 내고 있어서 감사한 마음이 가득합니다.

구성원 여러분과 관계자 여러분께 머리 숙여 감사의 말씀을 드립니다. 올해 초 암담했던 상황을 생각하면 해결해야 할 난제들이 도처에 있긴 하지만 지금은 비교적 안정적으로 회사가 운영되고 있습니다."

| SNS를 소통의 수단으로 활용하는 재계 총수들 |

요즈음은 트위터, 페이스북, 인스타그램 등을 활용한 SNS가 소통의 도구로 등장하여 각광받고 있다. 정용진 신세계 부회장은 오너 경영인으로서는 드물게 페이스북과 인스타그램을 통해 직원뿐만 아니라 고객과 소통하는 것으로 유명하다. '용진이형', 'YJ'라는 애칭으로 불리는 정 부회장은 재계의 대표적인 SNS 소통 왕이다.

2019년부터 활동하기 시작한 그의 인스타그램 계정 팔로워가 70만 명이 넘을 정도로 영향력이 크다. 그는 일상 공개와 함께 회사의 홍보, 마케팅까지 적극적으로 활용하면서 계정을 운영하고 있다. 예를 들면 새로운 점포를 개장하거나 신제품을 출시할 때 SNS를 통해 홍보하기도 한다. 그가 온라인상에서 '신세계의 실질적 홍보팀장', '이마트 아저씨'로 불리는 이유다. 또, 신세계그룹 야구팀 SSG 랜더스의 구단 홍보맨을 자청하여 야구단의 팬심 구축에도 큰 도움이 되고 있다고 한다.

대한상공회의소 회장을 지낸 두산인프라코어 박용만 회장 역시 페이스북과 인스타그램을 활용하여 격의 없는 소통을 하는 것으로 잘 알려져 있다. 박 회장은 소통의 수단으로 SNS를 뛰어넘어『그늘까지도 인생이니까』책까지 펴내 화제가 되었다. 이 책은 젊은 시절 저널리스트를 꿈꿨던 박 회장이 기업인으로 성장하기까지의 개인사, 경영 일선에서 흘린 땀과 눈물, 그가 지켜온 가치와 꿈꿔온 미래에 대한 생각들을 진솔하게 기록하고 있다. 책을 쓰게 된 계기는 코로나 때문에 약속이 줄줄이 취소되어 시간이 남았던 탓이다. 그 바람에 집중해서 글을 쓸 수 있었다고 한다.

책 제목이 말해주듯이 그는 그늘이 있었기 때문에 양지의 감사함을 더 알게 되었단다. 대기업 회장으로서 부러울 게 없었을 것만 같은 그에게 그늘은 무엇일까? 그는 대학병원에서 산부인과 빼고는 가보지 않은 과가 없을 정도로 수술을 많이 받아 육체적인 고통에 시달렸다. 최근에는 수면 호흡 장애로 고통을 받고 있다고 한다. 통증이 찾아올 때는 어떻게 할까.

"가능한 한 무시해요. 물론 쉽지 않지만 아픈 곳에 온 신경을 집중하면 고통은 더 커집니다. 반대로 고통을 받아들이되 마음 주머니 속에 처박아 버리면 훨씬 덜 아파요. 곧 통증이 덜해질 거라는 믿음은 약과 치료 자체 못지않은 효과를 나타내요. 고통을 의식의 주머니에 애써 넣어두고 '곧 가시겠지, 내일이면 좋아질 거야' 생각하다 보면 어느새 잠시 통증이 잊힙니다."

그늘까지도 품는 그의 긍정적인 태도를 엿볼 수 있는 대목이다. 가톨릭 신자인 그는 봉사활동도 게을리하지 않는다. 지난 5년간 서울 종로 노인 급식소에서 요리 봉사를 통해 2만 개 이상의 도시락을 전달해 왔고, 20년 가까이 소년의 집 후원을 계속하고 있다. 책 속에는 자녀들에 대한 솔직한 마음도 읽을 수 있다.

"부자지간도 회사 일이나 마찬가지인 것 같다. 아비라고 폼 잡고 있어 봐야 아들들이 바보도 아니고 내 좋은 점, 나쁜 점, 잘한 점, 실수한 점, 인간으로서의 모든 면을 다 보고 있는데 멋있는 척해야 통하지도 않는다. 그냥 내 사랑으로, 생각대로, 나 생긴 대로 터놓고 사는 것이 제일 좋다고 생각한다. 회사에서도 머릿속은 20세기인데 겉모습만 21세기로 만들려고 하면 '청바지 입은 꼰대'라는 소리 듣는다."

경영자뿐만 아니라 많은 사람들이 이메일, 홈페이지, 블로그, 트위터, 페이스북, 인스타그램 등을 활용하여 소통하기 위해 노력하고 있다. 글을 통한 소통이 삶의 중요한 도구인 까닭이다.

한편 자녀들과의 소통도 중요하다. 요즘 가족들이 카톡방을 만들어 얼마나 소통을 열심히 하고 있는가. 카톡방이 없는 가족을 상상하기란 어려운 일이다. 이 모든 것이 글을 통해서 가능한 것이다. 친지와의 소통도 마찬가지다.

이제 우리는 누구나 글을 쓰는 존재가 되었다. 과거에는 글을 쓰지 않아도 살아가는 데 큰 지장이 없었다. 하지만 SNS 시대에 글을 쓰지 않고는 살아가기 힘든 세상이 되었다. 핸드폰에 한 자도 쓰지 않고 지나가는 하루를 상상할 수 있는가? 글쓰기는 이미 우리 삶의 중요한 일부가 되고 말았다. 글쓰기가 소통의 소중한 도구일 뿐 아니라 반드시 해야 하는 필수 요소로 등장하고 있음을 기억하도록 하자.

03
글쓰기로 마음을 치유한다

글쓰기는 치유의 효과가 있다. 박미라 씨는 『치유하는 글쓰기』에서 "발설하라. 꿈틀대는 내면을, 가감 없이"라고 외친다. 내면에 있는 생각을 글로 쏟아내면 그 자체가 치유 효과가 있다는 말이다. 혼자서 끙끙 앓고 있으면 병이 된다. 화병은 우리나라만 있는 병이라고 한다. 어디에 속내를 털어놓을 수 없어 답답하여 생기는 병이다. 이는 글쓰기가 아픈 마음을 치유해 주는 탁월한 도구가 될 수 있다는 증거다. 확실히 글쓰기는 답답한 마음을 풀어주는 효과가 있다. 단 한 문장으로도, 낙서 한 줄로도 치유 효과가 있기 때문이다.

미국에서는 1950년대부터 정신과 의사들이 글쓰기를 치유의 도구로 활용하기 시작했다. 글을 씀으로써 우울증, 스트레스, 분노를 극복하고, 성폭력 등의 범죄에서 입은 마음의 상처를 치료하며 감정 통제나 사회적인 관계 개선 같은 효과를 얻을 수 있다는 것이다.

미국문학치료협회에서는 치유를 인정하는 프로그램을 운영하기도 한다. 현재 우리나라에도 글쓰기 치료나 문학 치료에 대한 외국 서적이 번역되어 있다. 국내의 심리 전문가들도 글쓰기 치유에 대해 강조하고 책을 내고 있다.

| 아무 것도 할 수 없는 엄혹한 상황에서도 글을 썼다 |

인간은 극한 상황에서도 글을 씀으로써 환경을 뛰어넘어 비상하는 삶을 살 수 있었다. 중국의 사마천은 남자로서 가장 치욕적인 궁형을 당하는 처참한 상황에서 글을 써서 『사기』라는 불멸의 역사서를 남겼다. 정신의학자인 빅터 프랭클은 나치 강제수용소에서 살아남아 『죽음의 수용소에서』를 펴냈다. 자신의 이러한 경험을 바탕으로 정신 치료 기법인 로고테라피logotherapy를 정립하고, 이 기법을 통해 인간이 어떻게 고난을 극복하고 삶을 살아가야 하는지 방향을 제시했다.

마르크 폴로의 『동방견문록』 역시 감옥 속에서 탄생했다. 헤밍웨이는 스페인 내전에 특파원으로 파견되어 소설 『누구를 위하여 종은 울리나』를 통해 전쟁의 잔혹함과 비인간적인 모습을 생생하게 묘사했다. 프랑스 언론인 장 도미니크 보비는 갑작스럽게 뇌졸중으로 쓰러졌다. 3주 후 의식을 회복했으나 전신 마비가 된 그가 움직일 수 있는 것은 오직 왼쪽 눈꺼풀뿐이었다. 유일한 의사소통 수단인 왼쪽 눈꺼풀을 깜박거려 쓴 글이 하루에 반쪽 분량이었다. 15개월 동안 20만 번 이상 깜박거려『잠수종과 나비』를 썼다.

역사 속의 많은 인물이 감옥, 전쟁터, 죽음과 같은 절박한 환경에서도 글을 써서 인간의 존엄성과 인간의 존재 의의를 정리했다. 인간은 아무것도 할 수 없을 때도 글을 씀으로써 고독과 절망과 죽음의 공포를 뛰어넘어 희망을 쏘아 올릴 수 있었다. 글은 생명을 살리는 놀라운 힘을 지니고 있다.

심리상담연구소 더공감마음학교의 박상미 대표는 마음 아픈 사람들을 치유하는 심리상담사다. 박 대표는 어렸을 때부터 우울증을 앓아 마음이 약했다고 한다. 마음 아픈 세월을 살았기에 마음에 관한 공부를 했고 마음 아픈 사람들을 치유한 이야기를 담아『마음아, 넌 누구니』를 썼다.

그녀는 사람들이 몸의 근육을 기르기 위해 많은 애를 쓰면서도 마음의 근육을 강화하는 노력은 적게 한다고 안타까워한다. "우리는 남에게 좋은 사람이기 위해 나에게 얼마나 나쁜 사람인가?"라는 도전적인 질문을 던진다.

남의 입장만 생각하고 자기 자신을 방치하면 마음의 상처가 깊어진다. 자신을 인정하고 자신의 강점을 보는 것이 바로 자신을 돌보는 것이다. 상처받은 마음을 치유하는 좋은 방법은 무엇일까. 박 대표는 이렇게 고백한다.

"제 경우는 글쓰기였어요. 대학교 4학년 때 아버지가 암으로 돌아가신 장례식 기간을 제외하고는 매일 A4 한 장 정도의 글을 썼어요. 글쓰기가 암울한 환경을 극복하고 마음을 치유하는 계기가 되었습니다."

그녀는 마음 치유의 방법으로 글쓰기를 권유한다. 어머니, 할머니들에게 자서전 쓰기를 적극적으로 유도하고 격려하는 이유다.

"글쓰기에는 신비한 힘이 있어요. 매일 감사의 글 3개와 자신을 칭찬하는 글 3개를 써 보세요. 이렇게 글을 쓰는 것이 행복을 창조하는 기억 세포를 만드는 훈련으로 가장 좋습니다. 마음의 근육이 튼튼해져서 긍정의 힘이 생겨납니다."

나탈리 골드버그는 『뼛속까지 내려가서 써라』에서 '나는 왜 글을 쓰는가?', '나는 왜 글을 쓰고 싶어하는가?'를 스스로 질문해 보라고 했다. 그러나 깊이 생각하지 말고 당장 펜을 잡고 종이 위에 대답을 적어보라고 했다. 그렇다. 지금 글을 쓰는 이유를 적어보자.

지금 나는 왜 이 책을 쓰는가? 독자들에게 글쓰기와 책 쓰기의 도전 과정을 알려 주어 글 쓰는 기쁨과 책 쓰는 행복을 맛보게 하기 위함이다.

2장

글쓰기의 기초 다지기

01
글쓰기가 고통스러운 사람들

글쓰기는 스포츠에 비유할 수 있다. 훌륭한 선수가 되려면 기본기가 탄탄해야 한다. 우리 민족에게 잊을 수 없는 2002년 월드컵 축구에서 한국이 4강까지 오른 비결도 히딩크 감독의 기초 다지기가 뒷받침되었기에 가능했다.

히딩크 감독이 가장 먼저 한 일은 선수들이 90분 동안 쉬지 않고 운동장을 누빌 수 있는 체력을 키우는 것이었다. 그는 체력이 기본이라고 믿었다. 또한, 선수들 간의 소통이 승리의 비결이라고 생각했다. 선수들 사이에 뿌리 깊은 위계질서를 깨지 않으면 최고의 팀이 될 수 없다고 믿었다. 그래서 선수들끼리 '반말을 하라'는 파격적인 명령을 내렸다. 수직적인 조직을 수평적인 조직으로 만들고자 한 것이다. 그렇게 노력한 결과 한국팀은 4강에 올라 세상을 깜짝 놀라게 했다. 우리는 지금도 그날의 함성과 감동을 잊지 못하고 있다.

그런 히딩크 감독의 모범 제자가 영국에서 활동했던 박지성 선수다. 유럽에서 뛰던 현역시절 박 선수는 동에 번쩍 서에 번쩍하면서 팀에서 가장 공헌도가 높은 선수가 되었다. 히딩크 감독을 만나 기초를 잘 닦은 것이 세계적인 선수로 성장할 수 있는 비결이었다.

"박지성은 정말 부지런한 선수죠. 연습할 때도 실전하듯이 해요. TV 중계를 보면 그가 화면에 자주 등장하는 것을 느낄 수 있어요. 그만큼 운동장을 폭넓게 움직이기 때문에 팀에 공헌도가 많은 것이지요. 이는 탄탄한 기본기가 뒷받침되었기에 가능합니다."

축구대표팀 감독을 지낸 박성화 씨의 칭찬이다. 마찬가지로 글쓰기도 기초가 중요하다. 기초가 없으면 글 쓰는 게 어렵고 고통스럽다. 글을 잘 쓰는 사람들은 어려서부터 기초를 연마한 사람들이다. 소설가나 시인처럼 문학적인 글을 쓰는 사람들은 기초 공부가 잘된 이들이다. 하지만 보통 사람들은 글쓰기의 기초를 닦지 않았기 때문에 글쓰기가 어렵게 느껴지는 게 당연하다.

그래서 글쓰기를 생각하면 머릿속에 '힘들다'는 단어가 떠오른다. 하지만 글을 써야 할 사람은 바로 이렇게 글쓰기를 고통스러워하는 사람들이다. 여러분도 글쓰기가 고통스럽다면 다음 질문에 한번 답을 해보자.

■ 글쓰기, 어떻게 생각하는가? O, X로 체크해 보자.

1 글쓰기는 고통스러운 일이다. (　　　　)

2 편지 한 장 쓰려고 해도 머리에 쥐가 난다. (　　　)

3 머릿속이 막막해서 글쓰기 자체를 시작조차 못한다. (　　　)

4 일단 시작은 하지만 몇 줄 쓰고 나면 쓸 게 없다. (　　　)

5 머리에는 쓸 내용이 뱅뱅 도는데 펜을 들면 생각이 도둑처럼 도망쳐 버린다. (　　　)

6 글을 쓰다 보면 원래 의도와는 달리 엉뚱한 곳으로 빠진다. (　　　)

7 원고지 5장 이상은 쓰기 어렵다. (　　　)

8 글을 쓰면서도 제대로 쓰고 있는지 자신이 없다. (　　　)

9 한 줄 쓰기도 어려운데 글 쓰는 사람을 보면 존경스럽다. (　　　)

10 글 쓸 일이 생기면 주변 사람들에게 스트레스를 준다. (　　　)

위 질문에 대부분 동의한다면 글쓰기가 고통스러운 사람들이다. 하지만 이런 사람들이야말로 글쓰기를 공부하고 시작해야 한다. 걱정할 필요는 없다. 위 질문들은 글을 쓰는 사람들의 상당수가 처음 글을 쓸 때 경험한 내용이기 때문이다.

나 역시 글을 쓰기 전에 비슷한 고민을 했었다. 글쓰기가 두렵고 자신이 없었다. 기초가 없었기 때문이다. 나중에 자세히 설명하겠지만 나는 글쓰기의 기초를 신문 칼럼을 통해 배웠고, 기초를 익히고 난 뒤에는 글쓰기에 대한 두려움이 상당 부분 사라졌다. 나는 이와 같은 경험을 살려 많은 사람들의 글을 수정하고 책 쓰기를 도와주면서 '글쓰기에 대한 편견과 오해를 깨는 것이 글쓰기의 지름길'이라는 사실을 알게 되었다. 글쓰기에 대한 편견과 오해를 깨려면 우선 글쓰기가 고통이 되는 이유를 이해할 필요가 있다. 글쓰기가 고통인 이유를 구체적으로 살펴보자.

글쓰기가 고통인 이유 9가지

첫째, 글쓰기에 대한 자신감이 없다. 글을 잘 쓰면서도 자신 없어 하는 사람들이 의외로 많다. 내가 많은 사람들의 글을 수정해 주면서 느낀 점이다. 상당히 잘 쓴 글인데도 본인은 글을 못 쓴다고 생각하는 사람들이 많아서 안타까운 마음이 든다.

둘째, 잘 쓰겠다는 의욕이 앞선다. 글을 너무 잘 쓰려고 하면 긴장이 되고 주눅이 들어서 오히려 글이 어색해지는 경우가 많다. 잘 쓰겠다는 태도는 좋지만 지나친 의욕은 삼가야 한다. 첫술에 배부를 수는 없다. 처음에 쓴 글은 누구에게나 불만족스럽다는 것을 기억해야 한다. 글은 수정의 과정을 통해 다듬어지기 때문이다.

셋째, 글쓰기 연습을 한 적이 없다. 글을 잘 못 쓴다고 말하는 사람들은 글쓰기에 얼마나 시간을 투자했는지 점검해 봐야 한다. 대부분은 쓰려는 노력은 하지 않은 채 글을 못 쓴다고 푸념하는 경우가 많다. 글은 연습한 만큼 는다는 점을 기억하자.

넷째, 좋은 글은 일필휘지一筆揮之에서 나온다고 생각한다. 글을 잘 쓰는 사람들은 한 번에 쭉 써 내려갈 거라고 착각하는 사람들이 많다. 사실 나 역시 글을 쓰지 않았을 때 그 점이 궁금했다. 그래서 신문사 논설위원으로 있던 선배를 찾아가 물어보았다.

"선배님, 선배님은 사설 쓸 때 한 번에 쭉 쓰세요?"

그러자 선배는 의외의 대답을 했다.

"내가 그렇게 글을 잘 쓰면 여기 있겠나. 두세 시간 쓴 다음에 고치고 또 고친 후 마감 시간이 되면 할 수 없이 제출하는 거라네."

그 후 나는 글을 못 쓴다는 생각을 버리기로 했다. 글이 마음에 들지 않으면 아직 수정이 제대로 안 되었다는 뜻으로 이해하기로 했다. 그러다 보니 글 쓰는 스트레스가 꽤 줄어들었다.

다섯째, 책 읽기는 글쓰기와 상관이 없다고 생각한다. 글은 머리로 쓰는 것이 아니라 자료로 쓰는 것이다. 독서는 많은 자료를 제공하기 때문에 글쓰기에 절대적으로 도움이 된다. 글쓰기를 염두에 두지 않고 독서만 많이 하는 사람도 있으나, 글을 쓸 때 어떻게 활용하겠다는 목적을 두고 책을 읽으면 글쓰기에 큰 도움이 된다는 것을 기억해 두자.

여섯째, 자신의 경험을 과소평가한다. 직장 생활을 10년 이상 한 사람이라면 이미 크고 작은 글들을 써본 경험이 있다. 하지만 이 소중한 경험에 가치를 두지 않은 사람들이 의외로 많다. 나는 4성 장군으로 전역한 분에게 그동안 결재하면서 얼마나 많은 기안을 했는지 생각해 보라고 했다. 그랬더니 그분이 말했다. "젊었을 때 공문을 만들고 보고서 쓰느라 정말 노력했어요. 그런데 그것이 글쓰기 연습인 줄은 전혀 생각하지 못했어요."

우리는 직장 생활을 하는 동안 많은 글을 써본 경험이 있다. 이런 경험들을 고려하면 나름대로 글쓰기 훈련을 했다고 할 수 있다. 그러니 글을 쓰지 못한다고 스스로 한계를 정하지 말고 무조건 지금 당장 글을 써도 무방할 정도로 자신이 준비되어 있다는 사실을 깨달으면 된다.

일곱째, 글쓰기를 가르쳐줄 멘토가 없다. 자신의 글을 다른 사람에게 보여주는 것은 중요한 일이다. 글을 쓰는 사람은 논리를 만들려다 보니 미세한 논리의 비약은 잘 보지 못하는 경우가 있다. 이런 경우 가까운 가족이나 다른 사람들에게 수정해 달라고 부탁하면 된다. 주변에 작가나 기자처럼 글 쓰는 사람이 있다면 금상첨화다.

여덟째, 글쓰기 재능은 타고난다고 단정한다. 글 쓰는 재능이 따로 있고 그 재능은 타고나는 것이라고 믿으면 글을 쓰려는 노력을 하지 않게 된다. 실제로 글 쓰는 사람들 상당수가 나중에 성인이 된 이후에 불굴의 노력으로 작가가 되었다는 사실을 잊지 않아야 한다.

아홉째, 실제 생활에서 글쓰기의 중요성을 모른다. 글쓰기가 정말 중요하다면 어쩔 수 없이 노력할 것이다. 하지만 잘 쓰면 좋고, 못 써도 살아가는 데 지장이 없다고 생각하면 노력을 하지 않게 된다. 매일의 삶에서 글쓰기가 중요하다고 인식할 필요가 있다.

글쓰기가 고통인 이유를 다양하게 살펴보았다. 사실 원인을 모르면 문제가 엄청나게 커 보이지만 원인을 알면 그 해결책은 간단하다.

강준만 교수가 『글쓰기가 뭐라고』에서 언급한 글쓰기의 고통과 즐거움을 경청할 필요가 있다. 강 교수는 "보통 사람들이 느끼는 글쓰기의 고통은 '과욕'에서 비롯된다"고 지적한다. 글쓰기는 자료를 보고 그 자료를 잘 편집하여 자신의 생각을 만들어내는 과정이다. 혼자서 모든 것을 하겠다는 욕심만 버려도 글쓰기의 고통은 확 줄어든다. 강 교수는 작가들이 말하는 글쓰기의 고통은 과장된 측면이 있으므로 유의하라는 말과 함께 글쓰기의 즐거움에 이르는 비결을 간단하게 제시한다.

"작가들이 말하는 '글쓰기의 고통'에 속지 마라. 스스로 자기 자신을 속이지도 마라. 눈높이를 낮추면 '글쓰기의 고통'은 '글쓰기의 즐거움'이 된다."

02
글쓰기의 두려움에서 어떻게 벗어날까

"말로 하라면 잘할 수 있는데 글로 써라고 하면 머리가 하얗게 돼버려요."

많은 사람들이 하는 말이다. 아예 글쓰기 자체를 시도조차 하지 않으려는 사람도 적지 않다. 탁석산 씨는 『글쓰기에도 매뉴얼이 있다』에서 글쓰기를 문학적 글쓰기와 실용적 글쓰기로 나누어 설명한다.

문학적 글쓰기는 소설, 시, 수필 등 타고난 재능이 필요한 영역인 반면 실용적 글쓰기는 칼럼, 보고서, 기획안, 프레젠테이션 등 누구나 쓸 수 있는 영역이다. 탁석산 씨는 실용적인 글쓰기는 매뉴얼이 있어서 누구든지 노력하면 글을 쓸 수 있다고 주장한다.

나는 그의 주장에 전적으로 동의한다. 내가 쓰는 글 역시 실용적 글쓰기에 속한다. 문학적 글쓰기가 아니다. 이런 실용적 글쓰기는 누구나 할 수 있다. 나도 글을 쓰기 전에는 문학적 글쓰기와 실용적 글쓰기를 구분조차 하지 못했다. 글쓰기를 문학적 글쓰기로 생각하다 보니 글쓰기가 어렵게만 보였다. 문학적 글쓰기와 실용적 글쓰기를 구분하는 것이야말로 글쓰기의 또 다른 출발점이다.

경희대 부총장을 지낸 김수곤 교수는 우리나라 노사관계의 최고 권위자로서 오래전에 『싸움은 말리고 흥정은 붙이고』라는 책을 써서 화제를 불러일으켰다. 쉽고 재미있게 노사관계를 설명하여 비전문가들도 부담 없이 읽을 수 있는 책을 발간했기 때문이다. 하지만 나는 젊었을 때 그 책을 보면서 한없이 부러워만 했지, 글을 써야겠다는 엄두를 내지 못했다.

쉽고 재미있는 글이란 나이가 들어서야 쓸 수 있다고 생각했다. 산전수전 다 겪은 다음에 써야지, 젊어서 쓰면 쉽고 재미있는 글이 결코 나올 수 없다고 믿었다. 대신에 젊어서는 전공 책 집필에 몰두하여 전문가가 되는 게 급선무라고 여겼다. 신문사에서 칼럼 요청이 오면 가능한 한 거절했다. 할 수 없이 허락했을 때도 끝까지 버티지 못한 것을 후회했다. 그리고 원고를 넘겨줄 때까지 스트레스를 받았다.

그런 나에게 글을 쓰고 싶은 계기가 찾아왔다. 나는 한국에서 연봉제를 최초로 연구하여 능력주의 인사관리와 임금관리를 주장했다. 임금체계의 기준을 연공서열 위주의 월급제에서 능력과 업적을 중시하는 연봉제로 바꾸어야 한다는 내용이었다. 이를 위해 한국의 임금관리 실태를 조사하고 임금 관련 서적을 13권이나 발간하여 '임금 박사'라는 별명까지 얻었다.

그 후 많은 사람들에게 연봉제에 대해 강의를 했다. 강의 시간은 약 두세 시간 정도였는데, 강의가 끝나면 항상 아쉬움이 남았다. 세상이 변하는데 직장인들이 학연, 혈연, 지연, 연공에 얽매여 있는 게 안타깝다는 생각이 들었다. 특히 앞으로 고용 불안 시대가 오는데 직장인들이 현실을 너무 모르는 것 같았다. 자세히 알려주려면 강의로는 부족하다는 생각이 들었다. 그래서 일반인들을 위한 책을 쓰기로 결심했다.

1996년 1월 1일부터 글쓰기를 시작했다. 새해에 굳은 마음으로 시작했으나 진도가 잘 나가지 않았다. 머릿속에서는 빙빙 도는데 막상 펜을 들면 생각이 잘 정리되지 않았다. 이때 신문 칼럼을 벤치마킹하면서 글쓰기 요령을 조금씩 터득한 게 도움이 되었다. 두 달 정도 지났을 때 조금씩 글에 속도가 붙기 시작했다. 이렇게 1년 동안 노력하여 『명예퇴직 뛰어넘기』라는 첫 책이 나올 수 있었다.

사실 전공 책을 쓰는 것은 전문 용어를 부담 없이 사용하는 까닭에 글을 쓰는 데 어려움이 많지 않다. 하지만 일반인을 위한 책은 전문 용어를 쉬운 말로 바꿔 중학교만 졸업한 사람도 이해할 수 있도록 써야 하는 부담이 있다. 흔히 글을 쉽게 쓰는 게 어렵다고 하는 이유가 바로 여기에 있다. 나 역시 임금관리, 노사관계, 인사관리, 리더십 등 전공 책을 많이 써왔으면서도 일반인을 위한 첫 책을 내면서 힘들었던 부분이 쉽게 쓰는 일이었다.

감사 일기 쓰기

글쓰기의 두려움에서 벗어나는 좋은 방법이 있어 소개하고자 한다. 바로 '감사 일기' 쓰기다. 허남석 남영코칭앤컨설팅 대표는 포스코 ICT 사장 시절, 회사 차원에서 감사 일기 쓰기 운동을 전개하여 직원들의 사기진작과 고성과를 이룬 인물로 잘 알려져 있다. 당시 직원들은 처음에는 쉽지 않았지만 매일 다섯 가지 이상 감사할 일을 글로 쓰다 보니 마음이 행복해지고 글쓰기에 자신감도 생겼다고 한다.

이 운동은 농심 회장을 지낸 손욱 서울대 융합과학기술대학원 교수가 제안한 '행복 나눔 1,2,5 운동'의 일환으로 감사나눔신문과 함께 시작되었다. 행복나눔 1,2,5란 매주 1가지 선행하기, 한 달에 책 2권 읽기, 하루에 5가지 감사하기가 실천 강령으로, 그중에서도 하루에 감사한 일 다섯 가지를 적는 것이 이 운동의 핵심이었다. 처음에는 매일 다섯 가지의 감사한 일을 쓰는 것으로 시작했는데, 쓰다 보니 점점 개수가 늘어나 10개, 20개, 50개, 100개까지 쓰는 직원들도 생겨났다. 회사에서는 자신에게 감사 일기를 쓰면서 주변 사람들에게 감사하는 마음을 담아 감사편지 쓰기 운동도 병행했다.

이재경 포스코ICT 차장은 감사 일기를 쓰면서 글쓰기에 자신감이 생기자 지방에 홀로 계시는 어머니께 '100가지 감사편지'를 써서 드렸다. 그러자 편지를 읽고 감동한 어머니가 아들에게 난생처음 편지를 보냈다.

독학으로 한글을 깨친 84세 할머니가 난생처음 쓴 편지

너의 서신 받고 보니 너의 착한 마음이 편지에 적혀 있구나. 보고 또 보고 하느님께 감사드렸다. 편지 쓰기 싫어하는 네가 보잘것없는 이 엄마를 높이 평가해 주어서 고맙기만 하구나.

사랑하는 내 아들아, 성장기 동안 성내는 모습은 한 번도 보이지 않았고 언제나 내 마음을 편하게 해주었던 너의 모습을 생각하면 하느님께 감사드린다. 팔 남매 엄마로서 뒤돌아볼 때 꿈만 같구나.

민들레꽃이 피었다가 바람에 날려 제 자리에 숨어 사는 것과 같이 너희들도 자기 생활 따라 잘 살아주는 것을 볼 때 고마운 마음 잊을 수가 없구나. 열 식구가 생활하다가 지금은 나 혼자 민들레 꽃대와 같구나. 그러나 나는 8남매를 선물로 얻어서 하느님께 감사할 뿐이다.

너희들의 전화 한 통이 나에게는 기쁨을 주는구나. 너희 세 식구가 서로 사랑하고 용서하면서 신앙과 건강을 잘 보존하기를 바랄 뿐이다. 둘도 없는 내 손녀 지윤이 사랑한다. 내 생애 편지라고는 처음이자 마지막인 것 같다.

이 편지가 독학으로 한글을 깨친 84세 할머니가 난생처음 쓴 글인 게 믿어지는가? 글의 유려함과는 상관없이, 아들의 편지에 감격한 할머니가 그 감정을 글로 표현했기 때문에 우리에게 감동을 주는 것 이다.

초등학교 6학년이 쓴 글을 하나 더 살펴보자. 『부지런한 사랑』의 저자 이슬아 작가가 초등학교 6학년 김서현 학생의 '이사'라는 글을 소개한 내용이다.

다음 주면 이사 간다는 걸 알았을 때 엄마는 한숨을 쉬며 혼잣말을 했다. 안방에 있는 침대를 가져갈까, 두고 갈까? 가져가기엔 이사 갈 집이 너무 작으니까 두고 가야겠다. 애들 침대만 가져가야겠어.

찬영이 인형은 짐 되니까 그냥 버릴까? 아니야 자기 돈으로 열심히 모은 건데 챙겨가자. 냄새나는 저 햄스터들은 누구한테 줘버릴까? 에이, 그냥 데려가자.

이삿날이 오자 나랑 동생은 아침부터 새집에서 혼신의 힘을 다해 놀았다. 짜장면도 먹었다. 물건들은 빠진 것 없이 무사히 옮겨졌다.

초등학생이 이사를 준비하는 엄마의 어수선하고 분주한 마음의 상태를 손에 잡히듯이 묘사하고 있는 게 놀랍지 않은가. 할머니의 글이나 초등학생의 글을 보면 누구나 글을 쓸 수 있다는 용기를 얻게 된다. 인간에게는 기본적으로 글을 쓸 수 있는 잠재 능력이 있다. 단지 그것을 깨닫지 못할 뿐이다. 글쓰기의 두려움에서 벗어나는 길은 즉시 행동하는 것이다.

물론 처음에 글을 쓰는 것은 고통스러운 일이다. 그러나 쓰고 나면 스스로 놀랄 것이다. 힘은 들지만 쓰고 나서 느끼는 감정은 이루 말할 수 없이 가슴 뿌듯하다. 글쓰기가 힘들면 감사 일기와 감사편지 쓰기부터 시작하자. 감사할 거리가 늘어나면 글쓰기 실력도 늘고 기쁨도 커질 것이다.

03
중학교 국어 수준에서 시작하라

서울사이버대학교에 있을 때 온라인으로 '행복한 글쓰기와 책 쓰기 강좌'를 준비한 적이 있다. 당시 준비 과정에서 많은 것을 느끼고 배웠다. 사실 이 책도 당시에 준비했던 자료들이 기초가 되었다.

나는 글쓰기에 관한 책들을 모으고 있었다. 먼저 대학교의 국어 교과서를 찾아보고 글쓰기에 관한 책들도 읽어보았다. 그런데 글쓰기를 쉽게 정리한 책을 찾기가 힘들었다. 궁리 끝에 고등학교와 중학교 국어 교과서까지 살펴봤다.

놀랍게도, 중학교 3학년 국어 교과서에 글쓰기가 가장 쉽고 명쾌하게 정리되어 있었고 더욱 친근하게 접근할 수 있었다. 일반인에게 사랑받는 글을 쓰려면 "중학교 졸업한 사람이 읽을 수 있는 수준에서 써라"는 말이 생각났다.

글쓰기는 자기의 생각을 글로 표현하는 것이다. 좋은 글이 되려면 창의적인 생각과 참신한 표현이 필요하다. 창의적인 생각은 사물을 새로운 관점이나 다양한 시각으로 바라보는 연습을 통해 나타난다. 그리고 여기에서 참신한 표현이 나온다. 참신한 표현은 많은 연습과 노력으로 이루어진다. 중학교 국어 교과서에 실린 글쓰기 연습에 대한 내용을 살펴보자.

여러분은 글을 쉽게 잘 쓸 수 있는가? 글을 쓰려고 하는데, 글이 쉽게 써지지 않았던 경험이 있을 것이다. 사람들이 글을 쓸 때 어떤 어려움을 겪는지 한번 살펴보자.

"어떻게 시작해야 할지 모르겠어요."

"쓸 내용이 없어요."

"글을 쓰다 보면 머릿속이 점점 더 복잡해지고 생각이 마구 뒤섞여 버려요."

"무슨 내용을 써야 할지는 알겠는데, 막상 글로 써지지가 않아요."

"잘 썼다고 생각했는데, 다시 읽어보니 좀 이상해요. 그리고 다른 사람들도 내 글이 이상하다고 해요."

이처럼 사람들은 글쓰기를 힘들어한다. 글쓰기가 무엇이기에 그렇게 힘이 들까? 글을 쓸 때, 우리는 먼저 누구에게 왜 이 글을 쓰는지 생각해 본다(계획), 그러고 나서, 무슨 내용으로 쓸 것인지 고민한다(내용 생성), 쓸 내용을 어느 정도 마련하면 글의 전체적인 구조를 생각해 본다(내용 조직). 그다음에는 글을 써 내려간다(표현), 마지막에는 자기가 쓴 글을 읽어보고 고치기도 한다(고쳐 쓰기). 이렇게 여러 단계를 밟아야 한 편의 글이 완성된다.

그런데 실제 글쓰기 과정은 이런 단계를 차례차례 밟아 나가는 단선적인 과정이 아니다. 글쓰기 과정은 어느 한 단계에서 다음 단계로 넘어가기도 한다. 하지만 때로는 이미 지나온 이전 단계로 돌아가기도 하고, 때로는 처음 시작 단계로 돌아가 다시 시작하기도 하는 매우 복합적인 과정이다.

글쓰기 능력은 하루아침에 길러지지 않는다. 운동선수들이 훌륭한 선수가 되기 위해 길고도 고된 훈련을 해야 하는 것처럼, 글을 잘 쓰기 위해서도 오랜 시간 동안 많은 연습을 해야 한다.

그렇다면 글을 잘 쓰려면 어떤 연습을 해야 할까? 야구에 빗대어 생각해 보자. 실제 야구 경기에서 선수들은 달리기도 하고, 공을 치기도 하고, 공을 던지기도 한다. 이런 여러 가지 기능에 대한 훈련을 충분히 해야 좋은 경기를 보여 줄 수 있다. 글쓰기에서도 마찬가지다. 실제로 글을 쓸 때는 글쓰기에 대해 계획도 하고, 쓸 내용을 조직하기도 하고, 고쳐 쓰기도 한다. 글을 잘 쓰려면 이들 각 단계에 대하여 충분히 연습해야 한다.

예를 들어, '쓸 내용이 없어요'라는 문제는 막연하게 좋은 생각이 떠오르기를 기다리기 때문에 생기는 것일 수 있다. 쓸 내용이 없으면 찾아야 한다. 다시 말해 쓸 내용을 적극적으로 생성하고 수집하는 방법을 통해 이러한 문제를 해결할 수 있다. 그처럼 '글을 쓰면서 겪을 수 있는 여러 가지 문제를 해결해 나가는 연습'이 바로 글쓰기 연습이다.

위에서 살펴본 바와 같이 국어 교과서에서는 글쓰기 요령을 5단계로 설명하고 있는데 다시 그 내용을 정리해 보자.

1단계는 '계획'하는 것이다. 먼저 누구를 위해 이 글을 쓰는지 생각해 봐야 한다. 그리고 글을 쓰는 목적과 독자를 고려한다. 2단계는 '내용을 생성'하는 것이다. 무슨 내용으로 쓸 것인지 고민하는 단계다. 3단계는 '내용을 조직'하는 것이다. 글의 전체적인 구조를 생각해 봐야 한다. 4단계는 '표현'하는 것으로 앞에서 생각해 놓은 구조에 따라 글을 써 내려가면 된다. 마지막 5단계는 '고쳐 쓰기'로 읽어보면서 고치고 또 고친다.

한편 국어 교과서에는 글쓰기 연습에 관한 O, X 문제를 제시하여 글쓰기 과정을 쉽게 이해하도록 유도하고 있다. 편안한 마음으로 문제를 풀어보자.

■ 계획하기

① 글쓰기를 계획할 때는 글을 쓰는 목적과 글을 읽을 독자를 고려해야 한다. (   )

② 선생님이나 친구와 이야기하면서 나의 글쓰기의 목적을 구체화할 수 있다. (   )

③ 글쓰기의 목적은 구체적으로 생각하는 것이 좋다. (   )

④ 독자가 달라지면 글 내용도 달라질 수 있다. (   )

⑤ 독자가 누구인지에 따라 글의 표현이 달라질 수 있다. (   )

■ 내용 생성하기

⑥ 쓸 내용을 생성할 때는 '소리 내며 생각 말하기' 방법이 도움이 된다. (　)

⑦ '소리 내며 생각 말하기'는 한참 동안 깊이 생각한 후에 정리해서 말하는 것이다.
(　)

⑧ '소리 내며 생각 말하기'를 하면 머릿속의 생각이 분명해진다. (　)

⑨ 쓸 내용이 생각나지 않을 때는 생각이 날 때까지 기다리는 것이 좋다. (　)

■ 내용 조직하기

⑩ 생성한 내용은 관련 있는 것끼리 묶어 조직한다. (　)

⑪ 내용을 조직한 다음에는 다시 내용을 생성할 수 없다. (　)

⑫ 내용을 조직할 때는 내용 구조도를 만들어 보는 것이 좋다. (　)

■ 표현하기

⑬ 표현하기는 생성하고 조직한 내용을 글로 표현하는 단계다. (　)

⑭ 표현할 때에는 처음부터 완벽한 문장으로 쓴다. (　)

⑮ 표현할 때에는 앞에서 생성한 내용만 쓴다. (　)

■ 고쳐 쓰기

⑯ 자기가 쓴 글이 처음 생각했던 목적에 맞는지 살펴보고, 맞지 않을 때에는 고쳐
쓴다. (　)

⑰ 고쳐 쓰기 단계에서 새로운 내용을 첨가해서는 안 된다. (　)

⑱ 고쳐 쓰기 단계에서도 글의 조직 방식을 바꿀 수 있다. (　)

계획하기	① O, ② O, ③ O, ④ O, ⑤ O
내용 생성하기	⑥ O, ⑦ X, ⑧ O, ⑨ X
내용 조직하기	⑩ O, ⑪ X, ⑫ O
표현하기	⑬ O, ⑭ X, ⑮ X
고쳐 쓰기	⑯ O, ⑰ X, ⑱ O

04
메모하는 습관을 가져라

'적자생존'에는 두 가지 의미가 있다. 원래 의미는 환경에 적응해야 살아남는다는 뜻이다. 또 다른 뜻으로는 우스갯소리로 '적는 자가 살아남는다'가 있다. 유머이지만 여기에는 의미심장한 뜻이 담겨 있다.

세상에는 두 부류의 사람이 있다. 바로 적는 사람과 적지 않는 사람이다. 성공한 사람들 대부분이 메모광인 것을 보아도 적는 일은 험난한 환경을 극복하고 살아남는 가장 좋은 방법이다. 사실 메모는 글쓰기의 원재료가 되기 때문에 글쓰기 훈련으로 매우 좋은 방법이다. 좋은 글은 좋은 자료에서 나온다. 메모한 원재료를 잘 연결하면 좋은 글이 된다.

유상옥 코리아나 화장품 회장은 메모광으로 소문이 나 있다. 유회장은 이미 『화장하는 CEO』, 『문화를 경영한다』, 『성취의 기쁨을 누려라』, 『모으고 나누고 가꾸고』 등 여러 권의 책을 냈다. 언젠가 그가 개최한 소장품 전시회에 갔던 적이 있는데, 그곳에는 메모지가 가득했다. 그 많은 메모지를 버리지 않고 모아두었다는 것 자체도 신기했다. 예전에 나는 유 회장과 함께 몇 번 해외 시찰을 갔었다. 그때 그가 메모지를 들고 다니며 틈만 나면 적는 모습을 보았다. 꼼꼼하게 메모를 한 후 나중에 글 쓸 때 그 재료를 활용해서 쓴다고 했다.

그러면 왜 메모를 해야 할까. 글은 상황의 산물이기 때문이다. 그때 그 상황에서 글이 나온다. 감동의 순간을 놓치면 재현하기가 어렵다. 아이디어가 스칠 때 메모하지 않으면 제대로 기억이 안 된다. 메모를 잘하는 사람들은 심지어 운전하고 가다가 좋은 생각이 떠오르면 적당한 장소에서 잠깐 차를 멈추고 메모를 하기도 한다. 전에 써 놓은 글도 시간이 지나고 나서 보면 '내가 어떻게 이런 생각을 했지?' 하고 감탄하는 경우가 적지 않다. 지금 다시 써보라고 하면 쓰지 못하는 경우가 있다.

사카토 켄지는 『메모의 기술』에서 잊지 않기 위해 메모하기보다 잊기 위해 메모한다고 강조한다. 저자가 제시한 7가지 메모의 기술을 살펴보자.
"① 언제 어디서든 메모하라. ② 주위 사람들을 관찰하라. ③ 기호와 암호를 활용하라. ④ 중요 사항은 한눈에 띄게 하라. ⑤ 메모하는 시간을 따로 마련하라. ⑥ 메모를 데이터베이스로 구축하라. ⑦ 메모를 재활용하라."

지식생태학자인 유영만 교수는『청춘 경영』,『다르게 생각하면 다르게 보인다』,『곡선이 이긴다』,『책 쓰기는 애쓰기다』등 다양한 저서를 발간했다. 그는 상상력과 창의력을 키우기 위해 기록이 무엇보다 중요하다고 강조한다.

"상상력을 키우고 싶다면 습관적으로 적고 본능적으로 기록하라. 다산 정약용 선생은 생각이 떠오르면 수시로 메모하는 '수사차록법隨思箚錄法'을 실천한 덕분에 방대한 저술을 남길 수 있었다. 발명왕 에디슨도 지독한 '메모광'이었다는 사실을 잊지 말라. 기억하는 뇌는 머리에 있으나 기록하는 뇌는 손에 있다. 기억은 짧고 기록은 길다."

또한, 유 교수는 상상력이 어린아이와 같은 순진무구한 질문에서 나오기 때문에 질문을 통해 상상력을 키우고, 이를 기록하는 과정을 반복할 때 개인의 경쟁력이 생긴다고 역설했다.

"질문하지 않으면 호기심이 죽고 호기심이 죽으면 창의력이 실종된다. 스탠포드 대학에서 한 사람의 5세와 45세 때를 비교 연구한 적이 있는데 그 결과가 자못 흥미롭다. 우선 5세 때는 하루에 창조적인 과제를 98번 시도하고 113번 웃고 65번 질문했다. 반면 45세가 되면 하루에 창조적인 과제를 2번 시도하고 11번 웃고 6번 질문했다. 상상과 창조는 질문을 먹고 산다. 묻는 사람은 5분 동안만 바보가 되지만 묻지 않는 사람은 영원히 바보가 된다."

나는 재능교육 사장 때 직원들과의 간담회 중에도 반드시 메모했다. 물론 비서도 내용을 메모했다. 처음에는 비서가 메모하니까 사장은 할 필요가 없다는 생각이 들어서 메모하지 않았다. 그랬더니 역시 글을 쓸 때 한계가 있었다. 그 후부터 비서는 비서대로 나는 나대로 메모를 했다. 그리고 메모한 내용을 가지고 직원들에게 보내는 글을 쓰기도 했다. 여기에 그 내용을 하나 소개한다.

찾아가는 시상식과 글쓰기

지난주 수요일 찾아가는 시상식을 위해 강원총국 서원주지국을 찾았다. 서울에서 굵은 빗방울을 맞으며 출발했는데 사무실에 도착할 무렵 다행스럽게도 빗방울이 약해졌다. 정광선 총국장, 정향화 원주사업국장, 백선희 서원주지국장이 우산을 들고 마중 나와 반갑게 인사를 나누었다. 선생님들과 일일이 악수를 한 후 시상식장으로 자리를 옮겼다.

시상식을 마친 후 최우수 선생님으로 뽑힌 진은영 선생님의 수상 소감을 들었다. 그녀는 2년 동안 재능교육 선생님을 한 후 다른 일을 하기 위해 회사를 떠났다가 재능교육이 그리워서 다시 돌아왔다. 새로운 마음으로 열심히 했는데 자신도 모르게 덜컥 1등을 해버렸다. 진은영 선생님은 상기된 표정으로 소감을 말하기 시작했다.

"여기 서니까 정말 떨려요. 눈물이 날 것 같아요. 울면 안 되는

데…"

하지만 말문을 열자마자 눈물을 보이고 말았다.

선생님들이 기다렸다는 듯이 "울지 마, 울지 마!" 하면서 격려의 박수를 보내주었다.

"국장님과 선생님들 덕분에 이 자리에 서게 되었어요. 선생님 한 분 한 분이 너무 좋고, 가족 같은 분위기에서 기쁜 마음으로 일하다 보니 1등의 기쁨을 맛보게 되네요."

그녀가 가진 최고의 강점은 긍정적인 태도다.

"저는 항상 긍정적으로 세상을 바라봐요. 그래서 그런지 몰라도 싫은 것들이 별로 없어요. 좋은 것들에 묻혀버리기 때문이죠. 우리 지국은 사람들이 좋아서 회사 나오기를 즐거워하는 사람들이 모여 있어요. 국장님을 중심으로 모두가 즐겁게 일을 해서 사무실 나오는 게 너무 좋아요."

나는 사장 시절 한 달에 하루를 '현장 방문의 날'로 정하고 찾아가는 시상식을 했다. 시상식을 마친 후에는 관리자와 선생님 간담회를 하고 그 내용을 글로 적어 대표이사 행복이야기에 올리니까 전 직원이 내용을 공유했다. 메모와 글쓰기가 소통의 중요한 도구임을 실감할 수 있었다.

05
삶의 모든 순간이 글쓰기 재료다

'총명불여둔필聰明不如鈍筆.'

총명이 둔한 붓만 못하다는 뜻으로, 기록의 중요성을 강조한 말이
다. 아무리 머리가 좋은 사람도 기록하지 않으면 잊어버린다. 기억에
만 의존하는 사람들이 잊어버리고 나서 자주 하는 말이 "치매기가 있
나 봐!"이다. 이 말은 평소 메모하는 습관이 되어 있지 않다고 해석해
야 옳다.

일상에서 일어나는 일들을 메모하고 기록하다 보면 어느새 삶의
기록이 된다. 우리의 삶은 순간순간, 하루하루가 글쓰기 소재라고 표
현해도 좋을 만큼 이야깃거리들이 무궁무진하다. 이러한 삶의 경험
을 기록해 두면 훗날 개인의 역사뿐 아니라 한 시대, 나아가 역사적
기록의 산물이 될 수도 있다.

우리나라 국민에게 존경받는 인물로 손꼽히는 이순신 장군의 『난

중일기』만 해도 삶의 기록이자 역사성을 띤 훌륭한 문학작품이다. 『난중일기』는 1592~1598년까지 7년 동안의 기록으로 임진왜란 당시의 모습을 잘 보여주고 있다. 전쟁 중에 기록을 남겼다는 사실만으로 대단한 일인데 인간 이순신에 대한 모습도 엿볼 수 있어 진정한 개인과 역사의 산물이라 할 수 있다.

이는 이순신이라는 개인이 자신의 감정뿐 아니라 자신을 둘러싸고 벌어지는 상황들을 담아 기록했기 때문이다. 우리는 이순신 장군이 어머니의 안위를 걱정하거나 아들의 죽음을 애통해하는 모습을 보면서 장군을 한 인간으로 이해하게 된다.

또한, 상벌賞罰로 엄격하게 부하들을 다스리는 장군의 기개에서 탁월한 리더십을 발견한다. 특히『난중일기』는 날씨를 빠뜨리지 않고 충실하게 기록하고 있는데 이는 장군이 날씨에 상당한 영향을 받는 사람이었을 거라는 추측도 하게 한다.

이순신 장군의 이 기록이 없었다면 우리는 임진왜란 당시 백성의 삶과 전쟁이 치러지는 상황들을 알 수 없었을 것이다. 장군의 기록 덕분에 400여 년 전의 상황을 이해할 수 있어 기록이 얼마나 중요한지 새삼 느낄 수 있다. 게다가 이 일기는 한 치 앞을 알 수 없는 혹독한 전쟁 중에 쓰였다. 평소 바빠서 글을 쓸 수 없다는 생각이 든다면 이순신 장군의 난중일기를 떠올려보자.

삶의 경험을 기록한 작품 중에는 세계적으로 유명한 『안네의 일기』를 빼놓을 수 없다. 『안네의 일기』는 네덜란드가 독일에 점령당해 있던 2년 동안 독일군의 눈을 피해 숨어 살았던 유대인 소녀 안네 프랑크의 일기다. 안네는 단지 유대인이라는 이유로 겪어야 했던 처절했던 경험을 기록으로 남겼다. 매일 매 순간 죽음을 생각하며 살아야 하는 10대 소녀의 감수성이 담긴 이 기록은 전 세계인의 공감을 얻었다.

자신이 겪는 일들을 기록으로 남기는 것의 의미는 이 같은 유명한 작품에서만 볼 수 있는 것이 아니다. 기록은 우리가 평소 하는 업무 속에서도 얼마든지 실천할 수 있는 글쓰기의 기초다. 나는 재능교육 사장을 할 때 재능교육의 40년 역사를 돌아보면서 그동안의 기록이 많지 않아 아쉬웠다. 기록이 있다고 하더라도 딱딱해서 읽기가 쉽지 않았다. 그래서 홍보팀에 '재능교육은 다릅니다' 시리즈를 만들라고 지시했다.

"재능교육은 무엇이 다른가요? 역사가 다릅니다. 경쟁사들은 일본에서 학습지를 수입했으나 재능교육은 토종 브랜드잖아요. 창업자이신 박성훈 회장님이 재능수학을 개발하게 된 과정을 알려야 돼요. 일반 사람들은 잘 몰라요. 의미를 부여해야 알 수 있어요. 재능교육이 가진 스토리를 만드세요. 재능교육만 가진 장점을 정리하세요."

업무보고를 받을 때 교육연수팀의 박현주 팀장이 학습지 교사의 모집이 중요하다며 교사 초빙에 최선을 다해야 한다고 설명했다. 본

인도 교사 출신이라고 소개하기에 나는 '재능선생님이 좋은 이유 10가지'를 글로 정리해 오라고 했다. 며칠 후 그녀는 정리한 글을 건네주면서 주말에 끙끙거리며 글을 썼다고 하소연했다.

"사장님, 재능선생님이 좋은 이유 5가지는 그럭저럭 썼는데 이후 하나씩 더할 때마다 머리카락이 다 빠지는 줄 알았어요. 그런데 다 쓰고 나서 놀랐어요. 그동안 좋다는 것을 말로만 강조했는데 글로 정리해 보니까 뜻이 더욱 명확해졌어요. 글쓰기가 얼마나 중요한지 깨달았죠. 이제는 말로만 하려는 자세를 버리고 글로 정리해서 자료를 만들어야겠어요. 좋은 기회를 주셔서 감사합니다."

우리는 삶 속에서 매일 많은 것을 경험한다. 2020년 전 세계를 강타한 코로나19는 우리의 삶을 송두리째 바꾸어 놓았다. 사람들은 코로나로 달라진 다른 세상을 살고 있다. 코로나를 주제로 많은 글과 책들이 쏟아져 나오고 있다. 코로나 확진자의 일기, 간호사, 의사들의 이야기 등 다양한 체험을 소개한 내용이다.

또, 사람 만나는 게 어려워지고 집에 있는 시간이 많아져서 남는 시간에 책을 썼다는 사람도 있다. 가정에서 직장에서 사회에서 맞닥뜨리는 일들은 하나하나 좋은 글감이 된다. 삶의 모든 순간이 글쓰기의 좋은 재료가 되는 것이다.

06
많이 읽고, 많이 쓰고, 많이 생각하라

글쓰기의 비결에 대해서는 다양한 견해들이 있다. 그중에서도 중국 송나라의 정치가이며 문필가인 구양수의 삼다三多가 유명하다. 삼다란 많이 읽고(다독多讀), 많이 쓰고(다작多作), 많이 생각한다(다상량多商量)는 것으로, 이후 천 년 동안 글쓰기의 바이블로 통하고 있다.

글을 잘 쓰려면 무엇보다도 '다독'이 중요하다. 많이 읽어야 풍부한 자료가 생긴다. 읽지 않고 좋은 글을 쓰기란 나무에 올라가 물고기를 구하는 것이나 다름없다. 많은 전문가는 자신의 분야에서 뛰어난 전문성을 가지고 있지만, 이것만으로는 부족하다. 독서를 통해 다양한 세계를 맛봐야 한다. CEO도 마찬가지다. 책 속에 길이 있기에 많은 경영자가 독서를 중요하게 생각한다.
요즘에는 인문학 강좌가 인기를 끌고 있는데, 서울대 인문학 강좌의 경우 자리를 잡기가 어려울 정도라고 한다.

베스트셀러 작가인 이지성 씨는 『리딩으로 리드하라』에서 독서의 중요성을 강조하면서 자신을 대표적인 사례로 들었다. 그는 초등학교 선생님을 하다가 작가를 꿈꿨다. 첫 책을 내기 위해 75번이나 출판사에 원고를 보냈으나 선뜻 책을 내겠다고 받아주는 곳이 없었다. 혹독한 무명시절에도 그는 계속해서 책을 읽으면서 내공을 키워나갔다. 이제 베스트셀러 작가가 된 그는 동서고금의 위인이나 지도자들의 사례를 예시하며 인문 고전의 독서에 지혜의 길이 들어있다고 역설한다.

인문 고전은 짧게는 100~200년, 길게는 1,000~2,000년 이상 된 '지혜의 산삼'이다. 천재의 두뇌에 직접 접속하는 게 처음에는 어렵게 느껴지지만, 어느 순간 기막힌 재미를 느끼면서 생각이 변화하는 것을 느낄 수 있다. 이지성 씨는 언론과의 인터뷰에서 인문 고전이 좋다는 것을 알고는 있으나 너무 어렵지 않냐는 질문에 다음과 같이 말했다.

"그건 우리가 너무 쉬운 책만 읽어서 그래요. 미국에서는 초등학생들도 플라톤의 『국가론』을 읽고 독후감을 쓰죠. 우리는 TV 드라마만 보기 때문에 인문 고전이 어렵다고 느끼죠. 교육이 잘못된 겁니다."

그는 독서를 통해 작가의 기반을 닦았고 30대라는 젊은 나이에 화제의 작가가 되었다. 세칭 명문대 출신의 화려한 스펙을 가진 '엄친아'도 아니며 화려한 문장을 구사하는 문필가도 아니다. 그는 둔탁

한 서민체로 사실을 그려내는 작가다. 그런데도 그의 책은 출간되자마자 베스트셀러 반열에 올랐다. 최대 히트작『꿈꾸는 다락방』은 100만 부 이상 팔렸다.『여자라면 힐러리처럼』,『스물여덟 이건희처럼』,『리딩으로 리드하라』,『에이트』등 내는 책 마다 화제가 되었다.

최고의 독서가로 인정받고 있는 그는 인문 고전의 독서교육에도 열심을 내고 있다. 서울역 쪽방촌 아이들의 공부방을 매주 찾아가『논어』를 읽게 하기도 했다. 그는 작가로서의 성공 기초가 바로 독서에 있음을 온몸으로 입증해 주고 있다.

다시 글을 잘 쓰기 위한 '삼다'로 돌아가자. 두 번째 방법은 '다작'이다. 많이 써봐야 한다. 직접 쓰지 않으면 글쓰기 실력은 절대 늘지 않는다. 미국의 작가 나탈리 골드버그는 "글쓰기는 글쓰기를 통해서만 배울 수 있다. 바깥에서는 어떤 배움의 길도 없다"고 말했다.

독서를 많이 하는 사람 중에 글을 쓰지 못하는 사람들이 의외로 많다. 하지만 다독은 다작과 연결되어야 한다. 추성엽 씨의『100권 읽기보다 한 권을 써라』는 책도 이런 점에서 의미가 있다. 무조건 써야 한다. 아무리 글을 쓰려고 구상을 해도 쓰지 않으면 진전이 없는 까닭이다.

많은 사람들이 구상만 하다가 마는 경우가 있다. 또, 구상단계에서 진을 뺀 나머지 정작 글을 쓸 때는 시간 투자를 못 하는 사람도 있다. 한 번에 글을 완벽하게 쓰려는 욕심을 버려야 한다. 글을 너무 잘 쓰려고 하면 부담이 되므로 일단 쓰고 고친다는 생각을 하자. 글쓰기는 반복 운동처럼 여러 번 다시 읽고 수정하는 작업이 중요하다. 원고를 고치는 것을 '퇴고推敲'라고 하는데 이는 중국 당나라의 시인 '가도賈島'의 시구절에서 나온 이야기다.

조숙지변수 승퇴월하문鳥宿池邊樹 僧推月下門
새는 연못가 나무에 자고 스님은 달빛 아래 문을 미는구나.

가도는 이 구절에서 '밀 퇴推' 자를 '두드릴 고敲'자로 바꿀지 고민이 되었다. 이때 당대의 유명한 문인 '한유韓愈'의 권유를 받고 '고'자로 글을 바꾸면서 퇴고라는 말이 생겨났다. 이처럼 글을 쓰고 나서 충분히 고칠 수 있다. 극작가로서 노벨 문학상을 수상한 버나드 쇼의 초고와 관련해 그가 아내와 주고받은 유명한 일화를 살펴보자.

"여보, 이건 완전히 쓰레기예요."

아내가 말하자 버나드 쇼가 이렇게 말했다.

"맞아요. 하지만 일곱 번째 수정 원고가 나올 때까지 기다려봐요."

노벨상 작가의 초고도 형편없을 정도이니 초고를 너무 잘 쓰려고 하는 것 자체가 얼마나 어리석은 일인지 알 수 있다.

'삼다의 비중'은 어느 정도가 좋을까?

글을 잘 쓰는 방법 세 번째는 '다상량'이다. 글을 잘 쓰려면 많이 생각해야 한다. 쓰기 전에 많이 생각하고 쓰고 나서도 퇴고의 과정을 거치며 많이 생각할 필요가 있다. 글은 생각의 표현이다. 복잡한 생각을 논리적으로 정리하는 것이 글이기 때문이다. 인간은 자신의 생각을 실현하면서 살아간다. 인간 삶의 방향은 바로 생각의 방향이다. 생각의 방향이 바르고 종합적이어야 하는 이유이다.

소설 『태백산맥』, 『한강』, 『천년의 질문』 등의 저자 조정래 씨는 생각의 중요성을 강조하면서 문학을 하는 사람들에게 글을 잘 쓰려면 다작과 다상량의 순서를 바꾸라고 충고했다. 그는 글을 잘 쓰는 비결에 대해 언론과의 인터뷰에서 이렇게 답변했다.

"문학을 하겠다는 사람은 대부분 조급한 마음에 쓰기부터 합니다. 그러나 좋은 글은 내면에서 우러나옵니다. 영혼 속에 감춰졌다가 곰삭아서 나오거든요. 그러려면 생각을 많이 해야 합니다. 다독 4, 다상량 4, 다작 2 정도로 배분하는 게 좋아요."

문학뿐만 아니라 실용적인 글을 쓰는 사람에게도 생각은 중요하다. 깊이 생각하고 넓게 생각하는 데서 좋은 글이 나온다. 글을 쓸 때 산책을 하는 것이 좋은 이유도 여기에 있다. 산책하면서 생각을 정리할 수 있기에 그렇다. 사색의 시간은 생각을 다듬는 시간이다. 따라서 글을 쓰기 전에는 묵상이나 명상의 시간이 필요하다. 생각은 진화하며 이에 따라 사고력과 창의력 역시 진화하는 까닭이다.

또한, 글은 인격의 표현이다. 삶을 관통하는 일관된 자세가 필요하다. 글을 쓰기 위해서는 무엇보다 원칙이 있어야 한다. 원칙이 있는 사람은 글을 쓸 수 있는 소재가 풍부하다. 세상은 원칙과 변칙과의 싸움이다. 때로는 변칙이 일시적으로 이기는 것처럼 보일지 몰라도 결국에는 원칙이 이길 수밖에 없다. 원칙은 공개가 가능한 까닭에 글을 쓰는 데 유리하다. 반면 변칙을 쓰는 사람은 글을 쓸 수가 없다. 변칙을 공개할 수는 없지 않은가.

물론 완벽한 사람은 없다. '털어서 먼지 안 날 사람이 없다'는 말도 그래서 나왔다. 인간은 부족하고 불완전한 존재이다. 부족한 부분이나 잘못한 부분이 있으면 인정하고 사과하고, 개선해 나아가는 자세가 필요하다. 그리고 그 생각을 글로 정리해 보자. 천 년 동안 글쓰기의 원칙으로 평가받는 구양수가 제시한 '다독, 다작, 다상량'을 기억하면서 글쓰기를 시작해 보자.

07
고치고 또 고쳐라

한국경영자총협회 노동경제연구원에 있을 때 「임금연구」라는 정기 간행물을 발간한 적이 있다. 원고를 받아보면 어떤 분은 자신이 쓴 글을 한 자도 고치지 못하게 했다. 이해가 가지 않았다. 물론 자신감의 표현일 수도 있겠으나 글은 옆에서 교정해 주면 좋아지게 되어 있다. 사실 자신이 쓴 글을 다른 사람에게 보여주는 데는 용기가 필요하다.

글을 쓰면 수정을 부탁하는 게 좋다. 나 역시 글쓰기에 자신이 없을 때도 주변의 글 쓰는 사람들에게 원고를 수정해 달라고 부탁했다. 그랬더니 내 글을 고쳐주던 후배가 지나가는 말처럼 한마디 툭 던졌다.

"선배님은 참 용기가 있으신 것 같아요. 교정을 부탁하시고, 수정해 주면 고맙다고 생각하시는 게 특이해요. 그런 분이 많지 않거든요."

나는 글을 쓰면 아내에게 꼭 읽어보라고 부탁한다. 아내가 읽으면 첫 느낌을 이야기해 주므로 많은 도움이 된다. 사실 아내가 글을 읽는 동안은 긴장이 되기도 한다. 혹시 부정적인 반응을 보일까 봐서다. 억지로 쓴 글을 아내는 귀신처럼 잡아내는 능력이 있다. 내가 쓴 책은 대부분 아내가 교정을 보았다. 다른 사람의 글을 두 번 읽는 경우는 드물다. 그러므로 글은 처음으로 읽을 때 자연스러움이 있어야 한다.

책과글쓰기대학의 글쓰기 과정에 합평合評 시간이 있다. 서로가 쓴 글을 평가하는 시간이다. 여러 사람이 글을 다각도로 평가해 주니까 많은 도움이 된다. 교정은 대개 빨간색으로 하는 까닭에 교정을 본 부분이 많아지면 '딸기밭'이라고 한다. 글을 쓰는 횟수가 늘어날수록 딸기밭의 면적도 줄어든다. 이 딸기밭 관리도 글을 잘 쓰는 비결이다.

나는 부하직원들의 글을 일일이 평가해 주면서 글 쓰는 능력을 키우도록 했다. 처음에 직원들은 내가 작가다 보니 자기들이 아무리 써도 눈에 들어오거나 빛이 나지 않으리라 생각하고 대충 쓰려는 경향이 있었다. 하지만 나는 이 점에서 매우 철저하게 지도했다. 무엇보다 직접 글을 써주지 않는 것을 원칙으로 삼았다. 대신 글의 방향을 이야기해 주고 본인이 써오도록 했다. 그런 다음 써온 글을 보고 말이 되면 고치지 않았다. 말이 안 되는 부분만 고쳐줬다. 그러면서 잘 쓴 부분에 대해서는 칭찬하는 것을 잊지 않았다.

그런 방식으로 지도한 지 6개월 정도 지나자 직원들의 글쓰기 능력이 현저하게 향상되는 것을 볼 수 있었다. 글을 쓸 때 옆에서 칭찬하고 격려해 주는 것은 대단히 중요하다. 나는 직원들의 글쓰기 능력이 향상된 것을 보고 매우 뿌듯함을 느꼈다. 글쓰기도 상사가 믿는 만큼 성장하는 것을 확인할 수 있었다.

만약 부하직원들이 쓴 글을 마음에 들지 않는다고 전부 고쳐주었다면 어떻게 되었을까? 아마 직접 교정하느라 많은 시간을 들였을 것이다. 실제로 내가 아는 한 CEO는 직원들의 글을 교정하는 데 많은 시간을 할애한다는 푸념을 털어놓았다. 마음에 들지 않아서 자신이 다 고치게 된다는 것이다. 직접 고쳐주면 당장은 좋을지 몰라도 당사자의 글쓰기 능력은 향상되지 않는다. 어차피 상사가 고칠 텐데 열심히 할 이유가 없기 때문이다. 또, "우리 상사는 돼지 꼬리표나 그린다"는 혹평을 받을 수 있다는 점도 유념해야 한다.

나는 부하직원들의 글을 수정할 때 나름대로 기준을 정했다.

"내가 쓴 글은 A 학점을 받아야 한다. 하지만 부하직원의 글은 B 학점만 되면 통과시키자. 내 손으로 글을 고치지 말자. 말이 되면 통과시키자. 마음에 들지 않으면 방향을 제시하고 다시 써오라고 하자."

이렇게 지도한 결과 부하직원들이 점차 글쓰기에 자신감을 갖는 것을 볼 수 있었다.

한 CEO는 내게 슬픈 고백을 털어놓았다. 그는 글쓰기를 좋아해서 책을 내려고 대학 때 존경했던 은사 교수를 찾아갔다. 그런데 뜻밖에도 교수로부터 크게 야단을 맞았단다.

"책을 아무나 쓰는 줄 아느냐? 쓰레기 같은 책을 내려면 내지 말아라. 책은 꼭 써야 될 사람들이 써야 한다. 네가 기업을 하면서 무슨 책을 쓰느냐? 교수도 쓰기 힘든 게 책 쓰는 일이야."

그 후 그는 자신감을 잃고 글쓰기를 내려놓았다고 눈물을 글썽이면서 고백했다. 그는 나를 볼 때마다 나의 글 쓰는 용기를 부러워했다. 이야기를 듣고 나는 마음이 무척 아팠다. 존경하는 은사의 질책 한마디가 훌륭한 작가의 싹을 잘라버렸으니 말이다.

다른 한 CEO는 신문사에서 매달 1회 칼럼을 써달라고 부탁이 왔는데 좀 도와달라고 내게 연락했다. 나는 그분의 글을 보고 놀랐다. 섬유업계의 권위자이다 보니 글의 내용이 참 좋았다. 다만 문장이 좀 긴 것은 끊어주고 전문 용어는 일반인들이 이해할 수 있도록 약간의 설명을 덧붙였다. 그렇게 조금만 바꾸었을 뿐이다.

하지만 그분은 글의 내용이 달라진 느낌을 받았다며 자신감이 생겼다고 했다. 이렇듯 누구나 글을 쓸 수 있는데 사람들이 그것을 잘 모를 뿐이다. 자신이 쓴 글을 고치고 또 고치면서 수정해 나가면 좋은 글이 된다.

3장

실용적인 글쓰기 연습

01
글쓰기의 좋은 점 10가지

누구나 글을 쓸 수 있는 잠재 능력이 있다. 다만 개발되지 않았을 뿐
이다. 처음에는 생각대로 글이 따라주지 않는 것도 사실이다. 하지만
종이 위에서, 또는 컴퓨터 자판 위에서 고민하면 기적이 일어난다.
글을 쓰는 능력이 문제가 아니라 글을 쓰겠다는 마음과 실천이 중요
하기 때문이다. 일단 글쓰기를 실행하면 글 쓰는 능력은 반드시 좋아
지게 되어 있다.

숙련된 기술자가 되려면 기술을 배우고 익혀야 하듯이, 글쓰기도
똑같은 과정을 겪는다는 점을 유념해야 한다. 글쓰기 훈련을 하지 않
았다면 처음에는 글을 잘 쓰지 못하는 게 당연하다. 글을 쓰는 것 역
시 기술을 익히고 훈련해야 한다.

글쓰기에서 모방과 창조는 중요하다. 신문사에서는 수습기자들에
게 기존의 기사를 베끼기 연습을 시킨다고 한다. 기사는 일정한 글쓰

기 틀이 있어 그것이 몸에 배도록 하기 위해서다. 베스트셀러『엄마를 부탁해』로 유명한 소설가 신경숙 씨도 고등학교 때『난장이가 쏘아올린 작은 공』이란 소설을 통째로 베껴 쓰면서 문장력을 키웠다고 한다.

철학자 데카르트는 "나는 생각한다. 고로 나는 존재한다"는 명언을 남겼는데, 글쓰기가 중요한 요즘 시대에는 "나는 쓴다. 고로 나는 존재한다"라는 패러디도 가능할 것 같다. 소설가 원재훈 씨는『나는 오직 글 쓰고 책 읽는 동안만 행복했다』에서 글 쓰는 기쁨과 가치를 이야기했다. 도대체 글을 쓰면 어떤 점이 좋을까?

첫째, 생각이 정리된다. 말은 잘하는데 글로 표현하려면 잘 안 되는 사람들이 있다. 글은 조사 하나만 달라도 의미가 달라지는 까닭에 글로 표시하면 정리가 될 수밖에 없다. 글을 쓰고 다듬고 고치면 생각이 정리되는 효과가 있다. 그리고 생각을 정리하다 보면 어느새 논리적인 사고방식을 익히게 된다.

둘째, 항상 새로운 것을 본다. 독자들은 반복되는 내용을 싫어한다. 같은 주제의 글을 쓰더라도 새로운 각도에서 쓰면 새롭게 느껴진다. 그래서 글 쓰는 사람은 호기심이 많다.

셋째, 창조의 기쁨이 있다. 글을 한 주제씩 완성해 나갈 때 희열을 느낄 수 있다. 구상하고 자료를 구하고 글을 쓰고 수없이 교정한 뒤,

마지막 사인을 보낼 때의 기분은 하늘을 나는 느낌이다. 창조의 기쁨을 만끽할 수 있다는 것이야말로 글쓰기의 묘미이며 작가를 예술가라고 부르는 이유다.

넷째, 외롭지 않다. 글을 쓰면 외로움과는 멀어진다. 혼자 있을 때도 메모를 하거나 글 쓸 소재를 찾게 된다. 항상 할 일이 있어서 시간을 허비하는 일이 없다. 시간 보내기에 글쓰기만큼 좋은 일은 없다.

다섯째, 원칙을 중시하게 된다. 글은 마음의 거울이다. 글을 통해 마음이 나타난다. 글은 세 줄만 써도 그 진의를 알아볼 수 있다고 하지 않는가. 원칙적인 삶은 굳이 설명이 필요 없다. 글은 인격의 표현이기에 원칙이 없으면 글을 계속해서 쓰기가 어렵다. 변칙을 좋아하고 남의 뒤통수치는 것을 즐기는 사람이 글을 쓰면 어찌 되겠는가.

'나에게도 좋고 남에게도 좋은 일'이 글쓰기 말고 또 있을까?

여섯째, 타인에게 좋은 영향을 준다. 글은 책의 형태로 많은 사람들에게 감명을 주고 시간과 공간을 뛰어넘어 희망을 전해 준다. 내 책 『행복한 논어 읽기』를 읽은 한 CEO는 나를 만나자 무척 반가워하며 내 책을 읽고 자신의 경영 철학을 바꾸었다고 말했다. "박사님의 책을 읽고 저의 경영 철학을 '논어의 지혜와 리더십'으로 바꾸었습니다. 제 차 속에 책을 가지고 다니면서 시간 날 때마다 읽고 있습니다. 좋은 책을 써 주시고 저에게 올바른 경영의 방향을 알려주셔서 감사합니다." 이것이 바로 글이 가진 영향력이다.

일곱째, 펜과 종이만 있으면 된다. 글쓰기에는 많은 장비가 필요하지 않다. 펜과 종이만 있으면 어디서든지 생각을 적을 수 있다. 펜과 종이가 없으면 쓸 거리를 상상하고 구상하면 된다. 정말 간편하지 않은가? 요즘에는 핸드폰이 있어서 펜과 종이가 없어도 핸드폰에 글을 쓸 수 있다.

여덟째, 소통을 원활하게 해준다. 말로 하는 소통은 지극히 제한적이다. 듣는 사람이 한정되어 있다. 기억에는 한계가 있어서 시간이 지나면 잊어버린다. 하지만 글은 시간과 공간을 초월하여 누구든지 어디서든 볼 수 있다.

아홉째, 정년퇴직이 없다. 이제 평균 수명 100세 시대가 열렸다. 머지않아 120세까지 사는 시대가 될 거라고 한다. 하지만 우리는 50대 후반이면 좋든 싫든 일터를 떠나야 한다. 퇴직하고 나면 몸은 건강한데 무엇을 하면서 여생을 보낼지가 걱정이다. 글을 쓰면 노년의 외로움과 무력감을 달랠 수 있다. 글 쓰는 사람들에게 정년퇴직은 없는 법이다. '전직 작가'라는 말을 들어 본 적이 있는가? 한 번 작가는 영원한 작가이기 때문이다. 현대 경영학의 아버지로 칭송받는 피터 드러커 교수는 96세로 세상을 떠나기 전까지 글을 쓴 것으로 유명하다.

끝으로, 글쓰기는 불멸의 기록을 남긴다. 역사에는 기록만이 남아 있다. 가족사에서도 마찬가지다. 기록만이 남는다. 죽을 때 남기는 유언은 사실상 제대로 이루어지지 않는다. 죽음을 앞두고 제대로 말할 수 없는 까닭이다. 정신이 멀쩡할 때 하고 싶은 이야기를 글로 써 두면 세상과의 이별을 준비할 수 있다. 또, 살아생전 책을 써두면 집안의 문집이 되어 후손에게 전달될 수 있다.

고전평론가인 고미숙 씨는 『읽고 쓴다는 것, 그 거룩함과 통쾌함에 대하여』에서 글쓰기의 좋은 점을 이렇게 역설했다.

"예전엔 미처 몰랐다. 내가 매년 한두 권의 책을 쓰게 될 줄은. 그리고 글쓰기로 먹고살고 세상을 만나고 생사의 비전을 탐구하게 될 줄은. 그런데 그런 일이 일어났다. 기적이다! 그래서 생각했다.

나처럼 평범하기 이를 데 없는 사람도 할 수 있다면 누구라도 할 수 있지 않을까? 무엇보다 '지금도 좋고 나중에도 좋은' 일이 글쓰기 말고 또 있을까? '이생에도 좋고 다음 생에도 좋은' 일이 글쓰기 말고 또 있을까? 결정적으로 '나에게도 좋고 남에게도 좋은' 일이 글쓰기 말고 또 있을까?"

물론 글쓰기에는 일시적으로 고통이 따른다. 하지만 그 고통을 뛰어넘는 기쁨이 있기에 계속해서 글을 쓸 수 있는 용기가 생긴다. 글쓰기의 고통 역시 즐거움으로 인도하는 출구임을 잊지 말자. "글쓰기의 고통은 짧고 기쁨은 길다." 글쓰기의 고통이 느껴질 때 글쓰기가 가져다주는 좋은 점을 생생하게 상상하면서 글쓰기에 도전해 보자.

02
글쓰기로 스토리텔링하라

'앞을 보지 못하는 맹인입니다. 도와주세요.'

어떤 맹인 거지가 구걸하면서 팻말에 적어놓은 글이다. 하지만 그 글을 보고도 도와주는 사람이 거의 없었다. 이를 지켜본 한 행인이 '봄이 왔습니다. 그러나 저는 맹인이라서 볼 수가 없습니다'라고 문구를 감성적으로 바꾸었더니 많은 사람들이 도와주었다고 한다.

또, 하나의 사례를 보자.

"아파트 코앞에 고층 빌딩이 웬 말이냐! 시민의 삶 짓밟는 ○○대기업은 각성하라!"

아파트 앞에 대기업이 빌딩을 짓는다는 소식을 접한 주민들이 분노하여 원래 생각했던 현수막 문구다. 이 표어를 『누구나 카피라이터』의 저자 정철 작가가 이렇게 수정해 주었다.

"아이들이 햇볕을 받고 자랄 수 있게 한 뼘만 비켜 지어주세요!"

어떤가. 투쟁적이고 갈등을 부추기는 상투적인 표어가 아니고 아이들의 삶에 관한 이야기를 담았다. 이 표어는 즉시 화제가 되어 TV 뉴스에 소개가 되었다. 그 대기업은 현수막에 쓰인 글처럼 아파트의 햇볕을 가리지 않을 만큼 비켜서 빌딩을 지었다고 한다. 글의 힘을 입증하는 사례가 아닐 수 없다.

요즈음 자기 PR 시대라고 해서 홍보에 열을 올리는 사람들이 많아지고 있다. 기업과 지방자치단체도 홍보에 적극적인 관심을 보이고 많은 투자를 한다. 특히 스토리텔링을 전략으로 도입하는 조직이 늘어나는 추세다. 기업의 역사와 상품에 스토리를 담아 부가가치를 높이는 전략이다. 아무리 좋은 상품도 스토리가 없으면 감동을 주기 어렵기 때문이다.

인터넷 경매 사이트 옥션의 설립자로 유명한 이금룡 코글로닷컴 회장은 『고수는 확신으로 승부한다』에서 감성과 스토리의 만남으로 감동을 불러일으켜야 한다고 강조했다.

"앨빈 토플러의 제3의 물결에 이어 지금은 제4의 물결이 일어나고 있다. 이 개념을 잘 설명한 사람은 덴마크의 미래학자 울프 얀센이다. 그는 '인간 중심의 사회'를 강조했는데 특히 인간이 가진 감성의 중요성을 역설했다. 이 감성이 감동으로 바뀌어야 한다. 감성이 감동으로 옮겨가는 길목에는 스토리텔링이 있다.

현재 우리나라 지방자치단체들은 스토리텔링할 자료를 찾느라 혈안이다. 제주도를 얼마 전에 방문했는데 유배 길을 관광코스로 개발해 놓았다. 추사 김정희 선생이 제주도에 8년 3개월 머무를 때 지냈던 곳과 먹었던 음식을 재현한 길이었다. 이렇게 제4의 물결시대에는 감성과 인간중심의 새로운 산업이 등장하게 될 것이다."

나는 서울사이버대학교에 있을 때 학생모집에 관한 글을 써서 신선하다는 평가를 받았다. 많은 대학이 학생모집을 할 때 대개 두꺼운 학교설명서를 활용하는데, 이 설명서를 사람들에게 나누어주는 게 보통 일이 아니다. 교수와 직원들이 입학 철만 되면 스트레스에 시달리는 이유다. 나 역시 상당한 스트레스를 받았다. 지원자를 일시에 모아야 한다고 생각하니 힘이 들었다.

그래서 관점을 바꾸어 접근했다. 평생학습 시대가 되어 사이버교육이 대세를 이루고 있으므로 이런 교육 환경을 알려주고, 공부할 기회를 제공한다는 생각을 바탕으로 삼았다. 그리고 이를 역발상으로 접근하여 홍보지 한 장에 메시지를 담을 수 있도록 글을 작성했다. 나는 '이런 분을 서울사이버대학교에 추천해 주세요'라는 한 장짜리 홍보자료를 만들었다. 그리고 추천대상을 다음과 같이 네 부류로 나누었다.

첫째, 직장에 다니느라 대학에서 공부할 기회를 미루어 놓으신 분을 추천해 주세요.

둘째, 대학을 졸업하고 직장에서 자기계발과 직무 능력 향상을 원하는 분을 추천해 주세요.

셋째, 인생 2모작을 준비하는 분을 추천해 주세요.

넷째, 공부에 대한 열망이 있는 주부를 추천해 주세요.

그런 요지를 담아 스토리텔링 형식으로 자료를 만들었더니 교직원들이 무척 좋아했다. 부담 없이 한 장씩 나누어줄 수 있어 사람이 모이는 곳이면 어디든지 안내 자료를 보낼 수 있었다. 나 역시 이 자료를 활용하여 많은 사람들에게 홍보했는데, 자료를 본 CEO 한 분이 연락해 왔다.

"우리 회사 간부 중에 아주 유능한데 고졸인 간부가 몇 사람 있어요. 대학 졸업자 못지않은 실력을 갖추고 있으나 고졸이라는 것 때문에 콤플렉스가 있어요. 이 점이 늘 마음에 걸렸는데 이번에 홍보자료를 읽어보고, 고민을 해결할 수 있을 것 같아서 너무 기뻤어요. 매 학기 한 명씩 장학생으로 보내고 싶으니 도와주기 바랍니다."

그렇게 해서 그 회사의 간부들은 미루어 놓았던 대학생의 꿈을 30대 후반에 맛보게 되었다.

사람들은 스토리를 기억한다. 문자로 기록하기 전 구전문학이 어떻게 가능했을까. 바로 스토리 형태로 말했기 때문이다. 스토리텔링 덕분에 구전문학이 살아남을 수 있었다. 단순히 암기한 내용은 오래 갈 수 없다. 스토리텔링할 때 지루하지 않고 오래 기억할 수 있다. 스토리텔링을 글로 옮기면 글쓰기가 된다. 그리고 글쓰기가 모아지면 책이 되는 것이다.

03
글쓰기 천재는 만들어진다

글쓰기에서 원고 작성 못지않게 시간이 많이 가는 과정이 바로 퇴고다. 글이란 조사 하나만 고쳐도 맛이 달라진다. 글을 전문적으로 쓰거나 책을 많이 낸 사람일수록 고쳐 쓰기의 중요성을 실감한다. 헤밍웨이는 "모든 초고는 걸레다"라는 말로 고쳐 쓰기를 역설했다. 그는 노벨상 수상작인 『노인과 바다』를 200번이나 고쳐 쓴 것으로도 유명하다.

글을 쓰는 사람 중에 유독 자신의 천재성을 자랑하고 싶어 하는 사람들이 있다. 어릴 적, 우리 주변에도 남들이 볼 때는 공부를 안 하는 척하다가 남이 보지 않을 때 열심히 하는 사람들이 있었다. 별로 노력하지 않고도 잘할 수 있다는 것을 자랑하기 위함이다.

사실 누구에게나 조금씩은 글에 대해 나름대로 천재성을 인정받고 싶은 욕구가 있음을 부인하기 어렵다. 소설가 한승원 씨는 이런 마음을 중학교 국어 교과서에 〈글 잘 쓰는 천재들의 거짓말은 믿지마라〉는 글로 소개하고 있다.

옛날에 시를 잘 짓는다고 소문난 선비가 한 명 있었다. 그는 자기를 찾아온 벗이나 후배들에게 새로 쓴 시를 내보이면서 이렇게 말하곤 했다.

"이거, 간밤에 좋은 생각이 떠올라서 잠깐 써본 건데 한번 읽어보게나."

그 시를 읽고 난 그의 벗이나 후배들은 한결같이 감탄을 금치 못했다.

"이건 사람이 쓴 게 아니야. 신선이나 귀신이 쓴 것이지."

그만큼 그 선비가 골라 쓴 말, 사물을 바라보는 섬세하고 정교한 눈, 또 그 시에서 노래하는 세계의 아름답고 고움은 남달랐던 것이다.

한 후배가 매우 궁금히 여기며 그에게 물었다.

"선배님께서는 어떻게 해서 이렇게 글을 잘 쓰실 수 있으십니까? 많은 시간 명상을 하셨죠? 몇 번이나 고쳐 쓰고 다듬고 하십니까?"

그 말에 선비는 고개를 저으면서 당당하고 거만하게 말했다.

"천만에! 나는 시문을 지으면서 이미 쓴 것을 고쳐 쓰거나 그 가운데서 어느 부분을 잘라내는 등의 다듬는 일은 전혀 해본 적이 없어. 나는 처음에 한 번 휘갈겨 써 놓으면 그것으로 끝이거든. 그러고는 깨끗이 잊어버리지."

"네? 아하!"

후배는 경솔한 질문을 던졌다는 생각이 들어 금세 얼굴이 빨개졌다.

얼마 후 선비가 소변을 보기 위하여 잠시 자리를 떴다. 그때 후배는 뜻밖에도 기막힌 것 하나를 발견했다. 선비가 깔고 앉았던 방석의 한 귀퉁이 밑에서 뾰조록이 삐어져 나온 희끗한 것. 그것은 선비가 시를 쓸 때 사용하는 종이였다. 후배는 얼른 방석을 들춰 보았다.

순간, 하늘에 해가 하나 더 떠오르는 것처럼 눈앞이 한층 밝아지는 것을 느낄 수 있었다. 후배는 이번에야말로 진정 감동 어린 목소리로 "아하!" 하고 탄성을 질렀다. 그 방석 밑에는 '간밤에 잠깐 썼다'라며 선비가 자랑스럽게 내보였던 시의 초고와 그것을 세 번 네 번 새까맣게 고쳐 쓴 종이가 수북하게 쌓여 있었던 것이다.

그런데 시 잘 짓는다고 소문난 그 선비는 왜 그런 거짓말을 했을까? 그 이유는 간단하다. 글을 쓰는 사람들은 대개 자기의 천재성을 노골적으로 자랑하고 싶어 하기 때문이다.

글쓰기 실력은 수정 횟수에 비례한다는 사실을 명심해야 한다. 글을 쓰고 고칠 때는 다음의 12가지, 즉 퇴고 12계명을 염두에 두면서 고쳐보자.

1 글의 제목이 내용과 적합한가?
2 글을 쓰려는 목적이 분명히 드러났는가?

3 내용이 군더더기 없이 깔끔한가?

4 문단이 잘 나뉘었는가?

5 글의 비중은 적당한가?

6 쉽고 친절하게 씌어졌는가?

7 잘못된 표현은 없는가?

8 어구가 잘못된 곳은 없는가?

9 맞춤법과 띄어쓰기는 올바르게 되었는가?

10 한자나 영어는 틀린 게 없는가?

11 쉼표, 마침표, 가운뎃점 등은 알맞게 썼는가?

12 글 전체의 구상이 생각한 대로 되었는가?

04
신문 칼럼을 활용하라

글쓰기를 공부하는 방법은 다양하다. 몇 가지를 예시해 보겠다. 첫째는 신문 칼럼을 활용하는 방법이다. 둘째는 독서를 통한 방법이다. 셋째는 강연 및 강의 요약을 통한 방법이다. 넷째는 수필이나 시를 활용한 서정적인 글쓰기 방법이다. 이 방법들을 사례를 곁들여 가면서 살펴본다. 먼저 신문 칼럼을 활용한 글쓰기를 살펴보자.

칼럼형 작가가 되라

"어쩌면 그렇게 글을 잘 쓰세요?"

많은 사람들에게 내가 받는 질문이다. 이 말에 처음에는 동의할 수 없었다. 믿어지지 않았기 때문이다. 그러나 곧 생각을 바꾸었다. 글을 쓰지 못했을 때와 비교해 보면 글쓰기 능력이 조금이라도 발전한 것은 사실이었다. 또, 글을 쓰지 않는 사람이 볼 때 내가 글을 잘 쓰는 사람처럼 보일 수 있겠다는 생각이 들었다. 그래서 이런 격려의 말을 부정하기보다는 내가 글을 쓰게 된 과정을 설명해 주기 시작했다.

"저도 글 쓰는 사람을 보면서 그저 부러워만 했던 때가 있었어요. 알고 보니 글쓰기에도 요령이 있더군요. 제 경험을 말씀드릴 테니 글을 한번 써보세요."

나는 글쓰기를 정식으로 배워본 적이 없다. 대학 때 전공이 경제학이고 이후 쭉 노동경제학을 공부하여 박사 학위를 받았으니 글쓰기를 공부할 기회가 없었다. 나의 글쓰기 선생님은 신문 칼럼이었다. 칼럼을 선생님으로 모신 사연은 남다르다. 20여 년 전 직장에서 나의 상사는 외부에서 온 분이었다. 밖으로 나가는 공식적인 글을 도와달라는 그의 부탁을 받고 처음에는 퍽 난감했다. 내가 박사니까 글도 잘 쓴다고 여겨 부탁한 것은 아닌지 생각하니 더욱더 고민되었다.

그래서 어떻게 하면 글을 잘 쓸 수 있을까 궁리해 보았다. 글쓰기 학원에 다닐까 생각하고 알아보았으나 직장 다니면서 시간을 맞추는 게 쉬운 일이 아니었다. 물론 글쓰기 학원이나 대학교 평생교육원의 글쓰기 과정을 수강하면 글쓰기에 많은 도움이 될 것이다. 하지만 당시 처한 환경을 생각하며 여러 가지 고민을 하다가 떠오른 생각은 신문의 칼럼을 벤치마킹하는 전략이었다. 잘 쓴 신문 칼럼을 매일 두 번씩 읽고 그 스타일을 모방하여 글을 쓰기로 결심했다. 처음에는 전체적인 내용을 읽었고 두 번째는 분석하면서 읽었다.

칼럼을 분석하는 방법 다섯 가지

첫째, 제목을 어떻게 붙였는지 살펴보았다. 칼럼의 제목은 편집부에서 눈에 띄도록 고민을 해서 뽑기에 제목만 봐도 읽고 싶은 마음이 생기기 때문이다.

둘째, 첫 문장을 유심히 보았다. 첫 문장에서 흥미를 유발하는 게 중요하다. 나는 글을 쓸 때마다 그 시작이 참 어렵다는 것을 느껴왔다. 그래서 칼럼을 읽을 때 시작 부분을 밑줄을 치면서 깊이 음미해 보았다.

셋째, 인용문의 형태를 분석했다. 그냥 읽을 때는 몰랐는데 두 번째 읽을 때 분석하고 밑줄을 치면서 읽어보니 정말 인용문이 많다는 것을 알았다. 글은 인용문을 어떻게 잘 나열하느냐에 달려 있다고 해도 과언이 아니다. 인용에는 직접 인용문과 간접 인용문이 있다. 다양한 형태로 인용하는 것이 글쓰기의 기술임을 알았다.

넷째, 접속사를 체크해 보았다. 접속사는 글을 부드럽게 이어주는 역할을 한다. 칼럼을 읽으면서 다양한 접속사가 사용되는 것을 보고 새삼 놀랐다. 순접형 접속사는 '그리고'가 있다. 역접형 접속사는 '그러나, 그렇지만, 하지만, 그래도, 그런데'가 있다. 인과형 접속사에는 '그래서, 따라서, 그러므로, 그러니까, 왜냐하면'이 있다.

대등형 접속사에는 '또는, 혹은, 및'이 있고, 첨가형 접속사로는 '더구나, 게다가, 아울러'가 있다. 그 밖에 요약형 접속사는 '요컨대, 즉, 결국'이 있고, 전환형 접속사에는 '한편, 다음으로, 아무튼, 여기에'가 있고, 예시형 접속사로는 '예컨대, 이를테면' 등이 있다. 이런 접속사만 잘 처리해도 글이 딱딱하지 않고 부드러운 느낌을 준다.

다섯째, 끝 문장을 관찰했다. 마무리를 어떻게 하는가를 분석해보니 역시 나름대로 법칙이 있었다. 마지막 문장은 앞의 내용을 요약하거나 강조하고 싶은 내용을 담고 있다.

추가 체크 사항으로 멋있는 표현도 눈여겨보았다. 문장 구조, 좋은 문장, 수사법 등을 분석했다. 문장의 길이는 어느 정도인지도 꼼꼼히 살펴보았다.

이렇게 신문 칼럼 하나를 선택해서 매일 두 번씩 읽다 보니 2개월 정도 지난 후에는 글쓰기의 틀이 보이기 시작했다. 6개월 정도 지났을 때는 글 쓰는 데 어느 정도 자신감이 붙었다.

소설가와는 경쟁하지 않는다

당시의 유명한 칼럼니스트인 조선일보의 김대중 논설위원과 유근일 논설위원, 동아일보의 김중배 논설위원의 글을 읽고 감동했다. 그들이 쓰는 글의 스타일을 분석해 보면서 "나도 글을 쓸 수 있다"는 용기가 생겼다. 전문성을 가지고 글을 쓰면 언젠가 그들을 흉내 낼 수 있으리라는 희망을 갖게 되었다.

반면 소설가의 글을 보면서는 한계를 느꼈다. 당시 동아일보에 소설가 최일남 선생이 칼럼을 쓰고 있었는데, 문장이 어찌나 부드럽던지 글을 읽다 보면 어느새 결론에 도달해 있었다. 풍부한 어휘력으로 물 흐르듯이 글을 쓰는 것을 보니 역시 괜히 소설가가 아니구나 생각했다.

그때 나는 소설가처럼 글을 쓰는 것은 어렵겠다는 결론을 내렸다. 그래서 '소설가와는 경쟁하지 않겠다'고 마음속으로 선언했다. 이렇게 결심하니 글 쓰는 스트레스가 상당히 줄어들었다. 소설가의 흉내를 내겠다고 목표를 정했으면 아마도 수많은 좌절을 맛보았을 것이다. 동시에 소설가들이 칼럼을 쓰는 데 어느 정도 약점이 있다는 것도 알았다. 소설가의 글은 부드러우나 칼럼을 쓸 때는 전문성이 약해서 글의 메시지가 떨어지는 단점이 있었다. 나는 글을 쓰는 데 나의 강점을 살리기로 마음먹었다. 전문성을 가지고 칼럼 스타일의 글을 쓰겠다고 결심한 것이다.

내 이야기를 듣고 어떤 분이 이렇게 말했다.

"매일 신문 칼럼을 읽었지만 한 번도 분석해 본 적이 없었습니다. 하지만 칼럼을 분석하면서 읽다 보니 정말 글 읽는 재미를 알게 되었고 나도 언젠가 글을 쓸 수 있다는 자신감이 생겨났습니다. 칼럼을 한 번 읽는 사람과 두 번씩 읽으며 분석하는 사람과의 차이가 작가가 되고 안 되고의 차이였음을 알게 되었어요."

신문은 우리가 매일 접하기 때문에 항상 가까이에 있다. 접근하기가 쉬워 편리하고, 이로써 실천력을 높일 수 있다. 대부분의 사람들은 적어도 신문 하나는 구독하고 있다. 현재 읽고 있는 신문이 훌륭한 글쓰기 선생님이 될 수 있다는 사실을 기억하자. 신문은 지식과 정보의 총아로, 신문을 보면 세상이 보인다. 신문을 정기 구독하고 있지 않다면 인터넷으로 칼럼을 검색하면 된다.

신문의 칼럼을 쓰는 칼럼니스트는 내부와 외부 필진으로 구성된다. 내부 필진은 논설위원이나 데스크 담당자인 간부가 맡는다. 외부 필진은 교수나 전문가로서 명망과 문장력이 뛰어난 사람들이다. 그들은 칼럼 하나를 쓰기 위해 일주일 동안 자료를 모으고 정리하여 글을 쓴다. 그리고 적어도 20회 이상의 수정을 거쳐 멋있는 글이 탄생한다.

현재 읽고 있는 신문의 칼럼니스트를 글쓰기 선생님으로 모시고 글쓰기를 연습해 보자. 그들의 글을 그냥 한 번 읽고 말면 단순한 지식의 습득으로 끝나버린다. 그러나 이 글들을 꼼꼼히 분석해서 읽어보자. 2개월이면 글을 쓰는 구조가 보이고, 6개월이 되면 글을 쓸 수 있다는 용기가 생길 것이다.

문제는 실천이다. 실천할 수만 있다면 누구든지 칼럼형 작가가 될 수 있다. 그리스의 철학자 플라톤은 "탁월성은 지속성이다"라고 말했다. 이 세상의 탁월한 모든 것은 바로 지속성의 산물이다. 매일 칼럼 하나를 선택해 두 번 읽으면서 언젠가 작가가 될 수 있다는 자신감을 가져보자.

『대통령의 글쓰기』로 유명한 강원국 작가는 글쓰기를 처음 시작했을 때 강준만 교수의 칼럼을 철저하게 분석하여 모방했다고 밝혔다.

"저는 다른 사람의 글을 정리하는 연설문만 써오다가 처음 글쓰기 공부하면서 전북대 강준만 교수의 칼럼을 읽고 세 가지를 모방했습니다. 첫 번째는 문체모방입니다. 강 교수의 칼럼 30개를 골라서 세 번씩 읽었습니다.

두 번째는 문장모방입니다. 강 교수의 문장을 패러디해 보는 겁니다. 그 문장의 틀을 그대로 놔두고 거기에 제가 쓰고자 하는 내용으로 바꿔서 써보는 것이죠.

세 번째는 구성 모방입니다. 강 교수의 칼럼을 그대로 놓고 순서대로 저의 글로 내용을 바꿔서 쓰는 겁니다. 그분이 뭘 질문하며 시작했다 하면 저도 질문하고요. 고사성어를 인용하면 제 글에 맞는 고

사성어를 찾아서 인용하고요. 일화를 소개하면 저도 일화를 소개하는 식으로 구성을 따라서 실천했어요. 이 세 가지를 했더니 그분과 같은 글을 쓰게 되었습니다."

　지금까지 신문 칼럼을 분석하면서 글쓰기 연습을 살펴보았다. 칼럼을 읽을 때는 첫 문장, 인용문, 접속사, 결론 등을 비교해 보자. 띄어쓰기, 문법, 멋있는 표현 등도 눈여겨보면 글쓰기에 도움이 된다.

　또, 강원국 작가의 제안처럼 좋아하는 분의 칼럼을 선택해서 문체, 문장, 구성 모방을 통해 글쓰기의 기본 틀을 배워보자. 이렇게 하면 가랑비에 옷이 젖듯 어느새 글쓰기가 친밀해지는 것을 느낄 수 있으리라.

출장 방문기, 여행기를 써라

재능교육 사장 시절 나는 중국 베이징지사를 방문했다. 나를 수행한 감미경 대리에게 사람들을 만났을 때 나눈 이야기를 메모해서 정리하도록 했다. 메모한 내용을 구슬처럼 잘 연결하면 글이 된다고 글쓰기 비결을 알려주었다. 그녀는 3박 4일 동안 워크숍에 참석하고 사람을 만나면서 나눈 대화를 정리해서 아침마다 내게 보여주었다. 나는 그녀가 정리해 준 자료를 가지고 '중국 사람들도 감탄하는 재능교재와 시스템'이란 제목으로 출장 방문에 관한 글을 썼다. 그 일부를 소개한다.

지난주 세계 경제의 중심지로 부상한 중국의 수도 베이징을 찾았다. 중국의 재능교육 가맹점장들이 참여하는 워크숍을 격려하고 베이징지사 활성화 방안을 모색하기 위해서다. 경영기획실 김현태 실장, 해외사업지원팀 감미경 대리와 함께 방문했다. 베이징공항에 도

착하니 박완식 베이징 지사장이 반갑게 맞아주었다. 우리는 점심 식사하고 곧바로 행사장으로 발길을 돌렸다.

중국에는 41명의 가맹점장이 있는데 2박 3일 동안 진행된 워크숍에는 21명이 참석했다. 회원탈퇴 극복방안, 학년별 지도방안, 현재 개설 중인 재능수학과 영어 및 생각하는 피자 과목에 관한 사례 발표가 있었다. 강의가 끝나자 "학교 진도와 맞지 않는데 어떻게 해야 하나요?", "교재 회수를 꼭 해야 하나요?" 등 궁금한 질문들이 쏟아졌다. 발표자가 답변하고 필요하면 지사장이 보충설명을 했다.

저녁에는 '재능인의 밤'이 전문사회자의 진행으로 열렸다. 서로 마음의 문을 열고 재능의 깃발 아래 모여 친목을 다지는 자리였다. 먼저 우수가맹점으로 뽑힌 랴오닝성 호염 가맹점장에 대한 시상이 있었다. 호염 점장은 유치원을 오랫동안 운영한 유치원 원장 출신으로 재능교육 가맹점 계약을 한 이후 현재 약 300과목을 유지하고 있고 올해 1월에는 두 번째 가맹점을 개설했다. 그녀는 당당한 목소리로 수상 소감을 말했다.

"우수한 재능교재와 시스템을 보고 정말 놀랐어요. 주위에 많이 알려야겠다는 사명감이 생겼어요. 그래서 지난 2년간 재능교육 직원처럼 틈만 나면 교육계 인사, 주변 유치원 원장, 학부모에게 추천했어요. 올해 2개의 가맹점이 계약을 맺었어요. 누가 시킨 것도 아니었어요. 뭔가를 바란 것도 아니고요. 단지 교재의 우수성을 혼자만 알고 있는 것이 너무 안타까워서 열심히 했어요."

박완식 지사장은 이번 워크숍과 본사 사장 일행의 방문을 통해 새로운 각오를 다졌다.

"우리 회사가 1994년에 중국에 진출하여 처음에는 조선족을 회원으로 두었어요. 2003년 베이징지사가 설립된 후 현재 7000여 과목을 하고 있는데 그중 중국 한족이 90%를 차지하고 있어요. 2009년부터 현재 영업이익이 흑자로 전환되어, 더디지만 상승세를 지속하고 있습니다. 특히 재능교재가 중국인이 외국계 교육기업에 주는 상을 연속해서 수상한 것은 큰 의의가 있어요. 중국 사람들은 교육에 대한 열의가 넘치고 한국의 토종 브랜드인 재능교재의 우수성을 인정하고 있어서 가능성은 크다고 봅니다. 이번에 사장님과 본사 간부들이 방문해 주셔서 큰 힘이 되었습니다. 중국에서도 재능이 대세인 날이 올 수 있도록 최선을 다하겠습니다."

이번 현지 방문은 중국을 다시 생각하는 계기가 되었다. 13억 인구와 더불어 세계의 경제 중심으로 자리를 굳히고 있는 중국은 기회의 땅이다. 이 넓은 나라에서도 재능교육이 대세가 될 날을 기대한다. 동시에 미국, 홍콩, 오스트레일리아, 뉴질랜드 등 해외 지사에서도 재능 대세론이 울려 퍼지기를 기원해 본다.

이 글을 읽은 감미경 대리가 말했다.
"사장님 말씀을 듣고 대화 내용을 메모해서 정리했더니 글을 쓸 수 있는 용기가 생겼어요. 글 쓰는 요령을 알고 보니 쉽다는 생각마저 들어요. 사장님을 수행하면서 글 쓰는 법을 배운 것이 가장 큰 기쁨이었어요. 정말 자신감이 생겼어요. 이제부터 저도 사장님처럼 열심히 글을 써보겠습니다."

아프리카 빅토리아 폭포 여행기

여행을 다니면서 여행기를 쓰는 것도 중요하다. 인간개발연구원 한영섭 원장은 여행과 인생을 담아 『세상의 문을 두드려라』를 펴냈다. 이 책은 전국경제인연합회 입사 후 인간개발연구원 원장에 이르기까지 쉴 새 없는 도전의 삶을 살았던 저자가 40여 년 동안 세계 각지를 돌아다니면서 겪었던 이야기들을 풀어낸 여행기인 동시에 회고록이다. 여행하는 동안 사진을 찍고 메모를 하여 글을 썼다. 경영자들과 함께 아프리카 대륙을 여행하면서 세계 3대 폭포의 하나인 빅토리아 호수를 보고 쓴 글을 소개한다.

빅토리아 폭포에 다다르니 더욱 비가 많이 내렸다. 아마도 폭포에서 만들어진 물보라가 비와 함께 떨어지는 것 같았다. 우비를 둘러쓴 우리들의 모습이 스머프처럼 우스꽝스럽게 보였다. 하지만 빅토리아 폭포를 처음 보자 모두 환호성을 지르며 사진 촬영하기에 바빴다. 하늘로 올라간 물보라가 다시 떨어지니 바람이 불어 우의로 가린 몸은 어느새 다 젖어갔다. 사진작가 두 분은 그 와중에도 우리 회원들의 사진을 찍어주기 위해 바빴다. 사진기가 비에 젖지 않게 보자기를 씌웠건만 비는 사진기 렌즈 속까지 들어갈 기세다.

짐바브웨Zimbabwe 쪽에서 떨어지는 폭포의 수량은 초당 수백 톤에 달하며 이것이 수백 미터 낭떠러지로 떨어지면서 굉음을 내니 삼라만상 인간의 세속과 잡음을 모두 삼켜버리는 듯하다. 물안개 속에 숨었다가 다시 나타나는 폭포는 우리의 모든 잡념을 절벽 밑으로 떨어뜨리는 게 아닌가.

나이아가라, 이과수, 빅토리아 세계 3대 폭포는 저마다 다른 차이가 있다. 나이아가라 폭포는 깨끗하고 성장한 예쁜 처녀의 모습이었다. 미국과 캐나다에 걸쳐 있는 나이아가라는 아침 세수한 새색시처럼 깨끗한 모습이었다.

이과수 폭포는 원시림 속에 사는 원시인의 모습이었다. 자연 그대로 울퉁불퉁 황톳물이 거대한 탱크처럼 밀려오는데 큰 둑을 무너뜨릴 만큼 기세 높은 남성미를 보여주었다.

반면에 빅토리아 폭포는 혈기왕성한 청년 같았다. 세상 물정 모르는 청년처럼 힘이 넘쳐서 세상을 모두 부숴 버릴 기세였다. 힘이 넘치는 자태를 보여준 듯하다가도 물안개로 그 모습을 숨기기도 했다.

우의를 머리부터 뒤집어썼건만 어느새 속옷까지 젖어버렸다. 인간이 자연과 하나 되는 순간은 자연을 있는 그대로 즐기는 때일 것이다. 폭포를 벗어나니 비가 그친 것인지 물보라가 그친 것인지 날이 다시 맑아지고 환해졌다. 다시 가면 환한 청년의 미소를 보여줄 것만 같아 다시 돌아가 보고 싶었다.

CEO든 직원이든 출장을 가거나 여행을 하면 메모를 해서 출장 방문기나 여행기를 글로 써 보자. 시간이 지나고 글을 보면 그때의 생각이 생생하게 떠오르게 된다. 하지만 기록하지 않으면 세월이 지나면 그곳에 갔다는 기억 정도밖에 생각나지 않게 된다. 다시 '총명이 둔한 붓만 못하다'는 말의 의미를 되새기게 된다.

06

강연을 들으면 요약하라

인간개발연구원의 '경영자를 위한 목요 조찬 세미나'는 매주 목요일 새벽을 깨우며 달려와 2022년 6월 현재 2,061회를 기록했다. 1975년 2월에 첫 회를 시작하여 47년 넘게 지속하고 있으니 경이적인 기록이 아닐 수 없다. 그래서 이 조찬모임은 조찬 학습문화의 원조로 대우받고 있다. 한국의 호텔은 아침 일찍부터 각종 조찬 학습모임으로 북적거린다. 각 모임마다 매주 하는 곳이 있는가 하면, 격주로 하는 곳도 있고 한 달에 한 번 하는 곳도 있다.

지방자치단체에서도 주민과 공무원들을 대상으로 매주 1회 또는 월 1~2회 아카데미를 운영한다. 전남 장성군은 지방자치제가 시작된 1995년부터 매주 목요일 오후에 저명인사를 초청해 강의를 듣는 것으로 유명하다. 기업에서도 명사를 초청하여 강연을 듣는 곳이 늘어나고 있다.

강연을 듣는 것은 몇 권의 책을 읽는 것과 같은 효과가 있다. 강사가 평생 갈고닦은 실력을 전부 쏟아놓는 시간이니 그 가치는 대단하다. 강연이나 강의를 듣고 요점을 메모해 놓으면 글을 쓰는 데 긴요한 자료가 된다. 칼럼 스타일의 글쓰기는 자료를 얼마나 자연스럽게 연결하느냐에 따라 글쓰기의 질이 결정되는데, 강연에서 들었던 내용을 인용하면 쉽고 부드럽고 격조 높은 글이 된다.

감사경영연구소의 정지환 소장은 인간개발연구원 조찬모임에 10년 동안 참석하면서 강연을 요약하여 이메일 회원들에게 보내주었다. 그는 강연회를 이렇게 소개했다.

"매주 목요일 오전 7시가 되면 우리 사회의 미래를 고민하는 일군의 사람들이 서울 시내의 한 호텔에 모여서 공부를 해요. 우리 시대의 석학과 각 분야 최고 전문가, 성공한 경영자나 은퇴한 창업주, 정부 부처의 장관이나 기관장, 유력 정치인과 주요국의 대사 등이 매주한 명씩 초빙되어 평생 축적한 자신의 내공을 풀어놓죠. 그들의 새벽 의식은 비가 오나 눈이 오나 거르지 않고 진행되었어요. 1979년 12.12사태 바로 다음 날 새벽에도 이 모임이 치러졌으니까요. 그래서 이 공부 모임은 국내 최고의 권위와 역사를 자랑하는 조찬 강연으로 자리를 잡을 수 있었어요. 이런 모임에서 강연을 정리하면서 공부하는 기쁨이 참 커요."

정 소장은 강연 내용을 모아서 『대한민국 파워 엘리트 101인이 들려주는 성공 비결 101가지』라는 책을 발간했다. 그는 강연을 요약하는 비결을 다섯 가지로 제시했다.

첫째, 첫 문장에서 독자의 시선을 끌어라.

둘째, 간접화법과 직접화법을 적절히 조화시켜라.

셋째, 직접화법에 들어가는 내용은 실감이 나게 정리하라.

넷째, 사실을 정확하게 기록하라.

다섯째, 작은 인연을 큰 인연으로 만들어라.

나는 정지환 소장이 제시한 강연 요약법을 응용하여 강연을 듣고 글을 써 보았다. 재능교육 사장 시절 매월 저명인사를 초청하여 임직원을 위한 명사 초청 특강을 실시했다. 가정의 달을 맞아 『아침 키스가 연봉을 높인다』, 『우리 부부는 맞는 게 없어요』, 『결혼, 천 일 안에 다 싸워라』 등으로 유명한 가정문화원 두상달 이사장(현 인간개발연구원 이사장)과 김영숙 원장 부부를 초빙하여 '행복한 가정이 경쟁력'이라는 주제로 강연을 들었다. 요약한 강연 내용을 소개한다.

'우리는 서로 맞는 게 없어요'

두 분은 베스트셀러 작가로 화제를 불러일으켰고 기업체에서 강의가 쇄도하여 일약 스타 강사가 되었다. 70세가 넘은 부부가 함께 강의하는 것도 흔치 않은 일이라 직원들의 관심도 남달랐다.

"결혼한 분들, 기회가 생기면 배우자를 바꾸고 싶은 생각 있으세요?"

"바꿔봤자, 그 사람이 그 사람이지 뭐."

두 분은 이렇게 말을 주고받으며 강의를 문답식으로 재미있게 이끌어 갔다. 부부가 함께 살다 보면 서로의 약점이 보이고, 때로는 '이 사람을 만나 내가 왜 이 고생을 하지?'라는 생각이 들 때도 있다. 두 분은 이에 대해 다음과 같은 해답을 내놓았다.

"부부는 서로가 부족한 까닭에 할 역할이 있어요. 부부를 서로 돕는 배필이라고 하는 이유죠. 완벽하면 결혼할 이유가 없잖아요. 결혼은 불완전한 사람들을 위한 제도예요. 부족한 사람들이 만나 서로가 부족한 부분을 보완하면서 함께 100점을 맞는 게 결혼의 의미라고 할 수 있어요."

서로 맞지 않았던 사건들을 소개할 때는 정말 싸울 것 같아서 청중들의 가슴이 조마조마할 지경이었다. 아침에 일어나면 남편은 시원한 공기를 마시기 위해 문부터 연다. 아내는 아침부터 찬 바람 들어오는 게 싫어서 문을 닫는다. 차를 타면 남편은 에어컨부터 켠다. 아내는 에어컨 바람이 싫어 에어컨을 끈다. 남편은 TV 뉴스나 사극 보는 것을 좋아한다. 아내는 멜로드라마 보는 게 너무 좋다. 남편은 대화할 때 결론만 이야기하라고 다그친다. 아내는 일어난 과정을 소곤소곤 말하고 싶어 한다.

이처럼 맞는 게 없는 부부가 50년 넘게 살았다는 게 신기하다. 이들이 가정문제에 관심을 갖게 된 것도 서로가 맞지 않아 불만이 많았기 때문이다. 맞지 않음에도 불구하고 '죽고 사는 문제가 아니면 그냥 지나가자'는 원칙을 세웠더니 이혼이라는 극단적인 상황을 피해갈 수 있었다.

그러면서 깨달은 진리가 '다르다'와 '틀리다'를 구분하는 것이었다. 부부가 서로 성격과 스타일이 다를 뿐 틀린 것은 아니라고 생각하니 새로운 세상이 열렸다. 생각을 바꾸니까 다른 것이 장점으로 작용하기 시작했다. 부부싸움을 하더라도 원칙을 정하고 서로가 서운한 게 있으면 표현을 하면서 상처를 치유했다.

가정이 행복해야 개인과 조직의 경쟁력이 생긴다. 일류 기업에서 가족 친화 기업을 부르짖는 이유다. 도로교통공단에서 교통사고의 원인을 조사했더니 '부부싸움을 한 날 교통사고 위험이 가장 높다'고 한다. 미국의 조사에 따르면 아침에 다정하게 키스를 하고 출근한 행복한 부부의 연봉이 관계가 안 좋은 부부의 연봉보다 20~30%가 높다고 한다.

강사분들은 미혼인 사람도 짝을 찾기 위해 적극적으로 노력해야 한다고 부탁했다. 결혼은 부족한 사람끼리 만나서 하는 것이다. 너무 눈이 높으면 만남 자체가 어려워진다. 한 단계만 눈을 낮추면 상대는 얼마든지 있다.

두 분은 참 맞지 않는 사람끼리 만났음에도 불구하고 사회적으로 성공했고 아들딸 낳아 잘 키워 결혼시켰다. 또, 노년에는 가정의 행복 전도사로 전국을 누비고 다니면서 명예도 얻었다. 강연 마지막에 두 분은 "우리처럼 맞는 게 없는 부부도 살고 있잖아요. 배우자의 부족한 부분은 내 몫이라고 생각하고 도와주세요. 생각만 바꾸면 가정이 행복하고 직장에서도 경쟁력이 생겨요"라며 간곡한 당부의 말로 강연을 마무리했다.

4장

교양 글쓰기 연습 사례

01
독서 노트를 준비하라

"선비가 사흘 동안 책을 읽지 않으면 그 입에서 나오는 말에 아무런 의미가 없고 거울에 비친 얼굴을 바라보기가 가증스럽다."

중국 송나라 시인 황산곡이 한 말이다. 책을 읽는 것은 글쓰기의 출발이다. 그래서 독서는 예로부터 중요시되어 왔다. 독서에 관한 명언들도 많다.

데카르트는 "좋은 책을 읽는 것은 과거의 가장 뛰어난 사람들과 대화를 나누는 것과 같다"라고 독서의 의미를 부여했다. 안중근 의사는 "하루라도 책을 읽지 않으면 입에 가시가 난다"며 독서를 일용할 양식에 비유했다. 빌 게이츠는 "오늘의 나를 있게 한 것은 우리 마을 도서관이었다"고 하면서 "하버드대학 졸업장보다 소중한 것이 독서하는 습관이다"라고 강조했다.

이처럼 독서는 성공한 사람들의 전유물이며 글쓰기의 기초과정이라고 할 수 있다. 미국의 작가 스티븐 킹은 『유혹하는 글쓰기』에서 독서와 글쓰기의 관계를 더욱 실감 나게 설명했다.

"책을 별로 안 읽는 사람들이 글을 쓰겠다면서 남들이 자기 글을 좋아하리라고 생각하는 것은 정말 터무니없는 일이다. 그러나 나는 그런 사람을 많이 보았다. 이 문제에 대하여 더 솔직히 말해도 될까? 책을 읽을 시간이 없는 사람은 글을 쓸 시간도 없는 사람이다."

독서는 글쓰기에 많은 소재를 제공해 준다. 독서 일기나 독서 노트가 글쓰기의 소중한 기초 자료가 되는 이유다. 글을 쓸 때 책의 내용을 인용하면 신뢰도가 그만큼 높아진다. 글이란 자기의 생각을 독자들에게 전달하는 것이기에 독자들이 공감하고 믿을 만한 책의 내용을 소개해야 한다. 또한, 책을 쓰겠다는 목표가 정해지면 독서도 목적을 갖고 할 수 있다. 자신이 쓰고자 하는 주제와 관련된 책을 읽으면 글을 쓰는 데 많은 도움이 된다.

기업의 CEO 중에는 독서광이 많이 있다. 그들은 책을 읽고 느낀 점을 직원들에게 자주 알려주고 함께 토론도 하면서 독서 경영을 펼친다. 독서 경영의 대표적인 인물로 MBC방송문화진흥원 이사장과 한국코칭협회 회장을 지낸 김재우 회장을 들고 싶다. 김 회장이 삼성물산의 최연소 임원을 거쳐 벽산그룹 부회장 시절에 실천했던 독서 경영은 매우 유명하다. 그는 직원들에게 매달 책을 읽고 독후감을 쓰도록 하는 독서 경영을 통해 회사를 살려냈다.

직원들에게 용기를 줄 수 있는 방안을 고심하던 중에 『살아 있는 한 우리는 절망하지 않는다』라는 책을 발견했습니다. 이 책은 어니스트 섀클턴 함장이 이끄는 영국 탐험대가 남극 횡단에 나섰다가 부빙浮氷에 고립되어 537일 동안의 극한 상황에 놓였지만 단 한 명의 희생자도 없이 27명 대원 전원이 무사히 생환한 기록을 다룬 휴먼 다큐멘터리입니다. 이 책이 실의에 빠진 우리 직원들의 절망을 희망으로 바꿀 수 있을 것이라고 믿었지요.

직원들은 섀클턴의 탐험선인 인듀어런스호의 위기에 비하면 우리는 정말 아무것도 아니라고 판단했고, 선장인 CEO를 믿고 열심히 따라가면 희망이 보일 것이라고 생각하기 시작했습니다. 독서 경영을 시작하면서 직원들의 눈빛이 달라지기 시작했는데, 이후로 매달 1권씩 읽도록 했습니다. 책을 읽고 나면 반드시 독후감을 작성하고 회사에 적용할 수 있는 방안을 제시하도록 했습니다.

독서광인 김재우 회장은 독서 경영뿐만 아니라 독서 내용을 기초로 책을 쓴 저자로도 유명하다. 『THINK BIG ACT FAST: CEO김재우의 30대 성공학』, 『누가 그래? 우리 회사 망한다고!』, 『지금 다시 시작할 수 있다』 등이 김 회장의 저서다.

독서할 때 독서 노트를 만들면 좋다. 읽은 내용 중에서 인상적인 부분을 옮겨 쓰는 것이다. 나중에 적어놓은 구절들이 남아서 도움이 된다. 또, 책을 읽을 때 책에다가 밑줄을 긋고 메모하는 것도 한 방법이다. 물론 책을 깨끗하게 보는 방법도 있지만 밑줄을 쳐 놓으면 다음에 많은 참고가 된다.

또 하나, 좋은 글을 필사하는 것이다. 많은 베스트셀러 작가들이 필사한 경험을 밝히고 있다. 처음부터 책 한 권을 필사하려면 지루하고 지칠 수가 있으므로 인상적인 구절이나 문단을 필사하다가 분량을 넓혀 가는 게 좋다. 그래서 장편소설보다는 시나 단편소설을 옮겨 적는 사람들이 많다.

『문화유산 답사기』로 유명한 유홍준 교수는 이효석의 『메밀꽃 필 무렵』을 200번이나 필사했다고 하지 않는가.

또, 신문 사설을 필사해 보면 칼럼을 쓸 때 많은 도움이 된다. 성경이나 불경을 필사하는 것도 유익하다. 독후감이나 서평을 쓰는 것 역시 좋은 방법이다.

독후감 사례
'천년 제국 로마에서 배우는 지혜와 리더십'

10여 년 전, 나는 시오노 나나미가 쓴 『로마인 이야기』 15권을 읽고 '로마인 이야기 리더십 코스'를 개발한 적이 있다. 그때 독후감을 썼다. 책을 읽고 느낀 점과 시사점을 글로 정리하면 그 책이 자신과 함께 살아서 움직이는 것을 느낄 수 있다. 그러나 글을 쓰지 않으면 시간이 지난 후 제목밖에 떠오르지 않는 책도 적지 않다. 당시 정리한 독후감을 소개한다.

로마는 인류 역사상 가장 오랫동안 대국으로 존속하고 유지된 국가다. 기원전 753년에 탄생하여 기원후 476년 서로마가 멸망할 때까지 약 1,200년이란 장구한 세월을 지속했다. 이탈리아의 작은 반도 국가에서 시작한 로마가 세계에서 가장 큰 제국을 건설할 수 있었던 비결은 어디에 있을까.

첫째로 로마인들의 관용과 개방성을 들 수 있다. 로마의 지도자들은 정적政敵에 대하여 관용을 베풀고 다른 민족과 싸울 때는 패배자까지도 로마화하는 개방적인 자세를 보였다. 대표적인 인물이 로마제국의 청사진을 제시한 율리우스 카이사르다. 그가 폼페이우스와의 내전에서 승리하여 최고 권력자가 된 후 내세운 정책이 바로클레멘티아, 즉 관용이다.

그는 귀족과 평민, 그리고 내전에서 승리자와 패배자가 서로를 포용하고 인정함으로써 보복의 악순환을 막자고 호소했다. 그래서 부하들이 만들어준 살생부를 즉시 소각하고 포용정책을 최우선 과제로 내세웠다. 인재도 능력에 따라 고르게 등용했고, 자신과 반대편에 섰던 사람들도 과감하게 발탁하여 화합의 정치를 이루었다. 식민지 국가인 속주에 대해서도 현지의 문화와 종교를 존중하는 개방정책을 실시하여 훗날 속주 출신이 로마의 황제에 오르기까지 했다.

둘째는 법과 제도가 움직이는 시스템을 구축했다. 로마인들은 정책이 사람의 자의성에 따라 좌우되는 것을 방지하기 위하여 법과 제도를 만들어 운용했다. 우선 로마 본국과 식민지의 원활한 통치를 목적으로 로마 도로, 로마법, 로마 달력, 로마 통화를 공유하면서 시스템이 작동하도록 했다. 그리고 그 시스템을 끊임없이 개선하고 혁신하면서 현실에 안주하지 않고 환경변화에 적응해 나갔다.

셋째, 지도자들은 경제를 이해했다. 카이사르가 착수하고 아우구스투스 황제가 완성한 화폐개혁에서 볼 수 있듯, '경제인은 정치를 이해하지 못해도 성공할 수 있으나 정치인은 경제를 몰라서는 안 된다'는 것을 로마의 지도자들은 알고 있었다. 그래서 정치 논리보다는 경제 논리를 통해 문제를 풀어나갔다. 관세정책도 경제 수준과 상품의 속성에 따라 다변화시켰다. 본국 이탈리아는 5%, 저개발 지역엔 1.5%, 동방의 고급품에 대해서는 25%를 부과하였다.

넷째, 노블레스 오블리주를 실천했다. 가진 자들에게는 높은 도덕성과 함께 남다른 의무가 지워졌다. 지도자는 평민과는 달리 특권을 양보하고 자신을 희생하고 솔선수범하면서 부를 사회에 환원할 때 존경받을 수 있었다. 초대황제 아우구스투스는 재임 중에 국가가 어렵거나 돈이 필요할 때 개인 돈으로 국고를 네 번이나 지원했다. 또한, 자신의 딸과 손녀가 법을 어겼을 때도 유배형에 처하여 만인이 법 앞에 평등함을 보여주기도 했다.

끝으로, 기록을 중시했다. 기원전 원로원 의원들이 신랄하게 논란을 벌인 내용은 지금도 그대로 보존되어 있다고 한다. 로마인은 무엇이든 기록으로 남겨 지식과 정보를 공유하는 문화를 이룩했다. 이런 특성은 군대에서도 잘 나타나 교본을 만들어 매뉴얼로 만드는 작업을 일상화했다.

예를 들면 로마군대의 평균속도까지 세 종류로 분류하여 평상시 행군은 5시간 25킬로미터, 강행군은 7시간 30~35킬로미터, 최강 행군은 밤낮을 가리지 않고 최대한의 거리를 행군해 간다고 기록하고 있을 정도다. 풍부한 기록물 덕택에 일본계 이탈리아 작가인 시오노 나나미는 『로마인 이야기』라는 대작을 집필할 수 있었다.

이렇게 무장된 로마제국도 말기에 이르러 지도자의 리더십 부족으로 쇠락의 과정으로 들어섰다. 특히 3세기 초의 카라칼라 황제의 인기영합주의는 멸망으로 가는 길을 재촉했다. 그는 로마 시민권을 모든 식민지 사람들에게까지 허용하여 로마인이라는 자부심을 사라지게 만들었다. 원래 식민지 출신이 시민권을 취득하려면 군대에 보조병으로 25년 동안 봉사한 후에야 가능했는데 이것을 누구에게나 부여하였으니 희소가치가 사라져버린 것이다.

또한, 속주민들에게도 시민권을 부여함에 따라 속주세가 자동적으로 폐지되었기 때문에 세금이 줄어들었다. 이 문제를 개선하기 위해 상속세를 강화했지만 해결책이 되지 못했다. 결국, 재정의 파탄을 초래하여 제국을 사양길로 몰아넣었다. 권리란 일단 부여가 되면 다시 돌이키기가 어려운 법이다. 경제 논리를 무시하고 임기응변적인 정책을 실시함으로써 영원할 것 같던 로마제국도 붕괴의 조짐을 보이기 시작했다.

　로마제국의 흥망성쇠는 우리에게 많은 교훈을 던져준다. 무엇보다 그 초점을 어디에 두느냐가 중요하다. 로마가 흥할 때의 동인動因이 무엇인지에 집중하면 『로마인 이야기』는 오늘을 사는 우리에게도 많은 지혜와 시사점을 가져다줄 것이다.

02
문장력을 어떻게 키울 수 있을까

어떻게 해야 좋은 글을 쓸 수 있을까. 좋은 글이 되려면 '지식, 구성력, 문장력'의 3대 요소가 필요하다. 지식은 콘텐츠의 핵심이다. 지식이 없으면 내용이 없는 글이 된다. 전문가가 글을 쓸 수 있는 이유가 바로 여기에 있다.

　구성력은 지식을 배치하여 논리를 세우는 능력이다. 지식 하나하나는 구슬이라고 할 수 있다. '구슬이 서 말이라도 꿰어야 보배'라는 속담처럼 구슬을 엮어내는 것이 중요하다. 그래서 글쓰기란 '지식의 구슬 꿰기'라고 할 수 있다. 알고 있는 구슬을 얼마나 잘 꿸 수 있느냐가 관건인 셈이다.

　다음으로 문장력은 기술이다. 좋은 글을 보고 모방하여 연습하면 자신도 모르게 문장력이 향상된다. 좋은 글을 쓰기 위한 몇 가지 중요한 점을 정리해 보면 다음과 같다.

첫째, 주제를 좁혀서 구상해야 한다. 주제를 넓게 잡으면 논리를 전개하기가 어렵고 산만한 느낌을 준다. 글이란 자신의 생각을 전달하는 것이므로 주제를 좁혀 접근하는 게 좋다.

둘째, 글쓰기 멘토를 둔다. 전문가가 옆에서 봐주면 큰 변화가 있다. 동국제강 부회장과 책과글쓰기대학 회장을 지낸 정문호 회장은 글을 쓰면서 코멘트를 받다 보니 눈에 띄는 변화를 겪었다고 말했다. 정 회장은 매일 아침 주요 신문을 보고 스크랩하여 도서관처럼 자료를 정리해 놓았다. 그에게 필요한 자료를 요청하면 금방 자료를 보내줄 정도로 정리가 잘 되어 있다. 그는 자신의 글에 코멘트를 받는 느낌을 이렇게 표현했다.

"인용이 많아 좋은 점도 많지만, 백화점식으로 글을 쓴다는 인상을 줄 수 있다는 지적을 받고 이를 고치다 보니 문장이 많이 좋아졌어요. 또, 다른 사람들의 글을 많이 인용하여 자신의 목소리가 부족하다는 평가를 받고 제 의견을 추가하니까 글이 살아나는 느낌을 받았어요. 글쓰기 멘토가 옆에서 코멘트를 해주는 것은 글쓰기에 매우 유용하다고 생각합니다."

정 회장은 그동안 써왔던 칼럼을 모아서 『커피 씨앗도 경쟁한다 (공부하는 CEO의 행복한 경영 이야기)』를 출간했다.

셋째, 문장력을 키우는 노력을 기울여야 한다. 언론계 출신인 배상복 교수의 『문장기술』을 보면 글 잘 쓰는 법이 쉽고 재미있게 소개되어 있다. 저자는 초보자들에게 용기를 주었다.

"글쓰기는 특별한 사람만이 가능한 특별한 기술이 아니다. 노력하면 누구나 글을 잘 쓸 수 있다. 처음 자전거를 탈 때는 넘어질까 두렵지만 몇 번 타다 보면 잘 타듯이, 누구에게나 글을 잘 쓸 수 있는 능력이 있다. 글쓰기를 두려워할 이유가 없다."

이 책은 복잡한 이론을 배제하고 저자가 오랜 글쓰기 연구와 기자 생활을 통해 얻은 경험을 바탕으로 문장 구성의 기본 원칙을 쉽게 정리해 놓은 글쓰기 기초 교재다.

그는 글쓰기란 결국 '문장력'이라고 말한다.

"문장력이란 자신이 하고자 하는 이야기를 명확하게 전달할 수 있고, 읽는 이가 어떤 사람이든 특별한 노력을 기울이지 않고도 끝까지 읽어갈 수 있게끔 문장을 구성하는 능력을 말한다. 이러한 능력을 기르기 위해서는 좋은 글을 많이 읽어보고 자주 써보면서 남의 평가를 받는 것이 중요하다. 그러지 않고도 짧은 시간에 글 쓰는 능력을 높이려면 문장의 기본 원칙을 마음에 새기고 잘 지키면 된다."

그는 문장력을 높이는 방법으로 풍부한 예문을 통해 실제 글쓰기에서 바로 응용할 수 있도록 문장의 십계명을 제시했다.

1 간단명료하게 작성하라.

2 중복을 피하라.

3 호응이 중요하다.

4 피동형으로 만들지 마라.

5 단어의 위치에 신경 써라.

6 적확한 단어를 선택하라.

7 단어와 구절을 대등하게 나열하라.

8 띄어쓰기를 철저히 하라.

9 어려운 한자어는 쉬운 말로 바꿔라.

10 외래어 표기의 일반 원칙을 알라.

넷째, 매일 또는 매주 정기적으로 쓴다.

아침편지로 유명한 고도원 씨는 매일 책의 중요한 내용과 해설을 짧게 덧붙이는데, 처음에는 책을 읽다가 줄 쳐 놓았던 내용을 친구 몇 명에게 이메일로 보낸 것이 시작이었다고 한다. 그는 왜 아침편지를 시작했을까.

누구에게나 그렇듯이 저에게도 책이 좀 있습니다. 그 책들은 모두 제 것이 아닙니다. 상당량이 아버지로부터 물려받은 것입니다. 시골교회 목사였던 아버지는 어머니의 모진 구박 속에서도 여력만 있으면 책부터 구입하셨고, 어린 시절 저에게 채찍을 들어 고문하듯 책을 읽게 하셨습니다. 그 아버지가 10여 년 전 세상을 떠나셨습니다.

저는 시간이 나면 책장에 서서 아버지가 물려주신 책들을 뒤적이

곤 합니다. 그리고 아버지가 그어놓은 밑줄들을 발견합니다. 그 밑
줄 친 대목을 두 번 세 번 읽다 보면 어느덧 돌아가신 아버지의 숨
결과 감동을 느끼게 됩니다. 한 권의 책이 한 사람의 운명을 바꿀 수
있습니다. 그 속에 적힌 말 한마디가 인생을 바꿀 수 있습니다. 거창
하게 운명과 인생을 말하지 않아도 좋습니다. 좋은 책에서 뽑은 좋
은 말 한마디는 한 사람의 몸과 마음을 건강하게, 행복하게 해주는
마음의 비타민이 될 수 있습니다. 감동과 기쁨, 사랑과 희망, 힘과
용기가 될 수 있습니다.

글을 잘 쓰는 방법은 정기적으로 글을 쓰는 데 있다. 매일 쓸 수 있
다면 가장 좋은 방법이다. 하지만 매일이 어렵다면 일주일에 한 번은
글을 쓰는 것을 습관으로 가지면 좋다. 이메일로 일주일에 한 번 글
을 쓰거나 블로그나 페이스북을 통해 글을 정기적으로 쓰는 방법도
있다. 정기적으로 글 쓰는 습관을 가지면 글쓰기 능력은 천천히, 그
러나 놀라울 정도로 향상될 것이다.

03
시를 인용하라

나는 오래전부터 막연히 시를 좋아했다. 그러다가 『시 읽는 CEO』란 책을 감명 깊게 읽었다. 저자 고두현 씨는 시의 가치를 다음과 같이 강조했다.

"시는 냉혹한 비즈니스 현장에서도 부드럽고 따뜻한 공감의 꽃을 피워 올립니다. 뛰어난 CEO들의 성공비결도 '무언가 다른 1%의 특별함'에 있지요. 컴퓨터 황제 빌 게이츠의 독창적인 사고와 디자인 천재 필립 스틱의 아이디어도 모두 시적 영감에서 나왔습니다. 직장에서 남보다 한발 앞서가는 사람들의 차이 또한 마찬가지입니다. 시에서 얻는 지혜와 창의적인 생각의 힘, 그 보이지 않는 무형자산이 우리를 키우는 최고의 자양분이지요."

그는 이 책을 통해 20편의 시를 선보이고 각각의 시에서 얻을 수 있는 가르침을 구체화했다. 시 한 편, 한 편을 통해 격려, 열정, 희망, 배움, 배려, 모험, 시간, 일상, 관계, 도전 등 인생 전반에 걸쳐 고민되는 화두 아래 스스로에 대한 성찰과 함께 진정한 성공과 행복을 깨닫고 구체화할 수 있는 지혜를 얻게 되었다. 그렇게 시에 대한 흥미를 이어가던 중, 재능교육 사장을 하면서 더욱 시에 관심을 갖게 되었다.

연구원과 학교에서 정적인 생활에 익숙해 있던 내게 치열한 생존 경쟁의 현장인 기업체, 그것도 최고경영자라는 자리는 커다란 도전이었다. 삶의 패턴이 완전히 바뀌었다. 매일매일 결정을 하고 책임을 져야 하는 게 큰 부담이었다. 6,000여 명의 임직원과 소통하는 것도 쉬운 일이 아니었다. 나는 소통의 수단으로 글쓰기를 선택했으나 직원들에게 하고 싶은 말을 일일이 설명하자니 구차한 생각이 들 때도 있었다. 그때 한 편의 시는 나의 마음을 너무나 우아하게 전달해 주었다. 나는 많은 시집을 옆에 두고 직원들에게 전해 주고 싶은 시를 찾았다. 상황에 따라서 감동을 주는 시가 참으로 많다는 사실에 놀랐다.

특히 재능교육에서는 매년 한국시인협회와 함께 '재능 시 낭송 대회'를 개최해 오고 있다. 시 낭송 대회를 지원하다 보니 자연스럽게 시를 가까이할 기회가 많았다. 시인들도 자주 만나게 되었다. 한국시인협회 회장을 지낸 허영자 시인은 재능교육의 시 사랑을 이렇게 평가했다.

"시 낭송 대회 1회 때부터 참석했어요. 10년도 아니고 20년이 넘게 시 낭송 운동을 전개하여 새로운 장르를 만들었다는 것은 대단한 일이죠. 문학 분야를 일관되게 지원하는 재능교육이 자랑스럽습니다. 창업자인 박성훈 재능그룹 회장님께서 시를 사랑하고 귀하게 여기기 때문에 가능한 일이지요. 시를 사랑하는 재능교육은 참 멋진 회사입니다."

나는 직원들도 시를 가까이할 수 있도록 매주 간부 회의가 끝나면 한 명을 선정하여 좋아하는 시를 낭송하도록 했다. 시가 주는 기쁨과 감격을 맛보며 직원들의 마음도 정서적으로 풍요롭게 되는 것을 느낄 수 있었다.

직원들은 매달 마지막 날이 되면 영업 실적 마감을 해야 한다. 마감이 주는 스트레스가 이만저만이 아니다. 마감 앞에서 직원들에게 무슨 말을 할 것인가. 그래서 이렇게 글을 쓰고 시를 인용했다.

또, 마감이 코앞에 다가왔다. 마감을 엊그제 한 것 같은데 한 달이 이렇게 후딱 지나가 버리다니, 그야말로 마감하고 돌아서면 금방 마감이 돌아오는 것 같다. 마감 앞에 선 재능인들의 마음을 헤아려주는 도종환 시인의 〈흔들리며 피는 꽃〉을 읽으며 시인의 마음을 함께 느껴보자.

흔들리며 피는 꽃

도종환

흔들리지 않고 피는 꽃이 어디 있으랴

이 세상 그 어떤 아름다운 꽃들도

다 흔들리면서 피었나니

흔들리면서 줄기를 곧게 세웠나니

흔들리지 않고 가는 사랑이 어디 있으랴

젖지 않고 피는 꽃이 어디 있으랴

이 세상 그 어떤 빛나는 꽃들도

다 젖으며 피었나니

바람과 비에 젖으며 꽃잎 따뜻하게 피웠나니

젖지 않고 가는 삶이 어디 있으랴

또 다른 시를 인용한 글을 보자. 나는 만남의 중요성을 강조하면서 시를 소개했다.

우리 회사는 사람을 만나는 일이 중요하다. 사람을 통해서 교육이 이루어지기 때문이다. 사람을 찾아가고 사람을 만나는 것이 우리가 하는 소중한 일이다. 사장에게도 사람을 만나는 일은 필수적이다. 최근에는 정현종 시인의 〈방문객〉이란 시를 읽었는데, 사람을 만날 때의 마음 자세를 새롭게 가다듬는 계기가 되었다.

방문객

정현종

사람이 온다는 건
실은 어마어마한 일이다.
그는 그의 과거와 현재와
그리고 그의 미래와 함께 오기 때문이다.
한 사람의 일생이 오기 때문이다.
부서지기 쉬운
그래서 부서지기도 했을
마음이 오는 것이다.
그 갈피를 아마 바람은 더듬어볼 수 있을 마음
내 마음이 그런 바람을 흉내 낸다면
필경 환대가 될 것이다.

역시 시인의 마음은 남다르다. 사람이 온다는 건 한 사람의 일생
이 오는 까닭에 환대해야 한다니 감동이 아닐 수 없다. 잠깐 방문하
는 사람에게도 이처럼 원대한 의미가 있다니. 이제는 사람을 만날 때
처음 만나는 사람이든, 오래전부터 만나온 사람이든, 함께 일하는 사
람이든 '그 사람의 일생을 만나고 있다'고 생각하면서 만나야겠다. 그

사람의 과거와 현재와 미래까지도 더불어 만나고 있다는 의미를 부여하면서 말이다.

글을 쓰다가 시를 인용하면 그만큼 서정성이 빛나고 감동을 더해주는 장점이 있다. 또, 전체를 인용하지 않고 시 제목이나 일부 구절만 인용해도 글의 품격을 높여주는 효과가 있다. 시를 가까이하면 감성이 풍부해지고 글쓰기에 많은 도움이 된다.

04
수필의 서정성을 도입하라

이 책의 글쓰기 목표는 앞에서 설명한 바와 같이 칼럼과 기획안 등 실용적인 글을 쓰도록 돕는 것이다. 하지만 실용적인 글쓰기에도 서정성이 가미되면 글이 훨씬 부드러워지고 설득력을 갖출 수 있다. 글을 쓰다 보면 더 멋있는 글을 쓰고 싶은 욕구가 생긴다. 멋있는 표현이 있음으로써 글 전체의 품격이 올라가기 때문이다.

수필은 소설, 시 등과 함께 문학적인 글쓰기에 속한다. 그러나 소설이나 시 등 다른 문학 작품과는 달리 보통 사람들도 도전해 볼 수 있는 장르다. 특히 칼럼형 수필은 전문성이 있는 사람들이라면 충분히 시도해 볼 수 있는 분야다.

성원교역의 김창송 회장은 기업의 CEO로서 회사 설립 30주년 사사社史를 준비하다가 글쓰기가 힘들어 고생했다. 그러다가 수필을 가르치는 곳에 등록하여 글쓰기 코치를 받고 4년 동안 수련하여 수필가로 등단했다. 김 회장은 글을 쓰면서 기업하는 기쁨이 더욱 커졌다고 한다. 언제나 어디서나 메모하고 그 내용을 바탕으로 수필을 쓰면서 인생의 폭과 깊이가 달라졌다는 것이다. 더욱이 『지금은 때가 아니야』, 『비바람이 불어도』, 『CEO와 수필』 등 여러 권의 수필집을 발간하여 수필가로서도 명성을 날리고 있다. 그리고 책과글쓰기대학의 초대 회장으로서 글쓰기와 책 쓰기 전도사로 활약하고 있다. 그는 80이 넘었으나 수필가로서 인생의 후반기를 멋지게 보내고 있다.

"글을 쓴다는 게 너무 감사해요. 글을 쓰기 때문에 여행해도 항상 새롭게 느껴져요. 수필가로 활동하는 덕택에 나이는 숫자에 불과하다는 말이 더욱 실감 나요. 경영 현장에서는 은퇴했으나 수필가로서는 아직도 현역이죠. 얼마나 큰 축복인지 몰라요. 글을 쓰면 은퇴란 없어요. 그래서 글을 쓰고 책을 쓰는 사람들이 모인 책과글쓰기대학에서 활동하는 게 너무 좋아요. 나이 든 사람을 회장으로 불러주니 고마울 뿐이죠. 여생 동안 글쓰기 전도사로서 살고 싶어요."

그는 수필가 손광성 교수를 책과글쓰기대학에 글쓰기 강사로 초빙해 수필을 장기간 공부하는 이유에 대해서도 설명했다.

"기업인들이 꼭 수필가가 될 필요는 없어요. 하지만 수필가의 정서를 이해할 필요는 있어요. 수필의 서정성을 조금만 도입해도 글에 감칠맛이 나기 때문이죠. 수필을 이해하면 실용적인 글을 쓰더라도 큰 도움이 될 수 있어요."

소설과 수필은 어떤 차이가 있을까?

수필에 대한 이해는 손광성 교수의 『손광성의 수필쓰기』에 잘 나와 있다. 그의 책을 중심으로 수필의 내용을 정리해 보자. 먼저 소설, 시, 수필의 차이점은 무엇일까.

소설은 내용이 장황하고 허구가 있다. 시는 압축과 생략, 그리고 절규가 중심이다. 수필은 진정성이 생명이므로 허구를 도입해서는 안 된다. 소설에서는 주인공을 선한 사람으로 세울 수도 있고 나쁜 사람으로 설명할 수도 있다. 하지만 수필은 작가의 직접체험을 바탕으로 한 진실의 문학이어야 한다. 때문에 수필은 자신이 몸소 체험한 내용을 바탕으로 진실성이 뒷받침되어야 한다.

여기서 수필은 체험의 산물이라는 점을 분명히 인식해야 한다. 우리는 남의 글을 읽다가 문득 '나도 글을 써보았으면……' 하는 생각을 할 때가 있다. 그 글의 내용이 자기도 한 번쯤 체험한 일이 있는 이야기일 경우는 더욱 그런 생각이 든다. 글을 쓸 때 소재를 찾는 것은 매우 중요하지만 이를 발견하기란 쉽지 않다. 사실 글감이 되는 소재는 우리 생활 속에 얼마든지 널려있다. 다만 그 소재를 발견해 내는 눈이 없기 때문에 글을 쓰고 싶어도 쓸 소재가 없다고 말한다.
수필은 이삭을 줍는 것과 같다. 추수가 끝난 밭고랑에 서서 차분한 눈길로 주위를 돌아보면 떨어진 이삭들이 많이 눈에 띈다. 남들은 그냥 지나쳐버린 이삭들이 그것을 찾고자 하는 사람의 눈에는 새로운 기쁨으로 발견되는 것이다. 글을 쓰는 일도 이와 마찬가지다. 글감을 찾고자 하는 마음의 눈만 가진다면 글쓰기 소재는 어렵지 않게 발견할 수 있다.

여러분도 이 글을 읽으면서 목표를 세워보면 어떨까? '나도 수필가로 등단하겠다'는 목표 말이다. 글을 쓰고 책을 쓰면 저자가 된다. 하지만 저자가 되었다고 해서 모든 저자를 문인이라고 부르지는 않는다. 문인이 되려면 등단의 과정을 거쳐야 한다. 실용적인 글을 쓰는 사람은 소설, 시, 희곡, 수필의 문학 장르 중 수필가로 등단하는 길이 가장 현실성이 높다.

수필가가 되려면 수필가로 활동 중인 분의 안내를 받아 등단 코스를 밟는 게 좋다. 아니면 직접 문의하여 과정을 밟으면 된다. 자신의 대표적인 수필 한 편을 제출하여 심사를 받고 당선되면 '수필 신인상'이 주어지고 정식 수필가로 인정을 받는다. 수필가 등용의 문으로는 수필 전문 잡지를 발간하는 〈에세이 문학〉, 〈수필과 비평〉, 〈한국 산문〉 등이 있다.

나 역시 잘 아는 분이 수필가로 등단하는 과정을 안내해 주어 〈수필과 비평〉을 통해 수필가로 등단했다. 수필가라는 이름을 받고 나니 서정적인 글에 더욱 관심을 갖게 되었다.

수필가가 되지 않더라도 수필을 읽어보면 글 쓰는 사람의 마음을 이해하게 된다. 글 안에 그 사람의 감성이 흐르기 때문이다. 그래서 딱딱한 글이라도 좋은 수필의 한 구절을 인용하거나 수필 형식으로 쓰면 글에 감성이 추가되고 그만큼 사람들에게 가까이 다가갈 수 있다.

수필 사례, 〈달팽이〉와 〈국화 옆에서〉

손광성 교수의 〈달팽이〉란 수필을 살펴보자. 글을 편안하게 쓰는 기법을 알 수 있다.

달팽이를 보고 있으면 걱정이 앞선다. 험한 세상 어찌 살까 싶어서이다. 개미의 억센 턱도 없고 벌의 무서운 독침도 없다. 그렇다고 메뚜기나 방아깨비처럼 힘센 다리를 가진 것도 아니다. 집이라도 한 칸 있으니 그나마 다행이다 싶지만 찬찬히 뜯어보면 허술하기 이를 데 없다. 시늉만 해도 바스러질 것만 같은 투명한 껍데기. 속까지 비치는 실핏줄이 소녀의 목처럼 애처롭다.

달팽이는 뼈도 없다. 뼈가 없으니 힘이 없고 힘이 없으니 아무에게도 위협이 되지 못한다. 하물며 무슨 고집이 있으며 무슨 주장 같은 것이 있으랴. 그대로 '무골호인'이다. 여리디여린 살 대신 굳게 쥔 주먹을 기대해 보지만 아무래도 무리인 것 같다. 그렇다고 감정

마저 없다는 이야기는 아니다. 민감하기로는 오히려 미모사보다 더하다. 사소한 자극에도 몸을 움츠리고 이마를 스치는 바람에도 고개를 숙인다. 비겁해서가 아니다. 예민해서요 수줍어서이다. 동물이라기보다 식물에 가깝다.

이번에는 손광성 교수의 뒤를 이어 책과글쓰기대학에서 글쓰기를 가르친 수필가 강돈묵 교수의〈국화 옆에서〉수필 한 부분을 소개한다.

앙증맞다. 두 뼘이나 됨직한 화분에 국화가 수형樹型을 이루고 꽃을 피웠다. 노란색 소국이다. 배달되어 온 화분을 책상머리에 놓고 한참을 완상하다가 코를 가까이 들이민다. 향이 은은하게 내 몸으로 흘러든다.

매년 이맘때면 국화분이 하나씩 배달된다. 몇 해 전 지역 농업기술센터에서 가을 축제명을 어떻게 하면 좋겠냐며 여러 사람의 의견을 모아온 적이 있다. 여러 의견을 존중하고, 내 생각을 조금 가미하여 '거제섬꽃축제'로 정해 주었다. 여태껏 사용하던 덜 다듬어진 긴 명칭은 버렸다. 이름을 바꾼 후로 이곳의 대표 축제로 성장하여 매년 가을을 수놓고 있다. 해를 거듭할수록 나에게 전달되는 국화분이 더 멋스럽고 품격이 고고하다.

국화 분재 앞에 앉아 있는 시간이 길어진다. 한참을 들여다보니 시야가 어릿어릿하다. 흐린 시야 저편에서 이것을 키웠을 사람의 형상이 나타난다. 지난해 가을부터 지금껏 돌봤을 그의 손길이 가슴에 와 닿는다. 낙엽을 썩혀 부엽토를 만들고, 좋은 묘목을 얻기 위해 삽목에서부터 갖은 정성 다 쏟았겠지. 부지런히 이식과 적심을 반복하며 수형을 잡아주었을 그의 손길. 잎을 따주며 희생지도 제거하고, 깻묵도 넣어주었겠지. 녹두알처럼 성장하는 꽃눈을 바라보면서 그는 무엇을 생각했을까. 오로지 아름다운 꽃을 그리며 중양절을 기다렸을 것이다.

수필은 멋있고 부드러운 글을 쓰는 것을 도와준다. 가끔 수필을 읽으면서 마음의 여유를 찾고 좋은 글을 만나는 기쁨을 맛보자. 수필의 서정성을 글쓰기에 보완하면 글 쓰는 기쁨이 더욱 배가될 것이다.

05
책 쓰기는 글쓰기의 백미다

글 쓰는 일을 직업으로 삼고 있는 사람도 의외로 책을 쓰는 사람은 많지 않다. 기자와 변호사가 대표적인 사람들이다. 평생 글을 쓰면서도 정작 책을 낼 생각은 하지 않는다.

"책을 써보세요."

내가 책 쓰기를 권유하면 그분들은 이렇게 반문한다.

"제가 무슨 책을 씁니까?"

생각이 얼마나 중요한지를 알 수 있다. 기자와 변호사들은 대개 이런 식이지만 그중에서도 책을 써서 유명해진 사람들이 있다. 차이점이 무엇일까. 단순하다. 목표가 있느냐 없느냐다. 이왕 글을 쓰고 있으니 글을 쓰면서 책을 염두에 두느냐 그렇지 않느냐의 차이점이다.

조선일보의 이지훈 기자는 『혼·창·통』을 써서 베스트셀러 작가가 되었다. 세계적인 석학과 기업가들을 만나면서 인터뷰한 내용을 신문에 연재하고 그것을 모아서 책을 낸 것이다. 그가 인터뷰한 사람들은 공통적으로 세 가지의 성공 요인을 가지고 있었다.

우선 혼魂은 가슴 벅차게 하는 비전으로, 사람을 움직이는 힘을 가졌다. 혼이 있는 사람과 기업만이 세상에 영향을 줄 수 있다. 창創은 창의력을 말한다. 끊임없이 '왜'라고 묻고 답을 얻는 과정을 통해 경쟁력의 핵심인 창의력을 쌓아가는 것이다. 통通은 소통하는 능력이다. 사람을 만나고 또 만나서 듣고 또 듣는 것이 혼과 창을 활성화하는 비결이다.

나는 이지훈 기자의 책을 읽고 강의도 들었다. 그는 책을 쓰고 나니 많은 곳에서 강의 요청이 들어온다고 하면서, "저는 말보다는 글이 더 편합니다. 제가 강의가 좀 부족하더라도 이해해 주시기 바랍니다"라고 겸손한 자세로 강연을 시작했다. 참석자들이 모두 감동을 받았다. 이것이 바로 저자의 힘인 것이다.

로고스 법무법인의 양인평 고문변호사는 고등법원장을 지내고 기독교인으로 구성된 로펌 로고스의 대표변호사를 거쳐 상임고문으로 활동하고 있다. 법조계에서 신뢰를 받고 있으며 독실한 기독교인으로 신망이 높다. 그는 법조인으로서의 인생과 기독교인으로서의 신앙을 책 속에 담아 『우리 청춘사업 합시다』라는 신앙 칼럼집을 발간했다. 그는 책을 쓰게 된 배경을 이렇게 설명했다.

"우리가 살고 있는 도시를 스위스의 제네바와 같이 깨끗하고 아름답고 범죄 없는 도시로 만들자는 '성시화 운동'을 춘천에서 대학 동기 동창인 전용태 장로와 함께 벌였어요. 당시 춘천지검 검사장으로 근무했던 전 장로와 춘천지방법원장인 저는 발령받는 도시의 법원과 검찰청에서 이 운동을 펼쳤는데 아주 호응이 좋았어요. 평신도로서 하나님의 일에 동참하고 귀한 분들과 교제할 수 있었음을 감사하게 생각합니다."

그리고 책 제목을 '청춘사업 합시다'로 한 이유를 덧붙였다.

"전용태 장로가 청주로 가는 바람에 청주와 춘천으로 떨어져 있게 되었지만, 그래도 도시를 거룩하게 만드는 성시화 운동을 계속했죠. 청주와 춘천 두 도시의 이름을 따서 청춘사업을 하자고 서로 격려하면서 우리는 도시 정화 운동을 이어갔어요. 그래서 책 제목도 '청춘사업 합시다'로 정했어요."

기자나 변호사는 글을 쓰는 일을 기본으로 하는 사람들이다. 조금만 관점을 바꾸고 사명감을 가지면 자신의 분야에서 일반 사람들을 위해 귀중한 책을 얼마든지 낼 수 있다. 요즈음은 책을 내는 사람들이 점점 많아지고 있어 다행이라는 생각이 든다.

1인 기업가로 유명한 공병호경영연구소의 공병호 박사는 글쓰기와 책 쓰기로 유명인사가 되었다.

그는 지금까지 100권이 넘는 책을 발간하는 등 다작으로 브랜드 파워를 형성했다. 대표적인 저서로는 『10년 후 한국』, 『부자의 생각 빈자의 생각』, 『습관은 배신하지 않는다』, 『좌파적 사고 왜, 열광하는가』등이 있다. 공병호 박사는 기록의 중요성을 온몸으로 강조하는 작가다. 기록에 대한 그의 자세는 남다르다.

"글로 써서 남기지 않은 삶은 죽음과 함께 망각의 늪으로 사라져 버린다. 삶의 모든 경험을 기록으로 남겨라. 글쓰기는 멋진 지적 유희이며 어떤 취미보다도 재미있다."

그는 글쓰기의 백미가 책 쓰기라고 강조한다.

"글쓰기를 즐겨 하는 사람은 주변을 대충대충 바라보지 않는다. 글쓰기에 왕도는 없다. 얼마나 많이 써보느냐로 좌우된다. 책 쓰기에 인생의 온갖 희로애락이 있다."

공정의 달인으로 알려진 메트로패밀리의 가갑손 회장은 페이스북에 올린 800여 편의 글을 중심으로 『당신을 만나 참 좋았다』를 발간했다. 가 회장은 페이스북에 8년(2011~2019) 동안 정치·경제·사회·문화 등에 관한 글을 연, 월, 일별로 올렸는데, 그 내용을 편집해 회고록을 완성했다.

그는 80 평생을 뒤돌아보며 어린 시절 가난 속에서 경험한 배고픔과 추위, 일제강점기, 6.25 사변, 4.19, 5.16의 체험, 33개월의 군 생활, 한화 그룹 33년, 개인 사업 22년, 60~70년대 이후 산업화, 민주화는 국민의 피와 땀, 눈물로 이룩한 결정체 등을 담담하게 기술했다.

그는 기업인으로서 세계 경제 10대 강국이 된 대한민국이 자랑스럽다고 말한다. 페이스북 친구들에게 감사의 마음도 잊지 않았다.

"8년간 1,566명의 친구가 생겼고 875편의 글을 올렸습니다. 정치, 경제, 경영, 사회, 문화 등에 관한 글이었습니다. 일주일에 평균 두 편의 글을 썼습니다. 전문적 지식은 물론, 학덕이 부족한 글에 좋아요, 댓글, 공유, 팔로워를 해주신 10여만 페이스북 친구분들에게 감사를 드립니다." 그리고 나라를 걱정하는 마음을 담아 다음과 같이 책을 마무리했다.

"국론 분열, 정치 실종, 경제 추락, 우방과의 균열, 북한의 핵 위협, 내우외환에 우리는 어떻게 대처해야 할까요? 대한민국의 숙제가 남아있습니다. 대한민국은 영원해야 합니다. 감사합니다. 박수받을 때 떠나야 합니다."

| 평범한 삶을 살아온 사람도 자서전을 쓸 수 있다 |

유명한 사람만 글을 쓰고 책을 쓰는 게 아니다. 사실 살아 있는 모든 사람은 움직이는 대하소설이다. 자녀를 키운 어머니들을 만나보라. "내 삶을 글로 쓰면 소설 몇 권이 되고도 남아!"라는 말을 하지 않는가. 실제로 맞는 말이다. 누구든 자신의 삶을 돌아보고 정리할 수 있다면 성공한 삶이라 할 수 있다. 비록 사회적으로 큰 성공을 거두지 않았을지라도 그 기록에는 성공한 인생이 담겨 있다. 가장 큰 효도는 무엇일까. 부모님께 자서전을 쓰도록 권면하는 것이다.

김경준 딜로이트컨설팅 부회장은 39년간 몸담았던 직장을 퇴직한 아버지에게 자서전 쓰기를 권했다. "어린 손자 손녀들이 성장한 뒤 할아버지가 어떤 생각을 하고 어떻게 사셨는지를 알 수 있도록 해주십시오."

아버지는 자신이 살아온 인생을 돌아보면서 결혼하고 아들 3형제를 낳아 키우며 기뻐했던 순간들, 부모님과 아내를 여읜 슬픔 등을 파노라마처럼 써 내려갔다. 이렇게 해서 『고빗길에서 만난 사람들』 자서전이 나왔다.

이 책에는 아버지의 삶이 고스란히 녹아 있다. 아버지는 자서전을 쓰고 나서 얼마 있다가 일흔넷의 나이로 세상을 떠났다. 하지만 자녀들은 아버지가 생각날 때마다 자서전을 읽으며 아버지와 말 없는 대화를 나눈다고 한다.

권석천 중앙일보 칼럼니스트는 자서전의 참된 의미를 이렇게 말한다.

"요즘 서점에 가면 아이돌 그룹, 공부 잘하는 수재, 재테크 성공자 등의 경험담을 실은 책들이 앞줄에 꽂혀 있다. 콘텐츠가 다양해졌다는 점에선 반가운 일이다. 아쉬운 것은 세속의 성공에 기대지 않고 인생을 진솔하게 정리한 자서전이 눈에 띄지 않는다는 점이다. 자서전의 참된 의미는 세월의 흐름 속에 잊혀져 갈 당대(當代)의 삶과 육성을 후대에 남기는 데 있는 것 아닐까."

아버지들뿐 아니라 땀과 눈물로 가정을 지켜온 내조의 여왕 어머니들의 자서전도 쓸 수 있다. 정조의 어머니 혜경궁 홍씨의 『한중록』은 시아버지 영조와 남편 사도세자 사이에서 일어난 기막힌 사연들을 눈물로 써 내려간 자서전이다. 남편 사도세자가 뒤주에 갇혀 죽어가는 모습을 지켜보며 느꼈던 단장의 아픔을 그대로 적어놓았다. 그리고 아들을 지켜 끝내 정조가 등극하도록 했다. 혜경궁 홍씨의 자서전이 있었기에 당시의 정치 상황과 사도세자가 겪었던 한 많은 인생을 알 수 있는 것이다.

보통 사람들의 세상 사는 이야기도 글로 써서 책으로 남기면 가족들에게는 소중한 자료가 된다. 본인이 세상을 떠날 때 평생을 통해 깨달은 삶의 지혜와 가족들에게 추억을 남기고 간다는 소박한 꿈으로 글쓰기와 책 쓰기에 관심을 가져보자.

글쓰기 후 인생이 어떻게 달라지는가?
'당사자'에서 '관찰자'로

사람의 마음은 주관적이다. 아침저녁으로 바뀌는 마음이니 그 마음을 어찌하겠는가. 오죽하면 〈내 마음 나도 몰라〉라는 유행가까지 생겼을까. 우리의 마음이란 참 묘하다. 어떨 때는 바다처럼 넓은 마음을 가진 것 같다가도 어떨 때는 밴댕이 소갈딱지처럼 좁게 느껴지기도 한다. 이런 마음을 말로 표현하면 일관성이 떨어진다. 우리는 '잘 나가다 삼천포로 빠졌다'는 말을 자주 사용한다. 말을 하다 보면 본질과는 상관없이 옆으로 새는 경우가 있기 때문이다.

또, 마음이 수시로 변하니까 사람의 말은 믿을 수가 없다. 물론 언행일치가 되는 사람도 많으나 말로만 하는 경우 불완전한 말의 속성으로 인해 문제가 생기기도 한다. 국회에 증인으로 출석했던 한 CEO가 자신이 했던 말을 정리된 기록으로 보면서 놀랐다며 다음과 같이 말했다.

"제가 이렇게 말을 엉터리로 하는 줄 몰랐어요. 말이 문법적으로 맞지 않고 횡설수설하는 느낌을 주었어요. 속기사가 제가 한 말을 토씨 한 자도 빼지 않고 적어놓은 것을 보면서 말이 얼마나 엉성한지를 알았어요."

'따뜻한 가슴'을 '냉철한 머리'로 전환하는 글쓰기

글은 말보다 정확하다. 말의 정확성은 떨어진다. 우리가 살면서 말 때문에 생긴 오해가 얼마나 많은가. 말은 용기를 주지만 상처를 주는 경우도 많다. 사실 우리는 알게 모르게 말로서 많은 실수를 하고 있다. 다만 본인이 그것을 잘 모르고 있을 뿐이다. 그러나 글을 쓰면 실수할 확률이 줄어든다.

　글은 쓰면서 생각하고, 고치면서 생각하기 때문에 마음이 정리되어 나온다. 말이 주관적이라면 글은 객관화의 과정을 겪는다. 글은 기록으로 남는 까닭에 책임을 져야 한다. 글이란 주관적인 생각을 객관적인 생각으로 바꾸어 가면서 공감을 얻는 과정이라고 할 수 있다.

따라서 글을 쓰면 객관적이 되고 냉철해진다. 글이란 따뜻한 가슴을 냉철한 머리로 전환하는 과정이다. 가슴에 있는 생각을 머리로 차갑게 생각하면서 정리하는 게 글이다. '초고는 가슴으로 쓰고, 재고는 머리로 써야 한다'는 말이 있다.

글을 쓰면 끊임없이 자기 자신과 대화를 하게 된다. 사람들은 무슨 문제가 생기면 다른 사람을 찾아가 위로를 받으려는 경향이 있다. 하지만 사람으로부터 위로를 받는 데는 한계가 있다. 마음 상한 일이 있다면 그 마음을 글로 써보자. 한결 마음이 정리되는 걸 느낄 것이다. 어니 젤린스키는 『느리게 사는 즐거움』에서 이렇게 말한다.

"우리가 하는 걱정거리의 40%는 절대 일어나지 않을 사건들에 대한 것이고, 30%는 이미 일어난 사건들, 22%는 사소한 사건들, 4%는 우리가 바꿀 수 없는 사건들에 대한 것들이다. 나머지 4%만이 우리가 대처할 수 있는 진짜 사건이다. 즉, 96%의 걱정거리가 쓸데없는 것이다."

우리의 고민을 냉정하게 분석해 보자. 고민거리는 오직 두 가지다. 걱정해서 해결할 수 있는 고민과 해결할 수 없는 고민이다. 해결할 수 없는 고민은 걱정할 필요가 없다. 해결할 수 있는 고민도 머릿속에서만 생각하면 복잡해진다. 어떤 고민이 있거든 종이에 적어보자. 고민의 요점을 적고 이를 해결하기 위해 필요한 방안을 적어보자. 그러면 고민은 10분 이상 할 필요가 없게 된다. 더 고민이 되면그 내용을 가지고 글로 표현해 보자.

글에는 생명력이 있다. 글이 살아 움직이면서 생각을 바꾸고 행동을 바꾸라고 요구하는 까닭이다. 글에는 인격이 나타난다. 글을 쓰면내면의 순화를 거쳐 인격의 성숙을 경험한다. 자신을 돌아보는 소중한 기회가 되는 것이다.

수적천석水滴穿石이란 말이 있다. 물방울이 모이면 결국에는 바위를뚫는다는 뜻이다. 글쓰기는 지속적으로 해야 효과가 있다. 매일 쓰는게 좋다. 일기가 글쓰기에 좋다는 이유다. 일주일에 한 번이라도 정기적으로 쓰면 언젠가 글쓰기의 달인이 될 것이다.

'밤 잔 원수 없고, 날 샌 은혜 없다'는 속담이 있다. 한밤 자고 나면 원수에 대한 극심한 감정도 풀리고, 날을 새우고 나면 은혜에 대한 고마운 감정도 잊어버린다는 뜻이다. 아무리 서운한 일도 글을 쓰면 주관성이 점점 배제되어 객관화가 되기에 웬만한 일은 이해하면서 넘어가게 된다. 반면 은혜 입은 일을 글로 적으면 그 은혜를 오래도록 기억할 수 있다. 글을 쓰면 위 속담도 '밤을 자지 않아도 원수 없고, 날을 새도 은혜 있다'로 고칠 수 있지 않을까?

글쓰기의 내공을 쌓은 후 책 쓰기의 꿈을 이룬 CEO

광학계에서 선도적인 업적을 이루어 중소기업의 위상을 높인 박춘봉 부원광학 회장은 처음에는 글 쓰는 데 소극적이었다. 책과글쓰기 대학에도 열심히 참여했으나 글쓰기를 시도하지는 않았다.

"글쓰기 공부에 참여하는 것 자체가 기뻐요. 글쓰기는 나중에 하도록 하겠어요. 우선 글쓰기 모임의 구성원들이 좋고 강의 내용이 좋습니다."

그러던 박 회장이 달라졌다. 〈광학세계〉라는 잡지사에서 원고 청탁을 해온 것이다. 글쓰기를 시작한 박 회장은 처음에는 글을 어떻게 쓸 줄 몰라서 고생했다. 하지만 박 회장은 원고 청탁이 와도 거절하지 않고 계속해서 글을 써 나갔다. 나는 박 회장의 글솜씨가 날로 향상되는 것을 보고 놀랐다. 그는 자신의 이름을 딴 '박춘봉 칼럼' 코너를 받아 2년 동안 글을 쓰면서 커다란 기쁨을 맛보았다.

"글을 계속해서 쓰니까 조금은 요령이 생기고 쉬워지는 것 같아요. 하고 싶은 이야기가 참 많아요. 이런 마음을 글로 표현할 수 있으니 무척 감사하죠. 활자화된 제 글을 보면 부끄러우면서도 제 자신이 대견스럽다는 생각도 들어요. 글을 쓰면서 인생이 완전히 달라졌어요. 하루하루가 즐겁고 새로워지는 것을 느낄 수 있기 때문이죠. 이렇게 나이 들어서 글쓰기의 기쁨을 맛볼 수 있다는 게 얼마나 큰 축복인지 몰라요."

그리고 박춘봉 회장은 기고했던 칼럼과 자신의 인생 이야기들을 정리하여 『렌즈에 담긴 내 인생』 자서전을 발간했다.

글쓰기를 하면 인생이 달라진다. 글을 쓰면 생각이 바뀌고 태도가 바뀌고 습관이 바뀌고 운명이 바뀐다. 글은 당사자의 입장을 관찰자의 입장으로 변화시킨다. 그래서 따뜻한 가슴과 냉철한 머리가 조화를 이루도록 하는 놀라운 힘이 있다.

글쓰기는 책 쓰기와 연결되어야 확실한 효과가 있다. 글쓰기에 어느 정도 자신감이 생기면 책 쓰는 기술을 익혀야 한다. 이제부터 책을 쓰는 이유와 방법을 하나씩 살펴보자.

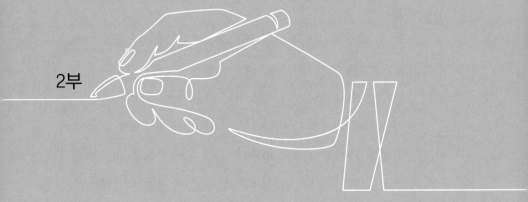

2부

행복한 책 쓰기

1장

왜 책을 쓰는가?

01
누가 책을 쓰는가

"제가 어떻게 책을 써요. 말도 안 돼요."

책을 써라고 권유하면 대부분 이런 반응을 보인다. 책을 쓰고 싶은 마음은 가져보았으나 구체적으로 고민해 보지 않았기 때문이다. 나는 책은 누구나 쓸 수 있는데 방법을 모를 뿐이라고 생각한다.

책은 콘텐츠 50%와 기술 50%로 이루어진다. 사람들은 누구나 자신만이 가지고 있는 콘텐츠와 전하고 싶은 메시지가 있다. 그것이 암묵지暗默知로 자신의 머릿속에 남아 있다. 이것을 밖으로 꺼내는 게 기술이다. 글을 쓰고 책을 내는 작업이 바로 기술인 것이다. 이 기술은 익히면 된다. 기술은 익히면 자기 것이 되지만 배우지 않으면 영원히 자신과는 상관이 없게 된다.

나는 한 분야에서 10년 이상 종사한 전문가들은 모두가 책을 쓸 수 있는 자격을 갖추었다고 믿는다. '10년 법칙'이 있지 않은가. 미국의 베스트셀러 작가 말콤 글래드웰은 『아웃라이어』에서 심리학자 앤더스 에릭슨이 연구한 '1만 시간의 법칙'을 소개했다. 한 분야에서 집중적으로 하루에 세 시간씩 10년을 보내면 그 분야에서 탁월한 전문가로 성장할 수 있다는 것이다.

전문가는 전문성을 가지고 일반인과 소통할 수 있어야 한다. 그래야 진정한 소통이 이루어진다. 중간관리자들도 풍부한 실무경험을 바탕으로 얼마든지 책을 쓸 수 있다. 최고경영자들은 두말할 필요도 없다. 회장들은 창업자다. 무無에서 유有를 창조했다. 그 과정에서 느낀 점이 얼마나 많을까? 또, 하고 싶은 이야기는 얼마나 많을까? 책이란 하고 싶은 이야기를 세상을 향해 던지는 것이다. 나는 특히 기업체 회장들에게 책을 왜 써야 하는지 이렇게 설득한다.

20년, 30년 전에 회사를 창업할 때의 철학과 정신을 젊은 직원들은 잘 알지 못합니다. 회장님이 직접 말씀하시면 잔소리가 되어 직원들에게 들리지 않습니다. 2세 경영자도 마찬가지입니다. 아버님의 옛날이야기를 듣고 싶어 하지 않아요. 6.25때 피난 간 이야기는 피난 간 사람에게는 재미있을지 모르지만 듣는 사람에게는 고역이 아닐 수 없어요. 회장님께서 하고 싶은 이야기, 미래 비전 등을 책으로 남기세요. 너무 나이가 드시면 기억력이 떨어지니 지금 책을 쓰세요. 혼자서 쓰시기 힘들 때는 '전문 작가의 도움'을 받는 것도 좋아요. 책을 발간하는 건 회사를 위하고 직원들을 사랑하는 길입니다.

이와 같은 이야기를 듣고 많은 분들이 책을 펴냈다. 김종훈 한미글로벌 회장은 내가 그분의 강의를 듣고 감명을 받아 책 내기를 권유한 분이다. 나는 강의를 들으며 '세상에 이런 회사가 있을까?' 하는 생각이 들었다. 그래서 글로 세상에 알려 많은 기업이 벤치마킹할 수 있도록 하자고 건의했다. 나는 출판사를 소개했고, 결국 『우리는 천국으로 출근한다』가 발간되었다. 김종훈 회장은 서문에서 이렇게 적고 있다.

이 책은 회사 창립 10주년을 맞이하여 기념사업으로 기획되었다. 그동안 내가 임직원들에게 쓴 CEO 단상, 언론 매체의 각종 칼럼, 강연 원고 등을 중심으로 재정리 작업을 했다. 그러나 정리된 원고가 출판하기에는 부족했고 내 마음에도 흡족하지 않았다. 그 후 마음의 부담을 간직한 채 차일피일하다 몇 년이 흘러버렸다. 그러다가 작년에야 인간개발연구원 원장을 지낸 양병무 박사의 원고 검토와 격려로 책을 내겠다는 결심을 다시 하게 되었고 이후 1년여의 작업 끝에 책을 내게 되었다. 실로 쉽지 않은 과정이었고 5년여 세월 산고의 진통 속에서 이 책이 세상에 처음 탄생하게 된 것이다.

책이 나온 후 이 회사의 철학과 인사 및 복지제도를 참고하기 위해 문의하는 사람들이 쇄도했다고 한다. 김종훈 회장은 '출근하고 싶어 안달 나는 회사를 만들겠다'는 꿈을 갖고 현장에서 많은 것을 실천했다. 중요한 것들만 살펴보면 다음과 같다.

첫째, 자녀 수에 상관없이 학자금을 무제한으로 대학교까지 지원한다.

둘째, 매주 회장이 CEO 단상을 써서 사내에 올리고, 개인 홈페이지를 통해 외부에도 공개한다.

셋째, 도서 구입비를 지원한다.

넷째, 커리어 매니저라고 해서 선임자가 후임자를 지원하는 코칭 시스템을 실시한다.

다섯째, 창립기념 행사나 송년회를 직원의 가족들과 함께 보낸다.

여섯째, 직원들이 급료의 1%를 내고 회사가 1%씩 내서 그 기금으로 사회공헌 활동을 한다.

일곱째, 직원들에게 10년마다 2개월의 안식 휴가제도를 실시한다.

이 정도면 직장인의 천국이라고 할 수 있지 않은가. 이 내용을 모든 기업이 따라 할 필요는 없다. 각자의 상황과 여건에 따라 한두 가지라도 실천하면 된다.

책은 나이 든 사람만 쓰는 게 아니다. 젊은 사람도 쓸 수 있다. 한 예로 이장로 고려대 교수가 운영하는 한국리더십학교가 있다. 이 교수가 교장 선생님으로 재직하고 있는 이 학교는 매년 44명씩 전국의 기독교인 대학생들을 선발하여 1년 동안 리더십 교육을 하고 있다.

나는 재학생과 졸업생들이 좋은 커리큘럼 속에서 공부하는 것을 보고, 학생들에게 학교의 성장 과정을 책으로 써보라고 권유했다. 그랬더니 정말로 간부급 학생 몇 명이 책을 쓰고 싶으니 지도해 달라고 찾아왔다. 나는 그들에게 책을 쓰는 요령을 설명해 주고 기꺼이 그들의 멘토가 되었다. 그 후 김정태 외 5명은 『한국리더십학교 희망 이야기』란 제목으로 책을 냈다.

이처럼 대학생들도 책을 쓸 수 있다. 처음에 그들은 학생이 책을 쓴다는 것은 상상도 할 수 없다고 생각했다. 나의 강의를 들을 때도 '과연 할 수 있을까?' 하며 의구심을 가졌다. 하지만 이들은 서로 격려하면서 글을 쓰고 책을 쓰는 기술을 읽혀 젊은 나이에 저자가 될 수 있었다.

나는 사회적으로 성공한 정치인이나 기업인 출신을 비롯하여 저명인사를 자주 만난다. 또, 내가 책 쓰기 전도사로 소문이 나면서 많은 사람들이 만나자고 연락을 해오기도 한다. '책을 쓰려면 양병무 박사를 만나 보라'는 소문이 나 있다는 것이다. 나는 이런 소문을 듣고 찾아오는 사람들을 기쁜 마음으로 맞이한다. 그리고 나의 격려에 힘입어 책이 나왔을 때는 내 책이 나온 이상으로 뿌듯한 마음을 느낀다. 이것이 나눔과 봉사라고 생각한다.

그러나 안타까운 사람도 있다. 사회의 지명도를 생각하고 그 노하우를 후진에게 책을 써서 알려주는 것이 의무라고 권유해도 별로 감흥을 느끼지 못하는 사람들이 있다. 이런 분들을 보면 아쉬운 마음이 들기도 한다. 세상을 떠나면 모든 기억도 사라지기 때문이다. 책은 쓸 수 있다고 생각하는 사람만이 쓸 수 있다. 내가 무슨 책을 내느냐고 생각하는 사람은 아무리 유명한 사람이라도 저자가 될 수 없다.

02
문제의식이 있어야 한다

전문가는 지식근로자의 정의 속에 잘 나타나 있다. 피터 드러커 교수는 지식근로자를 "자신의 업무를 끊임없이 개선, 개발, 혁신하면서 부가가치를 높여가는 사람"이라고 정의했다. 전문가는 일을 통해 평가받는다. 자신의 업무에 몰입하면서 개선, 개발, 혁신을 추구해야 한다. 일을 적당히 하면 문제의식이 생기지 않는다. 개선하고 개발하고 혁신하는 자세가 있어야 문제의식이 생겨나는 것이다.

전문가는 자신의 전문분야에서 세상과 소통할 수 있어야 한다. 이 세상을 바꾸고 싶은 강한 열망이 있어야 하며, 세상을 향해 전해 주고 싶은 메시지가 없으면 안 된다. 이러한 문제의식은 세상을 좋은 방향으로 바꾸는 촉매가 된다. 따라서 전문가인지 아닌지는 문제의식이 있느냐 없느냐에 따라 판단된다고 할 수 있다. 사람들을 행복하게 해주겠다는 분명한 사명과 목표가 있어야 한다.

유럽에서 10여 년을 근무하다가 한국에 돌아온 공무원의 이야기가 생각난다. 그는 오랜 외국 근무로 한국의 모든 게 낯설어 보였다고 한다. 선진국인 유럽과 비교할 때 사람들의 행동 패턴, 교육 방법 등에서 유럽인들에게 배울 게 많아 보였다. 그는 이렇게 말했다.

"프랑스의 유치원에서는 두 아이를 마주 보고 걷게 하여 서로 부딪히면 '죄송합니다'라고 말하도록 교육을 합니다. 이런 습관이 몸에 배도록 하는 거죠. 그런데 우리나라에서는 영어 단어 하나 더 가르치는 일에 너무 가치를 둡니다. 동방예의지국에서 오히려 예의를 모르는 아이를 만드는 것 같아 안타깝습니다."

그는 주변 사람들로부터 "1년만 지나면 그런 문제의식이 없어져서 유럽에서의 10년 경험이 물거품이 될 수 있으니 기억이 생생할 때 빨리 정리해서 책을 내라"는 조언을 들었다. 당시에는 바빠서 그 말이 귀에 들어오지 않았는데, 1년 정도 지나니까 정말로 문제의식이 사라졌다고 한다. 스스로 한국 사회에 동화되는 것을 느끼면서, 문제가 보였을 때 글을 써 놓지 않은 것이 후회된다고 말했다.

그렇다. 생각이 날 때 글을 쓰지 않으면 나중에는 생각 자체가 나지 않는다. 하지만 늘 문제의식을 품고 깨어 있으면 글 쓸 소재가 지천에 늘려 있음을 볼 수 있다.

겸손해야 책을 낼 수 있다

또한, 책을 내려면 겸손해야 한다. 겸손은 무엇일까. 사람들이 책을 못 내는 이유가 완벽한 책을 쓰겠다는 욕심 때문이다. 이 세상에 완벽한 책은 없다. 공자는 『논어』에서 술이부작述而不作, 즉 저술한 것이지 창작한 것이 아니라는 말로서 저술에 대한 겸손한 자세를 이야기했다. 과거부터 내려오는 자료들을 정리했을 뿐 새롭게 창작하지 않았다는 뜻이다. 이러한 자세로 공자는 『시경詩經』을 편찬했다. 고대로부터 내려온 3,000여 편의 시를 311편으로 엄선한 것이다. 공자는 이 300여 편의 시를 읽고 다음과 같은 결론을 내렸다.

"시란 사무사思無邪, 즉 생각함에 사악함이 없어야 한다."

공자의 이런 순수하고 겸손한 자세는 책을 쓰는 데 많은 격려가 된다. 책을 낼 때 공자처럼 술이부작의 자세로 접근하면 부담감을 줄일 수 있다.

사실 책을 낼 때 많은 사람들이 "부족합니다만 책을 내어놓으니 읽어보시고 질책을 부탁드립니다. 지적해 주시면 고치도록 하겠습니다"라는 마음의 자세를 가지고 있다. 나는 이 마음이 저자들의 진심이라고 생각한다. 정말로 부족한 글을 세상에 내놓는 것이다. 이렇게 겸손하게 글을 쓰고 책을 냈을 때 비로소 앞으로 나아갈 수 있다. 그러나 지나치게 겸손하여 완벽주의를 고집하는 사람은 책을 내기가 어렵다.

"저는 부족한 사람입니다. 저 같은 사람이 무슨 책을 낼 수 있겠어요? 요즈음 너도나도 책을 쓰는데 또 다른 종이 공해를 일으킬 것 같아 책을 쓰지 않겠습니다."

이렇게 말하는 사람은 책을 쓰지 못한다. 부족하지만 내어놓으니 사랑으로 읽어봐 주시고 질타를 부탁드린다, 부족한 점이 있으면 즉시 고치겠다는 다짐이 있어야 책을 쓸 수 있다. 완벽한 책은 없기 때문이다. 겸손해야 책을 쓸 수 있다는 나의 말에 공감하는 사람들이 적지 않다. 아니, 오히려 반가워하며 이렇게 말하기도 한다.

"책을 쓰지 않은 게 겸손하다고 생각했는데 그렇지 않다는 것을 알게 되었습니다."

이렇듯 지식사회에서는 자신이 알고 있는 것을 다른 사람과 공유하는 게 미덕이다.

책을 쓰기 힘든 또 다른 이유는 베스트셀러에 대한 기대 때문이다. 책을 내서 최소한 몇만 권이 팔릴 거라고 기대하는 바람에 시작부터 부담이 되는 경우가 있다. 하루에도 수백 권의 신간 서적이 출간된다는 사실을 염두에 두어야 한다. 그중에서도 소수의 책만이 화제의 책이 될 수 있다.

처음에 낸 책이 베스트셀러가 되는 것은 쉬운 일이 아니다. 무명시절에는 큰 기대를 하지 않고 내 이름으로 책을 냈다는 데 만족하는 자세가 필요하다. 베스트셀러 『꿈꾸는 다락방』의 저자 이지성 씨도 무명 시절에 75번이나 원고를 거절당했다고 하지 않는가. 그는 첫 번째 시집은 아예 팔리지 않아 군대에 기증했는데 아마 냄비 받침으로 사용되었을 거라며 농담하기도 했다. 첫 출발에 과도한 욕심을 부리지 않는 겸손한 자세를 가져야 한다. 또, 책이 반드시 많이 팔리는 게 절대적으로 중요한 건 아니다. 자신이 내고 싶은 책을 내면 필요한 사람은 보게 되어 있다. 책을 읽고 한 사람이라도 영향을 받는다면 가치 있는 일이다.

내가 이 책을 쓰는 이유도 많은 사람들이 책을 쓰기를 바라는 마음 때문이다. 만나는 사람들에게 책을 써라고 늘 권면하지만 뜻을 충분히 전달하기가 어려워 이렇게 책 쓰는 법에 관한 책을 내는 것이다. 나는 그동안의 경험을 공개하여 모두가 작가가 될 수 있기를 소망하는 마음으로 글을 쓰고 있다. 내 책을 읽은 사람들이 자신의 삶과 전문성을 글로 표현한 모습을 그려보면 상상만으로도 가슴이 벅차오른다.

드림코치의 꿈과 행복

재능교육에 학습지 교사인 이성희 선생님이 있다. 나는 재능교육 사장 때 이 선생님에게 선생님의 애환을 담아 글을 쓰고 나중에 책을 내라고 권유했다. 그 후 이 선생님은 계속해서 글을 써오다가 최근 『드림코치의 꿈과 행복』을 냈다. 선생님은 글을 쓰게 된 동기를 책 속에서 이렇게 밝혔다.

"11년 전 경기도 교하 지국에서 일할 당시 양병무 사장님을 만나게 되었고 양병무 사장님 덕분에 글을 다시 쓰게 되었다. 내가 쓴 현장 이야기를 보시며 '이성희 선생님의 글은 아주 쉽게 술술 잘 읽힙니다. 아주 잘 써요'라는 칭찬을 듣고 내게 글을 쓰는 재능이 있다는 것을 알게 되었다. 그때부터 현장에 있었던 일을 쓰기 시작했다. 현장에서의 일이 힘들고 지쳐도 밤마다 글을 썼다. 그것이 기쁨이었고 힘듦을 이겨 낼 수 있었던 나만의 방법이었다."

그리고 저자는 책을 낸 이유를 다음과 같이 설명했다.

"재능교재는 다른 것 같아요."

"엄마, 재능선생님 언제 와?"

현장에서 어머님과 아이들이 나에게 들려준 감격스러운 말이다. 재능교육에서 선생님의 다른 이름인 '드림코치dream coach'로 아이들을 만난 지 16년이 되었다. 지난해 코로나19 사태로 아비규환이었던 현장에서 처음에는 어찌할지 몰라 망연자실하기도 했다. 시간이 흘러 현장의 문제들이 하나둘씩 해결되어 갈 때쯤 전국에서 참아내고 버텨내고 있을 재능선생님을 생각하니, 마음 한편에 쓰라림과 함께 소통하고 싶다는 염원이 생겼다. 나 또한 똑같은 일을 겪고 있고, 그동안 겪었던 일들을 공유하고 싶었기 때문이다.

나는 틈틈이 스스로학습법, 재능교재, 어머님과 아이들 이야기 등 현장에서 힘들거나 감동적인 일이 있을 때마다 기록을 남겼다. 이렇게 글을 쓰다 보니 100편 정도의 현장 이야기가 되었다. 이 글들은 내 경험과 사례를 중심으로 엮어졌기에 주관적일 수 있다. 그래서 글을 쓰는 내내 박성훈 회장님의 『스스로학습이 희망이다』를 교과서처럼 읽으며 참고했다.

나는 오랫동안 아이들을 지도하며 다양한 시행착오를 거쳤고, 그 시행착오의 해답은 '스스로학습법'이라는 것을 알게 되었다. 내 글은 스스로학습법을 토대로 쓴 글이다. 현장을 내딛는 재능선생님들에게, 힘든 현장에서 "저 또한 그랬어요"라는 위로와 함께 희망을 드리고 싶은 마음에서 비롯되었다.

무엇이 학교를 바꾸는가

이준원 덕양중학교 교장 선생님은 『무엇이 학교를 바꾸는가』를 펴내 상처의 교실을 위로의 공간으로 치유하는 한국교육의 처방전을 제시했다. 이 책은 이 교장 선생님이 폐교 위기에 놓인 학교에서 혁신학교의 대명사로 자리매김하기까지 8년 동안 이룩한 감동적인 희망 이야기를 기록했다.

그는 36년 동안 경기도 중·고등학교에 근무하면서 학교에 적응하지 못하고 방황하는 숱한 아이들을 통해 교사는 '가르치는 사람'이 아니라 '상처 입은 이들을 치유하는 자'라는 생각을 하게 되었다. 마흔 살 되던 해부터 '치유상담연구원'에서 '내면 아이'를 공부하며 성적과 모범생만을 강조하는 학교가 아이들이 주인이 되는 학교로 탈바꿈하는 미래를 꿈꿨다.

경기도에 있는 덕양중학교는 10여 년 전만 하더라도 아이들은 미래를 꿈꾸지 못하고, 부모들은 생계를 돌보느라 학교에 무관심하고, 교사들에겐 잠시 머무는 곳, 재개발 지역에 묶인 변두리 동네의 학교에 불과했다. 이준원 교장 선생님은 2012년 3월부터 2020년 2월까지 근무하면서 교사, 학생, 학부모, 마을 주민이 함께 성장하는 '행복한 학교공동체 만들기'에 전념했다.

"학교에서 배운 상처를 삶의 별이 되게 하라!"

그는 절망의 학교를 어떻게 희망이 넘치는 학교로 바꾸었을까.

교장실 벽에는 전교생 사진이 붙어 있고, 학생들은 부담 없이 교무실을 드나들면서 선생님과 포옹하고 대화를 나눈다. 전교생은 모두 모여 '아고라 대토론회'를 벌이며 '생활협약서'도 스스로 만들면서 몸으로 민주주의를 배우고, 일종의 수학여행도 스스로 계획한다. 목요일 저녁에는 교장과 학부모들이 '교실'에서 만나 성적이 아닌 자신의 내면 상처를 털어놓는다. 학교 뒤뜰에서 이미 학교를 졸업한 부모들이 목공 작업을 하고, 졸업식에서는 떠나는 아이들이 "중학교가 3년인 게 너무 아쉽다"라고 눈물짓는다.

이 교장은 퇴임 이후에도 "300명이 넘으면 학교가 아니라 수용소다"라고 강조한다. 그는 '부모, 교사 내면 아이 돌보기', '학교혁신', '부모의 역할', '회복적 생활교육' 등의 주제로 전국의 교사와 학부모들을 만나고 있다. 일등과 모범생이 정답이 아니라고 가르치는 학교, 교장실 문을 허물고, 아이들의 이야기에 귀 기울이고, 부모의 고된 오늘과 마주하며 한 걸음씩 걸어온 작은 학교의 성장기를 전하며 '학교의 희망'에 조금이라도 밑거름이 되고자 노력하고 있다.

각 분야에서 전문가들이 따뜻한 마음과 문제의식을 기초로 세상을 바라보면 하고 싶은 이야기가 널려있다. 그 문제의식을 구체적으로 자세하게 정리하면 바로 책이 되는 것이다.

03
최고의 자기소개서다

인생은 만남의 연속이다. 사람을 만날 때 우리는 자신을 소개한다. 자신을 알리는 방법에는 어떤 것들이 있을까?

우선 명함이 있다. 사람들은 명함을 주고받으며 인사를 나눈다. 누구나 한 번쯤 명함이 떨어져서 난감했던 경험이 있으리라. 상대방의 명함을 받고서 건네줄 명함이 없으면 정말 난처하다. 마치 죄라도 지은 느낌이다. 나 역시 그런 경험을 가끔 한다. 그래서 요즘엔 사람을 만나러 갈 때 으레 명함부터 챙기는 버릇이 생겼다.

명함이 이처럼 중요하다 보니 최근에는 개성 있는 명함을 받는 경우가 많아졌다. 자신의 사진을 넣기도 하고 뒷면에 주요 이력 사항을 넣기도 한다. 이 모든 게 그만큼 자신을 잘 소개해서 오래도록 기억에 남을 수 있도록 하고 싶은 욕구의 표현인 셈이다.

그러면 명함이 없는 사람은 어떨까? 실업자 경험을 했던 모 기업체 사장은 내게 "이 세상에서 가장 큰 함이 무엇인지 아느냐?"고 물었다. 나는 별생각 없이 지구, 항공모함 등을 이야기했다. 그러자 그는 세상에서 가장 큰 함이란 '명함'이라고 했다. 실업자에게 명함은 너무나 크고 위대한 것으로 느껴지기 때문이란다. 명함을 보여줄 수 없는 사람은 정말 답답하고 스스로 처량한 생각이 든다고 한다. 실업자에게 명함은 꿈의 상징일 정도로 부러운 존재다. 이는 명함이 자기를 소개할 때 얼마나 중요한지 반증하는 사례라고 할 수 있다.

자기를 소개하는 방법에는 이력서도 있다. 이력서를 보면 그 사람이 살아온 과거를 어느 정도 짐작할 수 있다. 명함이 단순히 직장과 연락처를 알려주는 정도라면 이력서는 자신의 학력, 경력, 자격증, 특기 등을 비교적 다양하게 담고 있다. 하지만 세상을 살아가면서 이력서를 사용하는 경우는 그다지 많지 않다. 이력서는 입사할 때나 직장을 옮길 때 등 특별한 경우에만 사용할 수 있는 자료일 뿐이다.

또 하나, 자기를 소개하는 방법이 있다. 바로 책이다. 사람을 만나서 자신의 책을 선물하면 자연스럽게 자기를 소개할 수 있다. 책에는 표지 앞날개에 저자의 경력이 나타나 있다. 굳이 자신이 누구라고 소개할 필요가 없다. 또, 책에는 저자의 생각과 경험이 고스란히 녹아 있다. 그래서 책을 읽으면 대체로 저자에 대해 좋은 감정을 갖게 되고, 어떨 때는 만나보고 싶은 마음까지 든다.

몇 해 전 6·25 참전 용사로서 전쟁에 관한 책을 5권이나 집필한 박양호 회장의 『UN군 전적비를 찾아서』의 출판기념회에 갔었다. 박 회장은 6·25 때 학도병으로 자원하여 싸웠고 제대 후에는 감사원에서 사무차장을 지냈다. 감사원을 은퇴한 후에는 전쟁에 관한 책을 썼다.

책을 다 읽고 나니 이렇게 훌륭한 분을 그동안 깊이 생각하지 못했던 게 무척 죄송스러웠다. 그리고 그분의 철학과 사명감에 대해 자세히 알게 되었다. 출판기념회에서는 군 관련 저명인사들의 축사가 이어졌다. 그분의 삶에 대해 다시 생각하고 더욱 존경하는 마음을 갖게 된 기회였다. 이상훈 전 국방부 장관은 감격에 복받쳐 다음과 같은 축사를 했다.

"요즘 젊은 사람들은 6·25 전쟁에 대한 인식이 약합니다. 심지어 남침이 아니라 북침이라고 믿는 사람들도 있어요. 역사 교육이 잘못되어 있으니 안타까운 마음입니다. 이런 때 학도병으로 직접 6·25 전쟁에 참여한 선생님께서 UN군 전적지를 직접 찾아가 그 상황을 글로 써주시니 얼마나 감사한지 모르겠어요.

이런 연구는 정부에서 해야 하는데 선생님께서 노구를 이끌고 다니시면서 발로 쓴 이 책은 너무나 소중한 자료입니다. 군에 있는 후배들에게 좋은 책을 집필해 주셔서 참으로 감사합니다. 나아가 UN군으로 참전한 16개국에 대해서도 감사한 마음이 듭니다. 이런 자료가 없었다면 당시의 상황을 알 수 없었을 것입니다. 기록이 얼마나 중요한지를 몸으로 보여주신 선생님께 존경과 감사의 마음을 드립니다."

한학의 대가인 금곡서당의 하병국 선생님은 이 행사에 깊은 의미를 부여했다.

"평생을 올곧게 사시고 나라와 민족을 위해 평생을 바친 선생님께서 참전국과 참전 용사들에게 감사의 마음을 전하는 자리는 뜻이 깊습니다. 우리 후진들이 그 뜻을 받드는 기회가 되었으면 좋겠습니다."

디지털 시대의 리더십과 고상한 자기 소개법

나 역시 책을 쓰고서 참 좋은 경험들을 많이 했다. 우선 나 자신을 소개할 필요가 없어서 좋고, 책에 사인해서 선물하는 기쁨도 이루 말할 수 없이 크다. 친필로 사인을 하여 건네주는 책은 신뢰의 상징이 되기 때문이다. 여러 권의 책을 내면서 사람들에게 책을 선물할 수 있음은 큰 축복이다.

세상에서 가장 아름다운 경치는 글로 쓴 경치이며 그다음이 그림으로 보는 경치, 마지막이 직접 가서 보는 경치라고 한다. 글을 읽으며 갖가지 상상을 할 수 있기에 더 멋있어 보이는 게 아닐까? 그만큼 글은 여러 가지 다양한 상상을 하게 만드는 매력이 있다.

나는 『디지털 시대의 리더십』이란 책을 2000년에 썼다. 당시 40대중반의 나이에 리더십을 이야기하기에는 경륜이 부족하다는 생각이 들 때였다. 하지만 리더십의 패러다임이 바뀌고 있음을 간파하면서 이를 알려야 할 때라는 생각이 들었다. 또한, 40대는 아날로그 세대와 디지털 세대의 교량적인 역할을 할 수 있는 나이라고 생각했다. 그래서 책을 쓸 용기가 생겼다.

이 책을 쓰면서 한글 타이핑을 배울 수 있었다. 그동안은 비서가 타이핑을 해주는 덕분에 배울 필요가 없었지만, 디지털 시대의 리더십을 이야기하면서 타이핑을 직접 하지 않는다는 게 모순이라는 생각이 내 마음에 파고들었다. 그래서 타이핑을 시작하게 되었고, 책을 끝낼 때는 상당히 능숙해졌다. 이 주제를 가지고 국방대학원에서 강의할 때 장군들은 내게 이런 이야기를 했다.

"리더십은 군에서 장군들이 평생 공부하는 주제입니다. 그런데 '디지털'이란 말이 붙으니까 너무나 무력해지는 자신을 발견했습니다. 오늘 강사님의 강의를 듣고 보니 세상에 적응하기 위해 가장 먼저 할 일이 타이핑을 배우는 것임을 알았습니다. 오늘부터 당장 타이핑을 배워야겠어요."

저명한 대학교수도 내 책을 보고서 타이핑을 직접 하기 시작했다며 그 기쁨을 알려왔다. "편지 한 장을 쓰려고 해도 여러 번 고쳐야 해서 조교한테 미안한 마음이 들었어요. 이제 직접 타이핑을 하니까 얼마나 좋은지 모르겠어요. 컴맹을 탈출하게 해줘서 고마워요."

『디지털 시대의 리더십』은 내게도 아날로그에서 디지털로 전환하는 계기가 되었다. 이 책이 내게 먼저 디지털 마인드를 심어준 것이다. 물론 다른 사람들에게도 디지털 시대에 대한 이해를 높이는 계기가 되어 큰 보람을 느꼈다. 책을 읽은 사람들이 디지털 시대를 맞이하여 스스로 변신의 노력을 기울이게 되었다고 말한다.

또, 이 책을 쓰고 나서 나는 리더십 전문가로 활동하게 되었다. 그전에는 노사관계, 인사관리, 임금관리 전문가라는 평가를 받았는데 이 책을 계기로 리더십 분야로 영역을 넓히게 된 것이다. 이어서 발간한 『감자탕교회 이야기』, 『주식회사 장성군』, 『(숙명여대를 혁신으로 이끈) 이경숙의 섬김 리더십』은 바로 리더십에 대한 사례연구라고 할 수 있다. 『행복한 논어 읽기』, 『행복한 로마 읽기』, 『행복한 성경 읽기』 역시 『논어』와 『로마인 이야기』와 『성경』에서 배우는 리더십 연구로, 동서양 고전에 관한 책을 내면서 리더십 영역을 보다 확장할 수 있었다.

이처럼 책은 자신을 소개하는 가장 좋은 수단이다. 자기를 소개하는 좋은 방법이 있는데 아직도 책을 내지 않았다면 좀 더 냉철하게 생각해 볼 필요가 있다. 우리가 살아가면서 자신을 알리기 위해 투입하는 노력과 대가가 얼마나 큰지 생각해 보면 더욱 자명해진다. 작가 대중화 시대에 책을 써서 자기 자신을 고상하게 소개할 것인가, 아니면 명함과 이력서만으로 소개할 것인가? 진지하게 고민을 해보자.

04
사회적 영향력이 크다

『노는 만큼 성공한다』, 『나는 아내와의 결혼을 후회한다』 이 책들은 김정운 명지대 교수가 집필하여 베스트셀러가 된 책이다. 김 교수는 책을 쓰기 전에 일간신문에 칼럼을 연재한 바 있다. 그는 독일에서 심리학을 공부하고 돌아와 명지대에서 '여가 정보학'이라는 새로운 학과를 개설했는데, 만일 학과만 개설하고 글을 쓰지 않았다면 일반인들은 결코 그를 알아보지 못했으리라.

인간개발연구원 원장 시절, 나는 김 교수가 신문에 연재하는 글을 읽고 그를 조찬 세미나 강사로 초빙했다. 그의 강의는 재미가 있었다. 한국 사람들은 앞만 보며 달려오느라 놀 줄을 모른다고 한다. 술 마시고 노래방 가는 게 노는 것의 전부일 정도로 노는 문화가 단조롭다고 비판했다. 산업화 시대의 역군인 CEO들은 신선한 충격을 받았다. 나는 그가 책을 쓰면 베스트셀러가 되리라는 예감이 들었다.

그 후『남자의 물건』,『에디톨로지』,『바닷가 작업실에서는 전혀 다른 시간이 흐른다』 등 그가 내는 책마다 베스트셀러가 되었다. 그는 안정적인 대학교수를 스스로 그만두고 자유롭게 다양한 활동을 하면서 TV에도 자주 출연하여 재미있고 해박한 지식으로 시청자를 사로잡고 있다.

이처럼 책을 내는 것은 자신을 알리는 중요한 도구다.

47년의 전통을 가진 인간개발연구원에서 여는 조찬 세미나는 여기서 강의를 해야 유명 강사의 반열에 오른다는 말이 돌 정도로 명성을 가지고 있다. 내로라하는 사람들도 강의하고 싶어서 부탁할 정도다. 하지만 강사 선정이 엄격하기로 유명하다.

강사를 선정하는 기준은 무엇일까. 바로 '현직'과 '저서' 두 가지다. 우선 현재의 직책이 좋으면 강사로서 손색이 없다. 화제가 된 장관이나 기업체 회장 등은 강사로 초빙해도 무리가 없다. 자리가 주는 영향력 때문이다.

또, 베스트셀러 작가 역시 강사로 초대되기에 충분하다. 저자를 강사로 초빙하면 독자와 저자의 만남이 되어 좋은 분위기가 형성된다. 강연회가 성공하려면 좋은 강사를 섭외해야 한다. 그래서 매주 강사를 초빙해야 하는 인간개발연구원에서는 좋은 강사를 찾기 위해 혈안이 되어 있다고 해도 과언이 아니다.

책을 써서 유명해진 또 하나의 사례로 농협 상무와 대한석탄공사

사장을 지낸 조관일 창의경영연구소 대표가 있다. 그는 지방 대학교를 졸업하고 지방의 농협 직원으로 근무했다. 말단 직원으로 있으면서 본사로 올라갈 수 있는 길을 모색하다가 책을 냈고, 이를 계기로 농협 연수원으로 발령을 받았다.

그 후에도 조 대표는 시간이 나는 대로 책을 썼다. 『비서처럼 하라』, 『이기려면 뻔뻔하라』, 『서비스에 승부를 걸어라』 등 40여 권의 책을 써서 유명 강사의 반열에 올랐다. 지명도가 높아지자 그는 고향인 강원도의 부지사로 발탁되었다. 그 후 대한석탄공사 사장을 지냈고 지금은 창의경영연구소를 세워 자기계발과 동기부여 강사로 유명세를 누리고 있다.

최근에도 『유튜브로 놀면서 매달 500만 원만 벌면 좋겠다』, 『나는 왜 마음이 약할까?』 등 꾸준히 저서를 발간하고 있다. 또, 조관일TV 유튜브를 만들어 70세가 넘어서도 20만 구독자를 보유한 유튜버로서 활동하고 있다. 그는 무조건 책을 쓰라고 권유한다. 자신을 알리고 사회에 영향을 미치는 데는 책만 한 게 없다고 확신하기 때문이다.

유튜브 스타들의 책 쓰기

요즈음은 유튜브가 대세를 이루면서 유튜브 스타들이 책을 발간해서 화제가 되고 있다. 주언규 씨는 '신사임당'이라는 이름의 유튜브 구독자가 100만 명이 넘는 인기 유튜버이다. 그는 젊은 사람들이 경제적인 자유를 누릴 수 있는 책 『킵 고잉(나는 월 천만 원을 벌기로 결심했다)』을 발간하여 화제가 되었다.

그는 자신의 경험을 바탕으로 월급쟁이에서 어떻게 자기 사업을 하게 되었는지를 소개하고, "평생 월급쟁이로 남을 것인가? 경제 자유주의자가 될 것인가?"라고 도발적인 질문을 던지면서 책을 통해 사업가의 길을 친절하게 알려준다.

저자는 월 200만 원 월급쟁이의 굴레를 벗어난 과정, 단돈 100만 원으로 스마트 스토어를 시작해 내 사업을 키우는 법, 포기하고 싶을 때 행동, 추진력을 키우는 법, 온라인쇼핑몰을 키우는 핵심 노하우, 장사의 문은 누구에게나 열려 있다, 처음부터 걷는 아기는 없다, 인맥이 없어도 성공할 수 있다 등 사업을 하면서 겪은 과정과 얻은 노하우를 진솔하게 공유한다.

또, 유튜버로서 성공하게 된 과정을 '신사임당의 유튜브 성장 방정식'이란 장을 만들어 공개한다.

유튜브 '허준할매건강TV'로 50만 명의 구독자를 보유한 한의사 최정원 박사 역시 『(동의보감에서 쏙쏙 뽑은)허준할매 건강솔루션』을 펴내 베스트셀러 작가가 되었다. 조선 시대 명의 허준이 쓴 『동의보감』은 국보 319호로 유네스코 문화유산에 등재되었다. 임진왜란이 끝난 후 발간된 동의보감은 중국과 일본에서도 관심이 많았던 책이다.

중국에서는 사신들이 조선에 오면 동의보감 책을 꼭 챙겨갔을 정도로 귀중한 대우를 받았고, 중국 내에서도 수십 차례나 발간되었다고 한다. 동의보감은 세계 최초의 대중을 위한 의학서적이라는 평가도 받고 있다.

최정원 박사는 한의사로서 동의보감에 기초하고 현대적인 의학과 결합하여 국민에게 다가가는 책을 냈다. 한방바이오 생명과학연구소에서 한약재를 과학화하는 일에도 힘쓰고 있는 최 박사는 책을 발간한 이유를 다음과 같이 설명한다.

첫째, 인터넷 등을 통해 퍼지는 잘못되거나 단편적인 한의학 지식으로 약재를 오용하는 경우가 많아 이러한 한방지식의 오남용을 바로잡기 위해서다. 한약은 어떤 약재가 몸 어느 부위에 좋다고 하는 단순하고 단편적인 지식으로 처방하는 것이 아니라, 약을 사용하는 사람과 한약재 사이의 체질, 몸 상태에 따른 균형을 잘 인지하고 음양, 오행, 약재의 배합비를 정확히 맞추어 사용해야 부작용 없이 최적의 효과를 낼 수 있기 때문이다.

둘째, 그녀는 자신의 한방 관련 콘텐츠가 한 사람의 병든 생명을 구한다면 그것은 우주를 구하는 것과 같다는 마음으로 〈허준할매건강TV〉를 운영하고 있다. 책을 펴낸 이유도 이와 마찬가지로, 현대인들이 가장 관심 가지고 있는 생활 속 건강 이슈들을 정리하고 개선에 도움이 되는 정확한 약재 사용법, 뜸 법, 지압법 등을 알려주기 위해서다.

셋째, 남성, 여성, 중·노년, 어린이·청소년으로 이루어진 4개의 분류를 통해 각각의 나이, 성별에 따라 자신에게 일어나기 쉬운 증상과 이를 치료하는 데에 필요한 약재를 찾기 쉽도록 도와주기 위함이다. 또, 현대인에게 꼭 필요한 생활 속 처방을 알려주고, 우리가 일상생활 속에서 자연스럽게 섭취하는 식품을 더욱 현명하고 건강에 좋은 방향으로 섭취할 수 있도록 도와주는 역할을 하고 싶은 까닭이다.

지금까지 소개한 김정운 교수, 조관일 대표, 신사임당 주언규 씨, 허준할매 최정원 박사가 책을 내지 않았다면 어떻게 되었을까? 그들은 책을 냈기 때문에 사람들에게 구체적으로 알려졌고 사회에 영향력을 행사할 수 있게 되었다.

05
전문가의 자격증이다

누가 역사에 남는가? 우리나라 역사를 돌아보면 높은 자리에 있는 사람이 후세에 기억된다는 것을 알 수 있다. 왕이나 정승은 역사에 이름이 남는다. 사농공상의 전통도 그래서 생겼다. 관리로 등용되어야 이름을 남길 수 있기 때문이다.

이는 오늘날도 비슷하다. 대통령을 하든지, 장관이나 국회의원을 하든지 해야 역사의 기록에 흔적을 남길 수 있다. 또, 훌륭한 기업인이 되어도 역사에 남을 수 있다.

그다음으로 역사에 남는 인물은 바로 책을 쓴 사람들이다. 김부식, 허준, 정약용, 허균 등이 왜 유명할까? 『삼국사기』, 『동의보감』, 『목민심서』, 『홍길동전』과 같은 역사에 남을 책을 저술한 덕택이다. 책을 쓰지 않으면 그 사람이 전문가인지 아닌지 검증할 수가 없다. 이렇듯 책은 전문가에게 필수 불가결한 것이다. 책을 쓰지 않으면 자신이 전문가라는 사실을 입증하기가 어렵다.

또, 우리나라 사람들은 가문을 중요시해서 족보를 소중히 여긴다. 족보에는 이름이 들어가기 때문이다. 조상 중에 저술한 책이 있으면 금상첨화다. 나는 '진품명품'이란 TV 프로그램을 자주 본다. 주로 골동품이나 고서를 소개하는 프로인데, 그중에서 조상이 쓴 저서를 가지고 나와서 책의 내용과 가치를 알아보고 싶어 진품명품에 의뢰한 경우를 본다. 이들은 이구동성으로 "우리 선조가 책을 써서 그 말씀을 오늘날까지 새길 수 있어서 정말 자랑스럽다"라는 말을 잊지 않는다. 책을 쓰면 자손들에게 전달되어 훗날 소중한 유품이 될 수 있다.

책을 내서 명성을 떨치는 인물로 아트스피치 김미경 원장이 있다. 대학에서 음악을 전공한 김 원장은 MBC 희망특강 〈파랑새〉에서 그 어떤 주제도 능숙하게 소화해 내는 통찰력과 특유의 통쾌한 입담으로 '국민 강사' 반열에 올랐다. 그녀의 성공비결은 무엇일까? 그 또한 끊임없이 책을 내놓은 데 있다. 『이 한마디가 나를 살렸다』. 『엄마의 자존감 공부』, 『김미경의 드림 온』, 『언니의 독설』, 『김미경의 리부트』 등 쉬지 않고 책을 펴냈다.

그녀가 많은 책을 쓴 비결은 역시 메모하는 습관이었다.
"저는 메모하는 것을 중시하고 즐겨요. 강의를 끝낼 때마다 강의 반성 일기를 썼어요. 이것이 스피치를 연구하고 책을 쓰는 데 얼마나 큰 자산이 되는지 몰라요. 일기의 한 대목을 소개할게요. '오늘 강의하면서 청중과 시선 맞추기에 실패했다. 앞에 노인 한 분이 앉아 계셨는데 팔짱을 끼고 눈을 감고 있어서 너무 신경에 거슬렸다. 앞으로는 그렇게 자고 있는 사람이 있으면 가서 깨우고 감동시켜야지.' 이렇게 일기를 썼어요. 그렇게 청중이 1,000명이라도 한 사람 한 사람과 승부를 걸었어요."

김 원장은 『김미경의 리부트』에서 코로나를 극복한 과정을 절절한 심정으로 밝혔다. 대한민국 최고의 강사라는 평가를 받는 그녀는 스물아홉 살에 강사 생활을 시작한 이후 29년간 종횡무진하며 수백만 명의 청중을 만나왔다. 대기업과 중소기업, TV와 유튜브에서 리더십과 인간관계, 커뮤니케이션을 비롯해 온갖 자기계발에 이르기까지 무대와 주제를 뛰어넘어 강의해 온 그녀에게 2020년 1월 청천벽력 같은 일이 찾아왔다. 전 세계를 덮친 코로나19 바이러스와 인류의 안전을 위해 선택된 사회적 거리 두기로 그녀의 직업 세계는 한순간에 무너져 내렸다.

하지만 강산이 세 번 바뀌는 동안에도 자신의 꿈을 일으켜 세워온 그녀였다. 코로나 위기 앞에서도 그녀는 그녀답게 해법을 찾아 나갔다. 수십 명의 전문가를 만나고, 수백 권의 책을 보고, 수천 장의 리포트를 읽고, 실직과 폐업의 위기에 놓인 숱한 사연을 들으며 그녀는 지금껏 그래왔듯 인생이 내준 숙제를 풀어갔다.

마침내 코로나 이후 바뀐 세상의 공식을 발견했고, 힘든 처지에 놓인 사람들과 해법을 나누고자 이 책을 썼다. 그리고 '김미경TV', '김미경의 북 토크' 등을 통해 좋은 책을 펴낸 저자들과 대화하며 지치고 힘든 사람들을 향해 동기를 부여하고 독서 운동을 펼치고 있다. 동시에 150만 명이 넘는 구독자를 보유한 인기 유튜버로 열심히 활약하고 있다.

핸드폰으로 책과 글쓰기 도전

인사관리 컨설팅회사 조인스HR의 가재산 대표도 책을 통해 성공한 사례다. 가 대표는 25년 동안 삼성의 여러 계열사에 몸담으면서 경영관리에서부터 인사기획, 경영혁신 주도에 이르기까지 오늘날 삼성 신화의 토대가 된 부서들을 두루 섭렵한 혁신의 선구자다. 퇴직한 후에는 인사관리 토털 서비스 기업인 조인스HR을 창업하여 CEO, 임원, HR담당자 등을 대상으로 인사제도, 인재 육성 등과 관련된 강의 및 중소기업을 대상으로 한 컨설팅을 해왔다.

그는 기업 현장에서의 경험을 살려 『한국형 팀제를 넘어서』, 『중소기업, 인재가 희망이다』, 『10년 후, 무엇을 먹고 살 것인가?』, 『왜 행복경영인가』 등 20권이 넘는 책을 발간하여 인사와 조직관리 분야의 선도적인 역할을 감당하고 있다. 가 대표는 일본에서 근무할 때

일본 직장인들이 책을 쓰는 것을 보고 신선한 충격을 받았다고 토로
했다.

"일본 사람들은 과장이나 부장이 되면 기본적으로 책을 한두 권씩
쓸 정도로 책 쓰는 게 보편화되어 있어서 놀랐어요. 자신의 일을 가
지고 책을 쓰니까 전문가가 돼요. 회사에서도 책을 내는 것을 긍정적
으로 평가해 주고 있죠.

하지만 우리나라는 달라요. 업무와 관련된 책을 내더라도 일을 하
지 않고 '책이나 썼다'는 부정적인 평가를 받을 수 있어요. 저 역시 회
사에 있을 때부터 책을 쓰고 싶은 마음이 있었으나 조직의 분위기 때
문에 하지 못했어요. 그런데 컨설팅회사를 하면서 책을 내니까 강의
요청이 왔고, 그 후 컨설팅으로 이어지면서 책 내는 데 많은 도움이
되고 있어요."

또한, 가재산 대표는 책과글쓰기대학 회장도 맡아 글쓰기와 책 쓰
기를 열심히 전파하고 있다. 그는 핸드폰이 대세인 시대에 국내 최
초 클라우드 소개자인 장동익 대표와 공저로 『핸드폰 하나로 책과
글쓰기 도전』, 『스마트 시니어 폰맹 탈출하기』를 발간해서 타이핑
을 힘들어하는 사람들에게 핸드폰으로 책을 쓰는 방법을 제시했다.
또, 책을 쓰고 싶어 하는 시니어들에게 기획부터 출간까지 도와주는
'핸드폰책쓰기코칭협회'를 조직하여 책 쓰기 확산에 심혈을 기울이
고 있다.

나아가 가재산 대표는 경희대 국문과 명예교수 김종회 소나기문학마을 이사장을 '한국디지털문인협회' 회장으로 추대하여 협회를 출범시켰다. 김종회 회장은 "디지털은 과거의 아날로그에 대응하여 과학기술과 정보통신의 발전을 반영하는 새로운 문명의 형식으로, 중요한 것은 인간의 정신영역을 표현하는 문학의 현장에도 이러한 새 물결이 하나의 파고波高를 이루고 있다는 사실"이라면서 "이처럼 과거에 없었던 변화에 부응하여 기존의 문학적 울타리를 과감하게 무너뜨리고 '새 술은 새 부대에'라는 심기일전의 각오로, 한국디지털문인협회를 창립한다"고 취지를 밝혔다. 회원은 핸드폰 등 주로 디지털을 이용해 작품 활동을 하는 사람들이면 누구나 될 수 있어서 확산 효과가 기대되고 있다.

서점에 가서 베스트셀러, 신간 코너 등을 살펴보라. 책을 쓰지 않고 이름을 얻기는 어렵다. 책 외에 자신을 알리고 차별화시킬 수 있는 방법을 찾기도 쉽지 않다. 물론 책을 내서 이름을 내는 것만이 중요한 건 아니다. 꼭 대중을 상대로 책을 낼 필요는 없다. 블로그, 페이스북 등을 통해 자신의 생각을 정리해서 공유하는 것도 책을 내는 것이나 마찬가지다. 블로그에 올린 글을 모아 책을 내는 방법도 있다.

종이책을 낼 수 없으면 전자책을 내는 것도 한 방법이다. 요즘에는 e북e-book을 저렴한 비용으로 발간해 주는 곳이 많아졌다. 책을 내는 방법이 다양해져 저자가 되는 길이 쉬워진 것만은 분명하다. 뜻이 있는 곳에 길은 언제나 있기 마련이다.

06
인생이 바뀐다

흔히 책 쓰는 작업을 아이를 낳는 산고産苦에 비유하곤 한다. 그만큼 힘든 일이기에 그렇다. 처음으로 책을 쓴 사람들의 공통적인 고백이 있다. 다시는 책을 내지 않겠다는 것이다. 책을 발간하면서 너무나 고생했기에 두 번 내는 것은 상상조차 하기 싫다는 반응을 보인다. 하지만 이런 결심은 오래가지 못한다. 책을 쓰고 나면 많은 변화가 일어나기 때문이다.

우선 책을 읽은 사람들이 소감을 이야기해 준다. 감동했다며 칭찬을 아끼지 않는다. 이메일로 소감문을 써 보내기도 한다. 책을 읽고 감동하여 자신도 벤치마킹하기로 했다는 결심을 들으면 저자로서 하늘을 날 것 같은 기분이 든다. 또, 언론에 소개라도 되면 여기저기서 알아보는 사람들이 생겨난다. 마치 연예인이 된 기분까지 느낄 수 있다.

책을 펴낸 저자들이 특히 약한 부분이 있다. 바로 자신의 책을 읽고 감명했다는 독자의 말이다. 그러면 정말 밥이라도 사주고 싶은 마음이 생겨난다. 삼성종합기술연구원에는 연구자의 '10가지 다짐'이란 게 있다. 그중 하나가 '세계적인 고수와 네트워킹을 한다'이다.

"처음에 이 내용을 다짐 목록에 넣을 때 고민을 많이 했어요. '그것이 가능할까'라는 생각이 들었기 때문이죠. 그러나 가능했어요. 어떻게 가능했을까요? 세계적인 명성을 가진 사람들도 자신의 글을 읽고 감동했다고 이메일을 보내면 답장을 해주었기 때문입니다. 놀라운 것은 그렇게 목표를 정하니까 달성된 거죠. 글의 힘을 느낄 수 있었어요."

당시의 원장인 손욱 서울대 융합기술대학원 교수가 한 말이다. 글쓰기의 중요성을 실감한 손욱 교수 역시 『십이지 경영학』, 『변화의 중심에 서라』, 『당신을 만나 감사합니다』 등의 책을 발간했다. 나는 이 이야기를 자기계발 강의할 때 자주 인용한다.

"여러분 중에 책을 읽고 감동하여 저자에게 그 내용을 이메일로 보낸 사람이 있으면 손을 들어보세요?"

1,000명에 한 명 정도가 있을까 말까. 책을 읽고 소감을 보내는 사람은 0.1%도 안 되는 극히 소수에 불과하다. 그래서 자신의 책을 읽고 소감을 보내온 사람을 저자가 잊지 못하는 것은 당연한 일인지 모른다.

한편 책을 내면 경제적으로도 작은 도움이 된다. 인세가 나오기 때문이다. 인세는 대개 정가의 5~10%로 책정된다. 인세도 다른 수입과는 다른 특별한 의미로 다가온다. 처음에는 수입이 적지만 점점 유명해지면 늘어난다.

책이 뜨지 않아 인세가 적더라도 희망이 있다. 다음에 잘 쓰면 된다는 기대감이 생기기 때문이다. 또, 책을 쓰면 여기저기서 강연 요청이 들어온다. 강연하다 보면 또 다른 기쁨이 있다. 자신의 생각을 다른 사람들에게 알려주는 것은 정말로 큰 기쁨과 보람으로 다가온다.

이처럼 책을 쓰면 몸값이 올라간다. 몸값이 오르는 까닭에 글 쓰는 고통을 잊어버릴 수 있다. 그래서 힘든 글을 다시 쓰고 또 책을 내는 것이다. 책은 처음 한 권을 내기가 어렵지, 일단 한 권을 내고 나면 그다음부터는 쉬워진다.

지인 중에 정년퇴직 후 몇 권의 책을 자비로 출판한 분이 있다. 당장에는 인세를 별로 못 받지만 글을 쓰면서 행복을 느끼고, 언젠가는 '쨍하고 해 뜰 날'이 있으리라는 희망으로 계속해서 낸다고 한다.

몸값이 오르고 안 오르고는 상관이 없다. 은퇴 후에 책을 쓰는 것 자체가 기쁘고 감사할 일이다. 시간을 보내는 데 이토록 좋은 취미는 없다. 정신 건강에도 좋다. 그래서 글을 계속해서 써나가고 그다지 돈이 되지 않아도 책을 내게 된다.

최초의 웃음치료사로 유명한 한국웃음연구소 이요셉 소장이 있다. 나는 그의 몸값이 오르는 과정을 지켜봤다. 그가 웃음연구소를 만든 초창기에는 지명도가 높지 않아서 자주 만날 수 있었다. 하지만 『개인도 기업도 이젠 웃어야 성공한다』를 낸 후부터는 점점 바빠지기 시작했다. TV, 라디오, 신문 등 언론 매체에 자주 등장하고, 『인생을 바꾸는 웃음 전략』, 『나와 세상을 살리는 착한 웃음』, 『하루 5분 웃음 운동법』, 『나만 나처럼 살 수 있다』 등 계속해서 책을 썼다. 책을 내니까 몸값이 더 올라갔다. 인간개발연구원 원장 시절에 나는 그에게 전국의 지방자치단체에서 강의해 줄 것을 부탁했다.

재능교육 사장 시절에도 그를 강사로 초빙해서 본사와 전국의 관리자 및 선생님들에게 강연을 부탁했다. 다음은 그의 강연을 듣고 정리한 내용이다.

'얼굴과 낙하산은 펴져야 합니다'

"처음으로 실컷 웃어보고 감동적인 시간을 가졌습니다."

세 시간 동안 계속된 강의 시간 내내 웃음과 박수 소리는 형제처럼 함께 다니는 명콤비였다. 생각을 바꾸면 인생이 바뀐다는 사실을 알았다. 생각을 바꾸면 얼굴과 말이 달라진다.

이 두 가지를 가능하게 해주는 것이 바로 웃음이다. 웃음은 얼굴을 밝게 하고 긍정적인 말을 하게 하는 효과가 있다. 웃음은 생각,

얼굴, 말을 바꾸는 촉매 역할을 한다. 이 사실을 깨닫고 나서 그는 웃음전도사가 되었다. 문제는 그냥 웃는 게 쉽지 않다는 점이다.

우리나라 어린이와 어른의 웃는 횟수를 비교해 보자. 어린이는 하루에 300번 정도 웃기 때문에 행복하다. 반면에 어른은 하루에 6~7회 정도밖에 웃지 않는다. 그것도 절반은 비웃음이란다.

웃을 일이 없는 상황에서도 어떻게 웃을 수 있을까. 웃음 치료를 위해 몰입하던 그에게 '웃음은 운동이다'라는 아이디어가 섬광처럼 떠올랐다. 이렇게 정의하고 나니 항상 웃을 수 있었다. 기분이 좋을 때도 나쁠 때도, 비가 오거나 눈이 와도, 혼자 있거나 함께 있어도 언제 어디서나 웃게 되면서 인생이 바뀌었다. 웃음이 운동이라고 여기고 나니 웃음을 가지고 교육 프로그램을 만들 수 있었다.

그는 스스로 열등감의 덩어리였다고 솔직하게 털어놓았다. 키가 작고 학벌도 좋지 않아 내세울 게 없었지만 '내가 나를 사랑하지 않으면 누가 나를 사랑하겠는가?'라고 생각하면서 세상 보는 눈이 달라졌다고 했다. 자신의 존재 가치를 깨달은 것이다.

"가장 맛없는 감이 무엇일까요?"

열등감이다. 열등감이 있으면 자신감이 없어진다. 열등감은 자신을 존중하는 자존감을 통해 치유될 수 있다. 진정한 행복은 내가 행복한 것이다. 나는 나를 얼마나 대우하고 있는가. 우리는 우리 자신을 너무 홀대하는 경향이 있다.

"나는 내가 좋다. 나는 내가 참 좋다. 나는 조건 없이 내가 좋다."

이렇게 세 번씩 반복하면서 자존감을 찾아갔다. 자존감이 자신감으로 이어지면서 참가자들의 얼굴이 환한 웃음으로 바뀌었다. 얼굴의 뜻은 '얼이 사는 굴'이라고 한다. 얼굴을 마음의 거울이라고 하는 까닭이다. 얼굴을 보면 마음의 상태를 알 수 있다. 얼굴이 어두우면 인생이 어두워진다. 얼굴이 밝으면 인생이 밝아진다.

"여러분, 얼굴과 낙하산은 펴져야 합니다. 안 펴지면 어떻게 되지요? 죽습니다."

2장

어떤 책을 쓸 것인가?

01
책의 종류는 무궁무진하다

책의 종류는 다양하다. 일기, 가족문집, 전공 서적, 일반 서적 등이 있다.

먼저 일기는 자기만 보는 책이다. 일기는 매일 글을 쓰기 때문에 자신의 삶을 정리하고 책을 쓰는 데 큰 도움이 된다. 의외로 일기를 쓰는 사람들이 적지 않다. 하지만 일기를 쓰면서도 일기로 끝나 버리는 사람들을 보면 안타깝다. 일기를 쓰는 습관과 능력이 책으로 연결될 수 있어야 하는데 그렇지 않아 아쉬운 마음이 든다.

가족문집도 책의 종류다. 부모의 회갑이나 고희 때 자손들이 이를 기념하기 위해 가족문집을 내는 사람들이 많아지고 있다. 가족문집은 부모가 자녀들에게 보낸 편지, 자녀들이 부모에게 보낸 편지, 사위와 며느리가 보낸 편지, 손자 손녀가 보낸 편지, 그리고 가족의 사진들을 모아서 만들 수 있다. 이렇게 누구든지 가족들의 이야기를 담은 가족문집을 발간할 수 있는 것이다. 요즘은 인쇄기술이 발달하여 마스터인쇄를 하면 저렴한 비용으로 책을 만들 수 있다.

한국자동차산업협동조합 고문수 전무는 책과글쓰기대학에서 글을 열심히 써오다가 아들, 손자와 함께 『3대가 함께 쓴 우리』를 펴냈다. 아버지, 어머니, 아들딸 부부와 손주들의 이야기를 통해 '우리'의 의미를 되새기게 한다. 가족이 무너진다는 우려의 소리가 높아지는 가운데 가족을 생각하게 만드는 책을 냈다.

이 책은 3대가 함께 썼다. 부모, 아들딸, 손주까지 참여하여 가족과 친구, 이웃이 정을 나누며 더불어 살아가는 모습을 진솔하게 그려내고 있다. 대표 저자는 아버지 고문수다. 직장에서 보고서만 쓰던 그는 지인의 권유로 처음 글을 쓰게 되었고, 글을 쓰는 동안 가슴 속 깊이 숨겨져 있던 내면의 이야기들이 실타래처럼 풀려나오며 때론 울고, 때론 웃으며 일생을 돌아보는 계기가 되었다고 고백한다.

내 집 마련의 여정을 상세하게 그려내어 당시의 시대상을 보여준 어머니, 자신의 아들이 태어나는 출산 과정을 생생하게 그려낸 분만기를 쓴 결혼한 아들, 시아버지와 남편의 같은 점과 다른 점을 유머러스하게 표현한 며느리의 이야기, 겨울철 피부 관리법을 알려준 사위, 그리고 손주들의 글과 그림까지 곁들여 가족 사랑을 듬뿍 느낄 수 있는 매우 정겹고 사랑이 넘치는 책이다.

또, 책의 종류로 전공 서적이 있다. 국책 연구원이나 민간 연구원에서 일하는 연구원들은 매년 1~2권의 전공 서적을 내야 한다. 연구원들은 책을 보고 책을 쓰는 게 주요 업무다. 연구원에 오래 근무한 사람들은 전공 서적을 20권 이상 발간한 경우도 많다. 나 역시 연구원에 있을 때 노동문제, 노사관계, 임금관리, 리더십 등 전공 관련 서적을 26권이나 발간했다. 전공 서적은 주로 전문가들이 보기 때문에 일반인들은 관심이 없다.

또 다른 책으로 일반인들을 위한 일반 서적이 있다. 그중에서도 에세이집은 다양한 체험을 담을 수 있는 책이다. 실용적인 글쓰기가 여기에 속한다. 나는 강의할 때 사람들에게 적어도 두 권의 책을 내는 꿈을 가지라고 말한다. 한 권은 자신의 전문분야에서 경험을 담아 책을 내는 것이고, 다른 한 권은 자서전을 쓰는 것이다.

한 분야에서 전문가가 되었다면 반드시 세상을 향해서 하고 싶은 말이 있는 법이다. 그것을 글로 쏟아내라고 주문한다. 이것은 전문가라면 누구나 할 수 있다. 또, 자신의 한평생을 돌아보면서 걸어온 길을 글로 남기는 것은 충분한 가치가 있으므로 자서전을 쓰길 바란다. 자신의 삶을 자신만큼 잘 아는 사람은 없다.

사진보다 책을 남기자

유상옥 코리아나 화장품 회장은 책 쓰기를 강조하는 CEO로 소문이 나 있다. 유 회장은 사진 대신에 책을 남기자고 역설한다.

"세상을 떠날 때 사진을 남기고 가면 자식들에게 부담이 돼요. 아들이나 딸은 자기 자식이지만 며느리나 사위는 직접 낳은 자식이 아니잖아요. 우리가 죽고 나면 자식들은 친부모님이니까 애틋한 정이 있겠지만 밖에서 온 가족들은 애정이 덜할 수밖에 없어요.

사진을 보존해야 하느니, 버려야 하느니 하면서 싸울 게 눈에 선하니까, 죽을 때는 사진 몇 장만 남기고 미리 정리하면 좋을 것 같아요. 대신에 책을 쓰면 그 책은 집안에 가보로 전해질 수 있어요. 손주들에게도 할아버지가 쓴 책이라면 아이들이 자부심을 가질 수 있지 않겠어요. 꼭 책 쓰기를 당부합니다."

일단 책을 쓰기로 했다면 어떤 내용을 담을 수 있을 것인지 보다 구체적으로 이야기해 보자. 책은 무엇보다 스스로 가장 자신 있는 분야를 써야 한다. 다른 책과 차별화가 되어야 하기 때문이다.

우선 자신의 일을 가지고 책을 써보자. 현재 일을 하면서 느끼는 생각, 남기고 싶은 이야기를 적는 것이다. 전문성을 살려 그것을 바탕으로 책을 써보자. 전문가의 눈으로 세상을 바라보면 하고 싶은 이야기가 많음을 깨달을 것이다.

의학, 심리학, 교육학, 경제학, 철학 등 각 분야의 교수들이 다양한 책을 내는 이유가 여기에 있다. 전문가들은 세상과 소통하는 방법으로 책을 선택한다.

　정신과 의사인 이시형 박사는 전공을 바탕으로 꾸준히 저서를 내놓아 명성을 유지하고 있다. 『배짱으로 삽시다』, 『공부하는 독종이 살아남는다』, 『세로토닌하라』 등 주옥같은 책을 펴냈다.
　90세 가까운 나이에도 코로나 시대를 살아가는 지혜를 담아 『이시형 박사의 면역 혁명』, 『행복도 배워야 합니다』를 발간하여 신선한 충격을 주었다.
　입안에행복치과 박금출 원장은 『입안에 행복을 심는 사람들』이란 첫 책을 발간했다. 치과의사를 하면서 사람들과 나눈 이야기를 모아서 책을 낸 것이다. 그 후에 꾸준히 글을 써서 『치아를 보면 건강과 체질이 보인다』, 『나와 우리를 바꾸는 습관의 황금 키』 등을 펴냈다. 치아와 습관에 대해 관찰하고 연구한 내용을 쉽게 표현하여 독자들의 사랑을 받고 있다.

　다음으로, 자신의 개인적인 체험을 담을 수 있는 자서전 쓰기를 추천하고 싶다. 자신이 살아온 길을 정리해 보는 것이다. 그 누구도 아닌 자기의 이야기이기에 자신이 가장 잘 알고 있을 뿐 아니라 다른 책과 차별화될 수 있는 여지가 가장 크다.
　『나는 희망의 증거가 되고 싶다』의 저자 서진규 박사는 100달러를 가지고 미국에 식모살이하러 갔다가 갖은 고생을 한 후 결혼했다. 하지만 결혼 생활이 원만치 못해 미군에 입대하고, 제대 후 하버드대학에서 박사 학위를 받기까지 한 많은 세상을 살아왔다.

그녀는 드라마틱한 자신의 일생을 정리하는 것이 처음에는 막막했다고 한다. 그런데 한번 시작하니까 술술 풀려나왔다고 한다.

"제 이야기이니까 말하듯이 글이 써지더군요. 저는 정말 사람들에게 희망을 주고 싶어요. 아무리 힘든 상황에서도 그 상황을 뛰어넘을 수 있는 힘은 희망이니까요."

그녀는 절망 속에 있는 사람들에게 희망을 주기 위해 계속해서 『희망은 또 다른 희망을 낳는다』와 『가발공장 직공이 59세 하버드 박사 학위 취득까지』 등을 발간했다.

이 책에서 논의하고 싶은 책 쓰기 영역은 전공 서적이 아닌 일반인을 위한 분야에 중점을 두었다. 앞에서 언급했듯이 소설이나 시와 같은 문학적인 글쓰기는 논의에서 제외한다. 이 장에서는 책을 쓸 수 있는 분야를 여덟 가지 영역으로 구분해 설명한다.

인생의 깨달음 쓰기, 일평생의 자서전 쓰기, CEO의 경영 자서전 쓰기, 치열한 삶의 현장 체험기, 세상과 소통하는 전문서 쓰기, 자기계발과 리더십 사례, 고전 읽고 새롭게 쓰기, 신앙 체험 기록하기 등이다.

전공 서적이나 문학 작품이 아니더라도 이렇게 다양한 종류의 책을 쓸 수 있다는 사실을 염두에 두고 보다 넓은 시각으로 책 쓸 거리를 찾아보자.

02
인생의 깨달음 쓰기

책의 소재는 조금만 관점을 바꾸면 의외로 많다. 책은 아이디어가 중요하다. 아이디어가 있으면 그 아이디어를 체계적으로 기획하여 책을 낼 수 있다. 우리는 인생을 살면서 수많은 일을 경험하는데, 이 경험에서 얻은 지혜를 모아 책으로 만든 사례도 많다.

한국폴리텍대학 학장을 지낸 박양근 박사는 『진짜 사나이는 웃으면서 군대 간다』는 책을 썼다. 대한민국에서 태어난 남자라면 군대는 피할 수 없는 운명이다. 병역을 면제받은 경우가 아니면 반드시 가야 하는 곳이다. 이왕에 가는 군대라면 두려워하며 갈 것인가, 아니면 웃으면서 갈 것인가? 선택의 문제다.

한 신문의 설문 조사에 따르면 병역을 마친 사람 중 73.9%가 군 복무가 사회생활에 긍정적인 도움을 준다고 응답했다. 2년이라는 시간은 인생에서 짧은 시간이 아니다. 그동안 허송세월할 수만은 없다.

박양근 박사는 바로 이 점에 착안하여, 어떻게 하면 긍정적인 태도로 입대하여 인생에 필요한 자양분을 얻고 나올 수 있을지에 관한 내용을 정리했다.

"인생의 선배로서, 자식을 둔 어버이로서 군대 문제를 고민하다가 하고 싶은 이야기를 글로 썼어요. 이 땅의 젊은이들이 군대에 있는 동안의 삶이 결코 헛되지 않게, 제대 후에도 도움이 되도록 도와주기 위해 기획했어요. 군대에 다녀온 사람이라면 누구나 공감할 수 있는 주제를 던졌기에 군대 가는 젊은이들에게 좋은 가이드라인이 된다는 평가를 받고 있어서 기뻐요."

인생은 항해와 같다고 한다. 나이에 따라 다른 깨달음이 있다 보니 나이를 주제로 한 책들이 많이 나와 있다.

중요한 책들만 간추려 보면 『17살, 나를 바꾼 한 권의 책』, 『29세까지 반드시 해야 할 일』, 『35세 전에 꼭 해야 할 33가지』, 『40대에 하지 않으면 안 될 50가지』, 『50세에 발견한 쿨한 인생』, 『60세에 떠난 세계여행기』, 『90세 할머니의 조롱박 이야기』, 『99세까지 88하게 살기』, 『100세 건강 장수법』 등이 있다. 이처럼 연령에 따라 많은 주제로 책을 쓸 수 있다. 자신의 살아온 이야기를 가지고 세대에 따라 나이에 걸맞은 메시지를 던질 수 있는 것이다.

철학자 김형석 교수의 『백년을 살아보니』는 김 교수가 100세 가까운 나이에 집필하여 세상을 놀라게 했다. 이후에도 『100세 철학자의 인생, 희망 이야기』, 『100세 일기』, 『백년의 독서』를 발간하면서 현재 100세가 넘은 나이에도 불구하고 강의와 집필 등으로 왕성한 활동을 이어가고 있다.

김 교수는 『백년의 독서』에서 "지금도 독서는 내게 시간과 공간을 초월한 열정과 꿈을 준다"라고 고백한다. 열네 살에 톨스토이의 『전쟁과 평화』를 읽은 후 지금까지 독서가 빚은 삶을 살았고, '책이 만든 인생'이라는 수식어도 늘 따라다닌다.

독서는 그의 인생의 길이 되고, 사상의 기둥이 되었으며, 신앙과 인격이 아로새겨진 나이테가 되었다. 그는 "책을 읽지 않는 민족에게 미래가 없다"며 책 중에서도 삶의 뿌리가 되는 고전 읽기를 강조한다.

내 인생에 힘이 되어준 한마디

정호승 시인의 『내 인생에 힘이 되어준 한마디』도 제목을 생각해 보면 누구나 쉽게 생각할 수 있는 주제다. 우리는 인생을 살면서 많은 말을 듣고 살아왔다. 힘이 되는 말도 있었고 힘을 빼는 말도 있었다. 시인은 그중에서 자신에게 힘이 되었던 말들을 모아 한 권의 책을 만들었다.

'나의 가장 약한 부분을 사랑하라', '새우잠을 자더라도 고래 꿈을 꾸어라', '신은 우리가 견딜 수 있을 정도의 고통만 허락하신다' 등 세계적으로 유명한 말과 종교 지도자 또는 보통 사람들이 흔히 쓰는 말, 시인이 가슴속에 담아두었다가 힘들 때마다 되새기며 위로받았던 말들에 특유의 감수성으로 살을 붙여 시와 산문으로 완성했다. 절망의 문턱에 서 있을 때, 실패와 시련의 늪에 빠졌을 때 힘과 위안이 되었던 이 '한마디 말'들은 저자의 경험과 만나 우리에게 긍정적인 생각과 통찰력을 기르도록 도와준다.

인사관리와 노사관계 전문가인 전대길 동양EMS 대표는『그럴 수도, 그러려니, 그렇구나』를 썼다. 이 책은 전대길 대표가 70여 년의 인생길을 걸어오며 사람들과 만나서 깨달은 지혜를 간결하면서도 힘 있게 펼쳐 놓았다. 그는 한국경영자총협회 임원을 거쳐 인력 파견 업체를 설립하여 섬김리더십으로 회사를 경영하고 있다.

또, 치열한 삶의 현장에서 느낀 이야기를 생생하게 전하고 싶어서 문단에 등단했고, PEN문학지, 한국문학신문, 자유문학, 아웃소싱타임스 등에 주기적으로 글을 쓰고 있다.

샐러리맨 시절 그는 사장이 월급을 준다고 생각했는데 사장이 되어 얼마 있다가 사원들이 사장 월급을 준다는 생각이 들었다고 한다. "곰곰이 생각해 보니 우리 회사 사원들이 일한 부가가치의 산물로 인해서 사장인 내가 보수를 받고 있음을 깨달았다.

생각을 바꾸고 나서 내 월급을 주는 사원들이 예뻐 보이고 저절로 머리를 숙이게 되었다. 그때부터 사원들에게 월급을 준다는 생각을 한 적이 없다. 생각을 바꾸니 세상이 아름답게 보였다." 아울러 "사람은 섬김의 대상이지 관리의 대상이 아니다"라는 섬김의 미학도 깨달을 수 있었단다.

그는 직장생활 일기를 40년 이상 써오고, 매주 한 권의 책을 읽고, 항상 메모하는 습관이 몸에 배어 있다. 그의 생각 근육이 단단하고 생각 주머니가 마르지 않는 샘 같은 이유다. 평소에 많은 메모를 하고 글을 쓰기 때문에 매주 신문에 한 번씩 쓰는 '전대길 CEO칼럼'도 큰 부담이 되지 않는다고 말한다.

역지사지 정신은 그의 삶을 관통하고 있는 철학이다. 사람을 만나면 경청하고 "아하! 그렇군요"를 연발하며 공감을 표시한다. 아무리 화가 나고 힘든 일이 있어도 "그럴 수도(있지), 그러려니(하지), 그렇구나"라고 생각하면 안정을 찾고 상대방을 격려해 줄 수 있다고 한다. 그가 하루하루를 기쁘고 생동감 있게 살 수 있는 비결이다.

2,500년 전에 공자는 자신의 일생을 돌아보며 10년 단위로 인격의 발전단계를 정리함으로써 역사에 남는 삶의 가이드라인을 제시했다.

"오십유오이지우학十有五而志于學(나이 열다섯에 학문에 뜻을 두었고), 삼십이립三十而立(서른에 뜻이 확고히 섰으며), 사십이불혹四十而不惑(마흔에는 미혹되지 않았고), 오십이지천명五十而知天命(쉰에는 하늘의 소명을 알았고), 육십이이순六十而耳順(예순에는 남의 말이 귀에 순하게 들렸고), 칠십이종심소욕불유구七十而從心所欲不踰矩(일흔에는 마음을 따라 해도 법도에 어긋나지 않았다.)"

인생에서 단계마다 깨달은 지혜를 정리하면 다양한 주제로 책을 쓸 수 있다. 책을 쓰는 아이디어는 특별한 곳에 있지 않다. 우리가 살아가면서 만나게 되는 상황들, 그리고 거기서 얻은 깨달음 속에 훌륭한 아이디어가 있음을 명심하자.

03
일평생의 자서전을 써라

자서전을 써보고 싶다는 욕구는 누구나 가지고 있는 꿈이다. 그것을 실천하는 사람과 실천하지 않는 사람의 차이가 있을 뿐이다. 자서전 쓰기에 대해서는 앞에서도 언급했지만 여기서는 보다 구체적으로 논의하고자 한다.

나는 젊은 사람들을 위한 강의를 할 때 자서전을 쓰겠다는 꿈을 가지고 인생을 살라고 권유한다. 자신의 삶을 책으로 내겠다는 목표를 세우면 인생을 함부로 살 수 없는 까닭이다.

나 역시 고등학교 때 가난 속에서 힘든 시절을 보냈다. 이때 나를 지탱해준 꿈이 있었다. 꼭 성공해서 가난한 젊은이들에게 희망을 주는 자서전을 쓰겠다는 꿈이었다. 어려움이 닥쳐올 때마다 자서전의 꿈이 큰 버팀목이 되어 학업을 포기하지 않고 계속할 수 있었다.

지금 내가 작가가 된 데는 이런 꿈이 기초가 되었다는 생각이 들기도 한다. 나는 여러 권의 책을 냈으나 지금까지 자서전은 쓰지 않았다. 하지만 언젠가는 자서전을 쓰겠다는 꿈을 간직하고 있다.

지금 대한민국에서 50대가 넘은 사람이라면 격동의 세월을 살아온 주인공들이다. 군사독재 시대를 살아봤고 민주화를 주도하기도 했다. IMF 외환위기를 겪으며 취업대란을 경험했고 정리해고와 명예퇴직의 희생자가 되기도 했다.

사회 구조가 수직적인 조직에서 수평적인 조직으로 바뀌면서 가정과 직장에서도 많은 변화가 생겼다. 가정에서 가장의 위치는 점점 초라해지고 있다. 가부장적인 구조 속에서 가졌던 아버지의 권위는 사라진 지 오래다.

직장에서도 능력과 업적이 중시되면서 나이와 근속 연수가 모든 것을 보장해 주지 않는다. 오히려 때로는 걸림돌이 되기도 한다. 그래서 제일 억울한 세대가 40~50대 '낀 세대'라고 하지 않는가. 젊었을 적에는 연공서열에 의해 선배들에게 충성을 다했는데 간부가 되니까 섬김 리더십이 등장하여 부하직원을 대할 때도 섬기는 자세가 필요하다고 강조하고 있으니 말이다.

특히 20~30대 MZ세대는 할 말을 다 하는 사람들이다. 상사가 지시하면 무조건 "예 알겠습니다"라고 하던 시대는 지났다. "왜 해야 하죠?" "의미가 뭐죠?"라고 묻는다. 일방적인 지시는 효과가 없고 쌍방향의 소통이 중시되고 있다. 기성세대는 그야말로 본전 생각이 나는 세대이니 그 억울한 심정이 이해가 가기도 한다.

　자서전 쓰기의 좋은 모델로『모티베이터』의 저자 조서환 조서환 마케팅그룹 회장의 예를 들 수 있다. 조 회장은 애경산업 상무, KTF 부사장 시절 히트 상품이 많아 마케팅의 귀재라는 평가를 받았다. 그는 육군 소위 때 수류탄 훈련을 하다 사고가 나서 오른손을 잃었다. 끔찍한 불운이었지만 오히려 그 덕분에 왼손 하나로 대학교 영문과에 진학한 이야기, 취업할 때의 어려움, 직장에서 일하는 자세, 히트 상품의 출시, 왼손으로 골프 싱글 치기 등 파란만장했던 자신의 삶에 대하여 거침없이 써 내려갈 수 있었다.

　나는 그의 책을 읽고 여러 번 그를 강사로 초청했다. 강연을 들을 때마다 감동했다. 자신의 이야기를 책으로 쓰고 그 내용으로 강연을 하니까 더욱 큰 감동을 줄 수 있는 것이다.

　조 회장은 2010년 초 중국으로 넘어가 저돌적인 글로벌마케팅을 선보여 짧은 시간 내에 화장품 브랜드 다수를 안착시키는 저력을 발휘했다. 그 후 오랫동안 본인이 꿈꾸던 '조서환마케팅그룹'을 창립해 각 기업들을 대상으로 마케팅 컨설팅을 하는 동시에, 마케팅경영 CEO과정을 개설해 후학 양성에도 열정을 불태우고 있다.

　또한, 집필 활동을 계속하여『한국형 마케팅』,『대한민국 일등상품 마케팅전략』,『14인 마케팅 고수들의 잘난 척하는 이야기』등을 발간했다.

꿈, 바람 그리고 소망

나는 오랜 친구인 오진환 변호사에게 책 쓰기에 관한 책을 전해 주면서 자서전 쓰기를 권유했다.

"시골에서 서울로 올라와서 어려운 가정환경 속에서도 굴하지 않고 대학에 가고, 사법고시에 합격하여 국민에게 신뢰받는 판사가 되기 위해 노력하고, 변호사가 되어 활동한 이야기 등 삶의 스토리를 한번 써보시게."

그랬더니 그는 책의 형태로 완성된 원고를 보내왔다.

"나에게 준 자네의 책을 참고삼아 1년 동안 틈틈이 글을 썼더니 정말 책 한 권의 분량이 되었네. 검토를 부탁하네."

이렇게 해서 그의 자서전 40년 법조 인생의 이야기를 담은 『꿈, 바람 그리고 소망』이 세상에 환한 얼굴을 내밀었다. 그는 자서전을 쓴 이유를 이렇게 설명했다.

나는 지금 여기서 '1955년생 오진환'의 삶을 쓰려고 한다. 말과 글쓰기에 적극적이지 않던 내가 갑자기 이 책을 쓰기로 결심한 데에는 크게 두 가지 뜻이 있다.

첫째, 지금까지 짧지 아니한 나의 일생을 이 기회에 정리해 보고, 앞으로의 여정을 준비하고 계획하는 데 도움을 받고자 함이다. 실제로 이 책을 쓰느라고 과거의 자료를 뒤적여 보고 애써 그때의 일을 기억 속에서 꺼내 보면서, 너무 쉽게 망각하고 헛되게 살아온 것을 발견하고 후회하는 마음이 생겼다. 새 각오도 다지게 됐다.

김형석 교수는 인생의 황금기를 60세부터 75세까지라고 하였는데, 나는 벌써 60대 중반이다. 인생 황금기를 준비하기 위하여, 좀 늦었지만 지금이 책을 쓸 적기라는 생각이 들었다. 그런 의미에서 이 책은 내 인생 전반에 대한 솔직한 고백이자 역사다.

둘째, 어차피 한 번 왔다 가는 인생인데, 내가 어떻게 살았는지, 어떠한 생각을 하고 살았는지를 내가 가장 아끼는 가족들에게 기록으로 남기고 싶었다. 물질적인 선물이나 유산도 중요하지만 정신적인 것이 더 값진 것 아닐까 하는 마음이 들었다.

나에게는 아내와 두 아들 외에 새로 맞이한 며느리들과 손주들이 있다. 아내는 그렇다 치고 아들들의 경우 성장한 후 독립하여 살고 있으므로, 아버지인 나의 삶을 제대로 모른다. 하물며 며느리들이나 손주들은 말할 것도 없다.

그들에게 내가 어떠한 사람이고 어떻게 살았는지를 기록하여 남겨 주고 싶다. '화향백리花香百里 인향만리人香萬里'라는 말이 있다. 두고두고 아름답고 그리운 사람으로 기억되면 금상첨화錦上添花이고, 반면교사 삼아 좋은 건 받아들이고 나쁜 건 피하는 계기로 삼아도 좋다. 인생은 한 번 살아보고 이를 교훈 삼아 다시 살기에는 너무 짧지 않은가!

자서전 쓰기를 위한 10가지 질문

자서전 쓰기에 관한 좋은 안내서가 있다. 스토리텔링 전문코치로 활동하고 있는 송숙희 씨가 쓴 『모닝페이지로 자서전 쓰기』이다. 이 책은 자서전 쓰는 방법을 구체적으로 제시하고 있다. 특히 부록으로 352개의 질문 목록이 10개 그룹으로 나뉘어 있는데, 이 질문들에 답을 하다 보면 어느덧 자서전의 윤곽이 잡히는 것을 알 수 있다. 다음은 10개의 질문 그룹 제목이다.

1 파노라마처럼 돌아보는 나의 삶

2 나 어렸을 때는

3 밤새 한 뼘씩 자라게 했던 성장통들

4 사랑과 결혼 그리고 가족 이야기

5 또 다른 가족인 친구와 동료·선후배·이웃

6 재능과 능력 또는 지식과 커리어에 대해

7 인생을 지배한 것들에 대해

8 기억 한구석에 잠들어 있는 나의 꿈

9 이제 나는 이렇게 살아야겠다

10 내가 나에게 묻기를

제목들만 봐도 자신이 걸어온 길이 주마등처럼 스치지 않는가. 스치는 이야기들을 붙들고 자세히 써 내려가면 바로 자서전이 된다. 이 책은 자서전을 쓰려는 사람들에게 좋은 방향을 알려주고 있다. 저자가 책의 마지막에 결론으로 제시한 내용을 음미해 보자.

"될까 안 될까 하고 신경 쓰지 마라. 그건 신이 고민할 문제다. 당신은 일단 시작하라. 그리고 계속하라. 이 세상에서 가장 위대한 당신의 이야기를. 그리고 부디 기억하고 명심하라. 이야기계를 지배하는 이야기 바이러스의 주인은 당신이라는 것을. 영화〈꿀벌 대소동〉첫 장면에 나오는 다음 글이 당신의 결심과 실행에 큰 용기를 줄 것이다.

'벌들은 절대 날 수 없다. 통통한 몸에 비해 날개가 너무 작기 때문이다. 하지만 벌들은 잘 날아다닌다. 불가능하다는 인간의 말에는 신경을 안 쓰니까.'"

언론인 출신인 한국방송광고진흥공사 이백만 사장은 매일경제 기자, 한국일보 경제부장 등 경제 전문기자로 활동하다가 청와대 홍보수석비서관, 교황청 대한민국대사관 대사 등 다양한 활동을 했다. 이 사장은 『염소 뿔 오래 묵힌다고 사슴뿔 되더냐?』, 『불멸의 희망(노무현의 가치, 노무현의 정책)』, 『노무현이 우리들과 나누고 싶었던 9가지 이야기』 등의 책을 발간하기도 했다. 그는 자서전의 가치를 이렇게 평가했다.

"나는 자서전을 열심히 정독한다. 한 사람의 전 인생을 알 수 있는 진수가 농축되어 있기 때문이다. 한 권의 책으로 한 사람의 평생을 알 수 있다는 게 얼마나 값지고 감격스러운 일인가. 인생의 좋은 교과서인 까닭이다."

| 스티브 잡스는 왜 자신의 전기 발간을 요청했을까? |

애플의 공동 창업주이자 CEO로서 '세기의 천재', '혁신의 아이콘'으로 불리며 한 시대를 이끌었던 스티브 잡스가 세상을 떠났다. 평생을 신비주의로 일관하던 그는 죽음을 앞두고 자신의 전기를 써 달라고 미국 CNN의 최고경영자와 〈타임TIME〉의 편집장을 지낸 월터 아이작슨에게 요청했다.

아이작슨은 잡스가 전기를 써달라고 한 이유로, "아이들에게 아버지가 어떤 사람이었는지 책을 통해서나마 알게 해주고 싶어 했다"며 "그는 일 때문에 아이들과 항상 함께하지 못했다. 아빠가 왜 그럴 수밖에 없었는지, 아빠가 무슨 일을 했는지 아이들이 이해해 주기를 바랐다"고 내용을 공개했다.

잡스의 생애는 그동안 많은 전기 작가들이 탐내는 소재였다. 실제로 많은 작가가 그의 허락 없이 그의 인생 역정을 조명한 서적을 출간하기도 했다. 그러나 이런 유형의 전기가 나올 때마다 당사자인 잡스는 심한 불쾌감을 감추지 못했다고 한다. 심지어 해당 출판사의 다른 책들까지도 애플 스토어에서 모두 치워 버리라고 지시할 정도로 싫어했다는 것이다.

그런데 왜 아이작슨에게는 직접 전화를 걸어 자신의 전기를 써 달라고 요청했을까? 그의 유일한 공식적인 전기『스티브 잡스』책을 읽다 보면 그 이유를 알 수 있다. 몇 대목만 소개하면 다음과 같다.

죽은 후에도 나의 무언가는 살아남는다고 생각하고 싶군요. 그렇게 많은 경험을 쌓았는데, 어쩌면 약간의 지혜까지 쌓았는데 그 모든 게 그냥 없어진다고 생각하면 기분이 묘해집니다. 그래서 뭔가는 살아남는다고, 어쩌면 나의 의식은 영속하는 거라고 믿고 싶은 겁니다.

내 열정의 대상은 사람들이 동기에 충만해 위대한 제품을 만드는 영속적인 회사를 구축하는 것이었다. 그 밖의 다른 것은 모두 2순위였다. 물론 이윤을 내는 것도 좋았다. 그래야 위대한 제품을 만들 수 있었으니까. 하지만 이윤이 아니라 제품이 최고의 동기 부여였다.

몸이 아프기 시작하니까 내가 죽고 나면 다른 사람들이 나에 관한 책을 쓸 거라는 생각이 들더군요. 하지만 그들이 뭘 알겠습니까? 제대로 된 책이 나올 수가 없을 겁니다. 그래서 누군가에게 직접 내 이야기를 들려주어야겠다 싶었지요.

스티브 잡스는 세상을 떠나기 전 전기나 자서전을 써야 하는 이유를 우리에게 분명히 말하고 있다. 자신의 이야기는 자신이 정리하지 않으면 사실이 왜곡되거나 망각될 수밖에 없기 때문이다. 잡스가 전기를 내겠다고 생각하게 된 동기를 깊이 음미해 보자. 그리고 자서전을 쓰겠다는 다짐을 확고히 해보자.

04
CEO의 경영 자서전 이야기

기업의 CEO는 외롭고 고독한 자리다. 최종적으로 혼자 결정하고 모든 책임을 져야 한다. 4차 산업혁명과 무한경쟁 속에서 지속 가능한 기업이 되어야 고용이 유지되고 회사가 성장하고 발전할 수 있다. 이제 기업에서는 구성원들의 개성과 창의성이 중시됨에 따라 소통능력이 중요한 덕목이 되었다. 미국의 최고경영자들은 글쓰기를 소통의 수단으로 활용하고 있다.

한국경제신문 홍선표 기자는 『최고의 리더는 글을 쓴다』에서 1% 리더들의 성공 습관으로 글쓰기를 강조한다. 그는 빌 게이츠 마이크로소프트 회장, 제프 베이조스 아마존 회장, 일론 머스크 테슬라 창업자, 손정의 소프트 뱅크 회장, 마쓰시다 고노스케 마쓰시다전기 회장, 마윈 알리바바 창업자 등의 글쓰기 사례를 구체적으로 소개한다. 이들은 사람들을 설득하고, 조직을 이끌고, 상품을 마케팅하고, 자신의 꿈을 이루기 위한 수단으로 글쓰기를 효과적으로 활용한다.

저자는 "이들이 글을 쓰지 않았다면 오늘날과 같은 자리에 오르기 위해 훨씬 더 많은 시간과 노력을 들였어야만 했을 것"이라고 평가한다.

잘 알려져 있듯이 빌 게이츠 회장은 틈날 때마다 SNS를 통해 책을 추천하고, 매년 생각주간Think Week을 정해 책을 읽고 사색의 시간을 갖는다. 그리고 자신의 생각과 비전을 정리하여 『미래로 가는 길』, 『생각의 속도』, 『기후 재앙을 피하는 법』, 『빌 게이츠는 왜 아프리카에 갔을까』 등 여러 권의 저서를 발간했다.

한국 기업의 CEO들은 아직은 글쓰기에 소극적이지만 글을 쓰고 책을 내는 CEO들이 점점 늘어나고 있어 다행이다. 기업의 규모가 크든 작든 최고경영자는 기업의 철학과 경영 원칙을 가지고 기업을 운영한다. 그래서 최고경영자의 경영 자서전은 진지하고 역동적이다. 자서전 쓰기의 연장선상에서 CEO 네 분의 경영 자서전을 살펴보자.

한국콜마 윤동한 회장의 우보천리 경영

'공부하는 CEO', '흙수저 출신 CEO'로 알려진 한국콜마 윤동한 회장은 『인문학이 경영 안으로 들어왔다』를 펴내 화제가 되었다. 이 책은 윤 회장이 가난과 좌절을 창업 에너지로 승화시켜 지방대 출신이란 설움을 딛고, 실력으로 진검승부한 과정과 경영일선에서 터득한 지혜들을 진솔하게 풀어냈다.

윤 회장은 역사학자와 저널리스트를 꿈꿨으나 가정 형편상 경영학과에 진학하여 첫 직장인 농협중앙회를 거쳐 대웅제약에 재직하며 기업인의 꿈을 키웠다. 그 꿈은 1990년, 화장품 OEM(주문자상표부착생산) 업체인 한국콜마를 설립하며 이루었다.

이후 화장품 업계에서는 최초로 ODM(제조자개발생산방식) 비즈니스 모델을 도입해 의약품, 건강기능식품 부문으로 사업영역을 넓혔다. 직원들이 오래 머무는 회사를 만들고자 노력하고 있으며 이를 위해 직원 교육에 늘 관심을 두고 있다.

윤 회장은 당장 눈앞에 있는 성과와 겉치레보다 원칙과 본질을 중요시하는 경영철학과 한국콜마의 인재 경영 등을 소개한다. 이 책이 주는 메시지의 핵심은 네 가지로 요약할 수 있다.

첫째, 가난과 좌절이 실력을 중시하는 기업가의 꿈을 꾸게 하였다.

둘째, 대웅제약 샐러리맨 시절 '내가 회장, 사장이라면 어떤 결정을 할까?' 이러한 물음을 던지며 의사결정을 했던 주인 정신이 자신을 성장시키는 원동력이 되었다.

셋째, 우보천리牛步千里 경영학, 소처럼 꾸준히 걸어가는 것이 가장 빨리 가는 것이다.

넷째, 좋은 기업은 사람이 오래 머무는 곳이다. 인문학은 인간의 본질을 다루기에 인문학을 중시했다.

윤 회장은 신입사원을 채용하거나 직원 승진 심사를 할 때 한국사 능력검정시험 합격자에 대해 가산점을 주고 있으며, '한국사 수능 필수 과목 지정' 서명운동을 주도하기도 했다.

그가 기업을 하겠다고 결심하게 된 에피소드 한 토막이 깊은 울림으로 다가온다.

"밤새 울고 나니 새벽이었다. 유학 가는 친구를 배웅하고 돌아오는 길부터 눈물이 흘렀다. 서러웠다. 공부하고 싶었지만 어려운 가정형편이 고비마다 길을 막았다. 고등학교도 마음대로 택하지 못했으며, 대학교는 장학금을 받을 수 있는 지방대를 가야 했다.

졸업 후 돈을 벌기 위해 농협에 취직했으나 승진, 연수에서 번번이 명문대 출신에 밀려나곤 했다. 한꺼번에 밀려온 서러움을 눈물로 삭이고 나니 정신이 들었다. 어떻게 살 것인지 생각했다.

'좋은 학교를 나오지 않아도, 부자가 아니어도 정상에 오르는 방법은 무엇일까?' 오직 실력으로 승부할 수 있는 일, 기업을 해야겠다고 마음먹었다."

그는 기업인으로 성공하고 나서 고등학교 시절에 꿈꾸었던 역사 공부에 심취하여 이순신 연구소인 서울여해재단을 설립하고, 이순신 연구에 참여하고 지원하면서 이순신 장군의 정신을 기리고 있다. 그후 윤 회장은 『기업가 문익점(목화씨로 국민기업을 키우다)』, 『80세 현역 정걸 장군(충무공 이순신의 멘토)』 등을 발간하여 역사에서 길을 찾기 위한 노력을 기울이고 있다.

조은시스템 김승남 회장의 감사경영과 좋은 성공

잡코리아의 창업자로 유명한 김승남 조은시스템 회장은 나이와 사회적인 편견을 극복하고 성공한 비결인 감사 철학을 『고맙습니다』에 담아냈다. 김 회장은 다이내믹한 경력을 가지고 있다. 21년간 일했던 직업군인 생활을 마치고 전역한 후, 금융권에 취직하여 뛰어난 업적을 이루어 임원에 발탁되었으나 "군발이는 물러가라"는 노조의 항의에 부딪혀 사직했다.

그는 46세에 배운 컴퓨터 실력을 바탕으로 54세 늦깎이 나이에 보안전문회사인 조은시스템과 잡코리아를 창업한 후 탄탄한 기업으로 성장시켰다. 그는 성공의 비결을 감사 철학에서 찾았다.

"감사는 하나님이 우리 인간에게만 주신 가장 큰 축복이다. 항상 감사하는 사람은 언제든 성공한다." 그는 친지에게 빚보증을 잘못 서는 바람에 엄청난 경제적인 고통을 겪었지만, 그 장본인을 원망하지 않고 "그래도 감사하며 범사에 최선을 다했더니 끝내 사업가로 성공할 수 있었다"라고 회고한다.

"직원들에게는 항상 감사하는 마음을 갖는다. 직원들이 있기에 사장이 있고 회장이 있는 것이다. 직원들에게 열심히 일해 주어서 고맙다는 생각을 가지니 장점이 유리알처럼 잘 보인다. 감사는 프로의 덕목이자 경쟁력의 바탕"이라며 "감사는 무적無敵의 자신감"이라고 고백한다.

김 회장은 또한 『좋은 성공』을 펴내 자신이 기업들을 창업하며 체득한 값진 결과물을 전하면서 우리 시대의 많은 젊은이가 풋 소년처럼 미래를 꿈꿀 수 있도록 안내한다. 좋은 성공이란 무엇일까.

저자는 삼다三多를 사랑하면 좋은 성공은 누구나 이룰 수 있다고 말한다.

첫째, 다노多勞/努, 많이 일하고 노력하는 것이다.

미쳐본 사람들은 거의 성공한다. 미쳐보지도 열심히 해보지도 않고 좋은 성취를 바라는 사람들을 어떻게 생각해야 할까? 결과와 관계없이 노력하는 과정 그 자체도 중요하다. 어떤 일에 미쳐서 많이 일하고 노력하게 되면 반드시 성공의 열매를 맺을 수 있다.

둘째, 다학多學, 꾸준히 공부하는 것이다.

마음만 먹으면 우리는 무한한 자기계발을 할 수 있다. 호기심이 느껴졌을 때 배우고자 하는 결단을 내리고 행동에 옮기면 배움은 이루어진다. 자신이 선택하기 나름이다. 배움도 즐겨야만 한다.

셋째, 다시多施, 주는 것이 아름답다는 것이다.

살고 있던 집을 판 돈으로 직원 4명과 잡코리아를 창업했다. 창업 당시 자본금의 전부를 대표로 있던 김 회장이 출자했지만 주식의 절반을 직원들에게 나누어주고 직장인의 꿈을 이루게 했다. 적은 급여를 받고 헌신적으로 일하는 직원들을 위해 배분하니 직원 모두가 주주였고 치열한 전장에서의 전투원처럼 열심히 일했다.

잡코리아는 미국 회사에 비싼 값에 M&A되어 투자자, 창업자, 직원 모두에게 헌신적인 노력에 대한 결실과 보답을 안겨주었다. 창업멤버들은 모두 수십억 원의 재산가가 된 것이다. 저자는 잡코리아의 성공 요인을 다시 多施라고 생각한다. 그리고 "더 좋은 성공은 아름답다"면서 "더 좋은 성공은 봉사와 헌신으로 꿈과 이상을 실천하는 것이다"라고 강조한다.

│　동국성신 강국창 회장의 흙수저와 금수저 이야기　│

『흙수저도 금수저가 될 수 있다』는 인천경영자총협회 회장인 강국창 동국성신 회장의 도전과 응전을 담은 책이다. 강 회장은 힘없고 '빽'없이 살아야 했으나 일생일대 가장 큰 만남의 복인 신앙을 받아들이면서 새로운 삶을 살게 되었다. 그는 신을 믿음으로써 실패에서 돌아서는 힘을 얻었고, 행복의 진정한 의미를 깨달았으며, 노력하는 삶과 도전하는 삶을 살고 있다.

그는 '포기'라는 단어가 익숙해진 N포 세대의 젊은이들을 안타깝게 여긴다. "삶은 우리가 무엇을 하며 살아왔는가의 합계가 아니라 무엇을 절실히 바라며 살아왔느냐의 합계다." 이런 마음으로 살아갈 때 현실의 어려움을 뛰어넘어 금수저로 비상할 수 있다.

　그는 젊은 나이에 사업에 성공했다가 부도를 맞은 자신의 경험을 소개했다. 빚쟁이들을 피해 다니면서 말할 수 없는 고통을 당했다. 그때의 실패를 교훈 삼아 다시 재기하여 사업에 성공할 수 있었다. 고난의 세월이 있었기에 자신의 인생을 돌아보게 되었다. 그는 항상 기뻐하고 감사할 수 있는 이유를 젊은 날 고난의 경험에서 찾았다.

　"나는 지금껏 하나님께 감사하는 일 중 하나가 맨 처음 잘나가던 시절 사업에 실패하게 하신 것이다. 그때의 실패로 내 일의 가치와 의미, 소명을 확실히 알았고 실패를 딛고 일어설 때 무엇이 중요한지 알게 되었기 때문이다. 인생의 결말을 모른다. 지금 하는 일의 결론이 어떻게 맺어질지 모른다. 그러니 실패를 두려워하지 말아야 한다."

　이런 경험을 통해 실패는 성공으로 인도하는 문이라고 믿는다. 실패는 인생의 걸림돌이 아니라 디딤돌이 될 수 있다. 실패를 두려워하지 말고 도전하라고 강조하는 이유이다.

　"누구나 실패를 한다. 정도의 차이는 있겠지만 실패는 하기 마련인데, 중요한 건 실패 자체가 아니다. 실패했을 때 주저앉느냐 일어서느냐가 그 사람의 미래와 행복을 좌우한다. 주저앉는다는 것은 포기하는 것이다. 아무것도 하지 않겠다는 무기력함이다. 실패를 딛고 다시 일어서려면 본능을 이기는 의지가 필요하다. 다시 일어설 때 잡고 설 버팀목이 있으면 그 인생은 최고가 된다."

| 네패스 이병구 회장의 3·3·7라이프와 석세스 애티튜드 |

반도체 관련 회사 네패스의 이병구 회장은 감사경영으로 회사를 운영하여 30년 동안 지속적으로 성장한 경영자다. 감사경영을 하면서 직원들과 소통한 내용과 성과를 중심으로『경영은 관계다』,『석세스 애티튜드』를 발간했다.

네패스는 직원들의 마음 관리를 위해 '3·3·7 라이프'를 실천하고 있다. "하루 3가지 이상 동료들과 좋은 일을 나눈다. 하루 3곡 이상 노래를 부른다. 하루 30분 이상 책을 읽는다. 하루 7가지 이상 감사한 일을 쓴다." 매일 아침 30분 동안 전 사업장에서 직원들이 함께 즐거운 노래를 부른 후 직장생활의 하루를 시작한다. 하루에 3가지씩 직원들과 굿 뉴스(좋은 소식)를 나누고, 하루에 30분씩 책을 읽는다. 그리고 하루에 7개의 감사 거리를 적는다.

노래하고 책 읽고 감사편지를 쓰는데 회사는 매년 지속적으로 성장하고 있다. 비결은 바로 직원들의 마음 관리, 즉 감사하는 마음이다. 감사하는 마음이 긍정적인 태도를 가져와 직원들이 스스로 열심히 일하여 생산성이 높아진 덕택이다. 그는 "모든 지킬 만한 것 중에 네 마음을 지키라. 생명의 근원이 이에서 남이니라"는 성경 말씀을 붙들고 경영을 하고 있다.

이 회장은 "마음의 상태가 감사라는 최상의 상태가 되면 마음이 정화돼 올바른 결정을 내릴 수 있다. 또한, 감사를 하면 가장 좋은 감정이기에 일에 몰입할 수 있어 성과를 창출할 수 있다"라면서 "이러한 감사의 덕목을 일상화하기 위해서 '감사 진법'을 만들어 회의할 때마다, 일하기 전에 수시로 외우고 낭독한다. 또, '마법 노트'라는 별도의 회사 어플리케이션을 통해 가족, 상사, 동료, 부하직원, 고객 등 타인들에게 수시로 감사편지를 전한다"고 강조한다.

이 회장의 책 『석세스 애티튜드』는 영문으로 번역되어 미국 아마존 '비즈니스 윤리Business Ethics' 부문에서 베스트셀러 1위에 오르기도 해 화제가 되었다. 비결이 뭘까. 그는 이렇게 해석한다. "책에는 네패스만의 기업문화가 그대로 녹아 있다. 기업 경영의 핵심은 동서고금을 막론하고 '사람의 마음'에 있다. 회사 구성원의 마음이 부정적이면, 회사 실적도 부정적으로 나올 수밖에 없다. 기업을 함께 일궈가는 직원들의 마음, 그들의 삶이 중요하다고 강조한 점이 해외에서도 많은 공감을 이끌어 낸 것 같다."

05
치열한 삶의 현장 체험기

세상에는 수많은 직업이 있다. 치열한 삶의 현장에는 열심히 일하는 사람들의 감동적인 스토리가 많이 있다. 시내버스 기사, 환경미화원, 세신사, 특파원 네 분의 생생한 삶의 현장 이야기를 소개한다.

버스 기사의 창에 비친
서민들의 애환과 정이 묻어나는 이야기

전라북도 전주 시내버스 허혁 기사가 버스 속에서 일어나는 풍경을 주제로 『나는 그냥 버스 기사입니다』를 썼다. 이 책은 버스라는 작은 세상을 책임지는 한 버스 기사가 묵묵하게 운전하며 버스 안에서 바라본 세상과 사람, 자기 성찰에 관한 이야기를 담아냈다. 허혁 기사는 격일로 하루 열여덟 시간씩 버스를 모는 동안 크고 작은 마음의 변화를 겪는다. 세상에서 가장 착한 기사였다가 한순간에 세상에서 가장 비열한 기사가 되기도 한다. 그는 그 시간을 자신을 관찰하고 성찰하는 시간으로 만들었고, 문득문득 떠오르는 글들을 적기 시작했다.

저자는 운전하며 머릿속으로 쓰고, 운전하며 머릿속으로 탈고했기에 글 속에서 버스는 하나의 세상이 되고 독자는 그 세상 속 시민이 된다. 또, 글 속에서 독자는 때로는 엄마를, 아버지를, 할머니를 만나게 된다. 나아가 삶의 고단함을 내려놓는 쉼을, 삶에 대한 포근한 희망을, 마음 개운해지는 눈물을, 잔잔한 미소를 선물받게 된다.

이 책은 버스의 공간을 통해 버스 기사의 내밀한 사정을 이해할 수 있게 하고, 버스 탈 때 가졌던 불만과 짜증이 이해로 변하는 경험을 하게 돕는다. 버스 기사의 창을 통해 감정노동자의 삶을 이해하게 되고 타인의 삶을 따뜻한 시선으로 바라보게 만들기도 한다.

버스는 서민의 발이고 서민의 애환이 서려 있는 곳이다.

웃음을 자아내게 하는 에피소드 한 토막을 보자. 동네 언니의 버스비를 자신의 카드로 찍어주려는 승객과 거절하는 승객 사이의 실랑이를 정감 있게 묘사한 부분이다.

"둘요!"

"아녀, 그러지 마. 나도 카드 있어!"

그깟 버스비 좀 내주고 나중에 무슨 생색을 내려고 그러느냐는 듯 펄쩍 뛴다. 다음 날이면 소문 다 난다.

"새로 이사 온 수원댁이 어제 버스비 내줬담서!"

버스비 좀 아꼈다고 살림에 보탬이 되는 것도 아니고 맥없이 신세 지기 싫어 죽어도 못 찍게 한다. "찍네, 마네" 하는 동안에 뒤에서 기다리는 승객과 기사는 숨이 넘어간다.

시인 환경미화원의 변치 않는 쓰레기 사랑

청소부는 힘든 직업 중의 하나다. 경상남도 김해 환경미화원 금동건 씨는 청소부를 하면서 틈틈이 시를 써서 다섯 번째 시집 『비움』을 냈다. 이 시집은 시인이 일상에서 느낀 마음을 시상으로 연결시켜 마치 수필을 읽는 것처럼 친근하게 다가온다. 시를 말하듯이 썼기에 쉽게 읽을 수 있다. 금동건 시인은 환경미화원을 하면서 삶 속에서 보고 느낀 것들을 시를 통해 표현했다.

그는 몸이 허약했으나 열심히 노력하여 체력을 보강하고 훌륭한 환경미화원이 되었다. 환경미화원을 천직으로 여기며 늘 감사한 마음을 가지고 살아간다. 사실 힘이 드는 일이지만 힘들다고 생각하지 않는 단단한 마음의 근육을 지니고 있다. 그는 매일 일기를 쓰고, 일기 속에서 시의 소재를 찾는다.

그는 환경미화원 20년 차다. 비질로 낙엽을 쓸고 음식물쓰레기 수거까지 청소일은 누구보다도 자신이 있다. 그를 시인으로 이끈 건 유

년 시절의 연애편지였다. 초등학교 때 경북 안동에서 부산으로 이사 오면서 초등학교 단짝에게 인사조차 제대로 하지 못했다. 그 아쉬운 마음을 담아 짝지에게 쉬지 않고 3년 동안 편지를 써 보냈다.

성인이 되어서도 펜을 놓지 않았다. 고단한 일과 속에서도 집에 오면 매일 일기를 쓰고 시를 썼다. 이렇게 써 놓은 시가 3,000편이 넘는다. 그는 쓰레기를 더럽다고 생각하지 않는단다. 자신이 처리하는 음식물쓰레기가 가축의 먹이가 되고 퇴비로도 쓰인다고 생각하면 고마운 생각마저 든다. 〈환경미화원 금동건〉이란 시는 그의 삶과 생각을 고스란히 전해준다.

세상에 하고 많은 직업이 존재하건만
하필이면 환경미화원을 선택하였을까
부도 명예도 없는 밑바닥 인생을 선택하였을까
나도 한때는 잘 나가는 대로형
순탄대로 달리던 중 엔진 고장
절망 죽음의 기로에
젖소목장 영업용 택시 분뇨 수거
백수란 직업 적응치 못해
방황 또 방황
내 손을 잡아준 아내 만나
환경미화원을 선택한 가장이 되었다
'아저씨 수고하세요'란 말

귓전에 들려올 때면

그날은 백배 천배 일하고 싶은 심정

쓰레기야 와라 내가 간다

잠자리에 들 때 시인은 "오늘도 사랑스러운 쓰레기들을 무사히 잘 모셨다"는 말로 하루를 마무리한다. 자신의 생계를 책임져 준 쓰레기에 대한 고마운 마음이 있는 까닭이다. 그는 오늘도 즐겁게 일하며 환경미화원을 천직이라고 힘차게 외친다.

인생 2막을 준비하는 사람들을 위한
세신사의 꿈과 희망 스토리

대기업 임원 출신의 한상선 세신사는 『꿈꾸는 얼음방』을 펴내 인생 2막을 준비하는 사람들에게 꿈과 희망을 심어주고 있다. 한상선 씨는 대기업에서 잘 나가는 임원이었으나 56세에 회사가 갑자기 문을 닫는 바람에 실업자가 되었다. 더욱이 퇴직에 대한 아무런 대책도 없이 어떻게 잘 되겠지 하는 막연한 희망을 가지고 살아왔으나 실직이란 현실 앞에서 절망의 늪에 빠져들었다. 설상가상으로 건강에도 빨간불이 켜졌다. 각종 성인병을 달고 사는 그는 경제와 건강이라는 이중고를 겪었다.

어떻게 극복했을까? 다른 직장을 구하기 위해 백방으로 노력했으나 원하는 직장에 취업하기란 하늘의 별 따기였다. 일단 그동안 대기업 다니면서 가졌던 익숙한 것과 결별을 선언했다. 천신만고 끝에 사우나 세신사로 취직하여 가보지 않은 길을 걷게 되었다. "모든 것이 내 탓이다. 죽을 용기가 있으면 그 용기로 살아라!" 이렇게 외치면서 사우나에 마지막 베이스캠프를 치고 인생을 걸었다.

그가 뜨거운 사우나 공간에서 '1만 권 독서'의 꿈을 꾸고 그곳에서 먹고 자면서 1년에 200권씩 5년 동안 1천 권의 책을 읽었다니 놀라울 따름이다. 세신사 일을 힘들게 생각하지 않고 감사한 마음을 가지고 하루하루를 보냈다. 그 덕택에 경제적인 문제도 잃어버렸던 건강도 회복할 수 있었다.

"5년 8개월이 넘는 기간 동안 사우나에서 세신사로 삶의 가장 낮은 곳에서 비지땀을 흘리면서 생사를 넘나들며 치열하게 생존 독서를 하였습니다. 그리고 내 생에 마지막 꿈인 1만 권의 독서는 내가 살아 있는 한 기필코 이룰 것입니다. 살아가면서 어떠한 일이 있더라도 절대로 포기하지 않을 겁니다."

저자는 사방이 막힌 얼음 방에서 꿈을 꾸고 그 꿈을 실천한 이야기를 편안하게 들려준다. 책을 읽다 보면 자신을 스스로 돌아보고 용기를 얻는 힘이 생긴다.

암 병동 특파원의
유머와 유쾌함과 통쾌함이 묻어나는 투병기

30대 후반의 현역 기자가 급성 백혈병 진단을 받았다. 기자는 이상한 나라의 특파원을 자청했다. 『저는, 암 병동 특파원입니다』 채널A 황승택 기자가 쓴 투병기다. 황 기자는 처음엔 억울한 생각이 들었다. 수영도 일주일에 세 번씩 규칙적으로 하고, 담배도 안 피우고, 술도 절제 있게 마시고, 나름대로 건강관리를 잘해 왔다고 생각했기 때문이다. 그러나 암은 어느 날 예고 없이 찾아와 그의 삶을 송두리째 바꿔놓았다.

처음에는 두려움에 힘든 시간을 보냈으나 생각을 바꾸었다. 암에 끌려가지 않고 도전하여 극복하겠다는 의지가 솟아올랐다. 암 병동에 파견된 특파원이라고 생각하고 페이스북에 3년 동안 투병기를 올렸다. 치료하는 과정을 생생하게 기록했다. 그러나 늘 의미를 부여하고 희망을 노래하며 유머를 잊지 않으려고 노력했다. 반응은 뜨거웠다.

굵은 바늘이 혈관을 뚫을 때는 몹시 아팠으나 바늘에 대한 생각을 바꾸었다.

"바늘이여, 그대는 요사이 참 나를 많이 찌른다. 각종 검사마다 굵기나 깊이가 다양한 그대 친구들이 가차 없이 살을 파고든다. 한때는 그대들이 미웠으나 이제는 그런 마음을 버렸소. 그대들의 찌름은 누군가를 살리기 위한 행동이잖소.

　요즘 내가 던진 말의 바늘을 생각해 보오. 방송에 출연해 누군가를 향해 던졌던 독한 말의 바늘들, 누가 듣지 않는다고 혹시나 뱉었을 흉기들, 나의 찌름은 무엇을 위한 것이었는지. 언젠가 내가 일상에 복귀한다면 아마 또다시 수많은 찌름을 행할지도 모르겠네. 내 바늘이 사회적 약자를 상처 내지 않고 사회의 고름만 악취만 제대로 찌르도록 노력해 보겠소.”

　그는 늘 긍정적으로 생각했다. 치료받는 병원에서 불이 난 적이 있다. 방송국에 전화해서 “지금 유명 병원에서 불이 났는데 이를 처음 본 사람은 나밖에 없다. 확실한 특종이다. 내가 지금 기사를 작성할 테니 담당 기자를 보내 달라. 시간이 촉박하면 내가 현장에서 직접 중계할 수도 있다”라고 알렸다. 이렇게 대학병원 화제 특종을 보도하기도 했다. 그는 의료 시스템의 문제점이 보이면 글로 써서 재발하지 않도록 조치하는 일에도 앞장섰다.

　낙천적인 그에게는 조혈모세포(골수) 은행에 등록된 사람으로부터 골수 이식을 받아 건강을 되찾는 행운도 찾아왔다. 이 책은 백혈병으로 인해 잠시 정지한 시간 동안의 기록임과 동시에 성장의 기록이기도 하다. 투병 중인 기자가 특파원이 되어 생중계하듯이 썼기 때문에 어느 투병기에서 볼 수 없는 고통 속에 희망이 있고, 위대한 인간 승리가 있어 통쾌함과 유쾌함을 맛볼 수 있다.

엄혹한 삶의 현장에서 건져낸 이야기는 독자들에게 감동을 선사한다. 자신의 직업을 천직으로 여기며 샘물을 길어 올리는 사람들의 진솔한 사연은 언제 들어도 생동감이 있고 신선한 충격을 던져준다.

06
실패한 사례도 책의 소재가 된다

책은 성공사례만 가지고 만들어지는 것은 아니다. 실패한 사례도 책의 소재가 될 수 있다. 기업체 간부 출신인 조현구 경영지도사는 중견기업에서 잘나가는 임원이었다. 그는 회사를 명예퇴직하고 퇴직금을 가지고 식당을 차렸다. 회사에서 성실하게 열정적으로 일하여 성공했기에 식당도 그렇게 하면 잘 되리라고 생각했다. 그러나 아내와 함께 운영한 식당은 적자를 계속해서 내는 바람에 문을 닫아야만 했다.

다음으로 한 사업이 핸드폰 대리점이었다. 하지만 50세가 넘은 나이에 하려니 잘 되지가 않았다. 그러다 컨설팅 회사에 다니는 전 직장에서 같이 근무했던 후배를 만났는데, 후배가 뜬금없는 제안을 했다.

"사업을 하다 실패했지만 그런 경험을 책으로 써보세요. 그리고 저와 함께 강의도 하고 상담도 하면서 창업 관련 컨설팅을 해보는 게 어떠세요? 직장생활에서 얻은 노하우를 살려야 해요."

그는 곧바로 나를 찾아왔다. 그리고 한 번도 생각해 보지 않았는데 후배의 책 쓰기 제안이 가능한 일인지 물었다. 나는 당연히 책을 쓸 수 있다고 용기를 주고 책 쓰는 방법을 일러주었다. 몇 달 후, 그는 책의 형태로 원고를 써서 가지고 왔다. 정말 놀라지 않을 수 없었다. 한 번도 글을 써보지 않았는데 절실한 마음으로 쓰다 보니 정말로 글이 써졌다고 한다. 그는 누구나 책을 쓸 수 있다는 가능성을 보여준 좋은 사례다. 그래서 나는 그에게 그동안 본인이 경험했던 책 쓰기 과정을 글로 정리해 달라고 부탁했다. 다음은 그가 보내온 글의 내용이다.

글을 쓰거나 책을 쓰는 것은 나와는 상관없는 다른 나라 이야기라고 생각했다. 어렸을 때부터 책 읽기를 싫어해서 만화책도 잘 읽지 않았던 기억이 지금도 생생하기 때문이다. 그런 내가 책을 쓴다는 것은 상상도 못 할 일이었다.

짧은 글짓기도 쉽지 않은데, 장문의 편지도 아니고 더군다나 책을 쓴다는 것은 엄두가 나지 않았다. 그리고 특별히 선택된 소수에게만 가능한 일이라고 생각했다. 그런데 그런 나에게 책 한 권을 끝까지 쓰게 된 일대 사건이 일어났다.

얼마 전 옛날에 함께 일했던 직장의 후배가 찾아왔다. 그는 나에게 다음과 같이 제안했다.

"직원들과 함께 말하기 좋아하고 강의도 잘하고 했으니까, 장사해서 실패한 경험을 바탕으로 책을 쓰고, 창업 관련하여 강연을 해보는 것이 어떻겠어요?"

그는 현재 기업체나 군대의 퇴직예정자를 상대로 강연하고 있는데, 책을 쓰면 자신이 하는 일에도 많은 도움이 될 거라고 했다.

그 말을 듣고 하루 동안 생각했다. 내가 책을 쓴다는 것이 가당키나 한 이야기던가. 생각하고 잊어버리려 하는데 머릿속에서 책에 관한 생각이 떠나질 않고 계속 맴돌았다. 나의 창업 실패 경험이 극적이거나 다른 사람에게 큰 보탬이 되는 것은 아니지만, 책을 통해 커리어도 쌓을 수 있고, 무엇보다도 나의 잘못으로 너무 힘들었던 아내와 두 딸에게 꼭 해주고 싶은 말을 글로 남기는 계기가 될 수도 있다고 생각했다.

전 직장 후배와의 만남이 강연과 책에 대해 생각하는 계기가 되었다면, 책 쓰기 전도사인 양병무 박사님의 격려의 말은 책을 쓰는 결정적인 계기가 되었다고 생각한다. 나는 양 박사님과 같은 교회에 다니고 있다. 몇 년 전 양 박사님은 가까운 교인들에게 글쓰기와 책 쓰기에 대해 특강을 한 적이 있다. 그때 양 박사님은 책 쓰는 것이 어렵지 않고 누구나 책을 쓸 수 있다고 역설했다. 불현듯 그 말이 생각나 양 박사님을 찾아가 물었다.

"제가 책을 쓸 수 있을까요?"

그때 양 박사님이 "책은 아무나 쓰는 게 아닙니다"라고 했으면 당장 포기했을 것이다. 처음 책 쓰는 사람에게는 전문가의 말 한마디가 결정적이기 때문이다. 안 가본 길을 가려는데, 먼저 가본 사람이 안 된다면 할 말이 없지 않은가.

하지만 양 박사님은 적극적으로 찬성한다며 누구든지 노력하면 충분히 쓸 수 있다고 용기를 북돋아 주었다. "글을 쓰다 보면 좋은 글을 쓰게 되니까 처음부터 너무 잘 쓰려고 하지 마세요"라는 말이 그동안의 부담을 덜어 주었고 힘이 되었다. 책은 무조건 잘 써야 한다는 선입견에 막혀 엄두를 못 내고 도전하지 못했기 때문이다. 책은 상상하는 것을 글로 마음껏 표출할 수 있는 자유를 만끽하게 만드는 것 같다. 나도 사람들에게 감동을 주는 책, 도움이 되는 책을 쓰고 싶다. 이렇게 해서 쓴 『흥창망창(흥하는 창업 망하는 창업)』이란 책은 e북으로 출간되어 상당한 호응을 얻고 있다. 이 모든 게 책 쓰기에 도전한 덕택이다. 내가 이렇게 저자가 되다니 1년 전엔 상상도 할 수 없는 일이었다.

조현구 경영지도사는 그 후 『퇴직하고 뭘 먹고 사나』, 『장사란 무엇인가』, 『15%의 이기는 사장』을 발간하여 작가로서 활동하면서, 노사발전재단 중장년일자리희망센터, 강원대학교 창업지원단, 외식업중앙회 등에서 퇴직자와 창업자들에게 강의와 멘토링을 하고 있다.

07
세상과 소통하는 전문서를 써라

인재의 종류는 세 종류, 즉 一(일)자형 인재, I자형 인재, T자형 인재로 나눌 수 있다. 一자형 인재는 범용성 인재로 아는 것은 많은 듯한데 똑 부러지게 할 수 있는 게 없는 사람이다. I자형 인재는 한 우물을 깊게 판 사람으로서 전문가를 말한다. T자형 인재는 一자형 인재와 I자형 인재를 결합한 형태의 인재상이다. 오늘날 지식사회가 요구하는 인재상은 T자형으로서 전문성과 다양성을 갖춘 인재를 말한다.

이제 한 분야의 전문가가 아니면 뭔가를 안다고 행세하기 어려운 세상이다. 직업의 종류는 다양하다. 우리나라에는 약 1만 7천 개의 직업이 있다고 한다. 각 분야에는 전문가가 있다. 5년, 10년, 20년, 30년을 근무하면서 깨달은 지혜가 넘쳐난다. 그 지혜를 세상에 나누어주는 게 전문가의 일이다.

하지만 전문가의 대부분은 오히려 그 분야에 갇혀 일반인과 소통이 쉽지 않다. 전문가와 일반인의 이 장벽을 제거하는 게 책이다. 요즘은 전문 용어를 쉽게 풀이하여 일반인에게 다가가고자 하는 책들이 많이 나오고 있다.

김경일 아주대 심리학과 교수는 『이끌지 말고 따르게 하라』, 『어쩌면 우리가 거꾸로 해왔던 것들』, 『적정한 삶』 등의 책을 내 좋은 반응을 얻었다. 김 교수는 어려운 심리학 용어를 쉽고 이해할 수 있도록 강의하고 책을 써왔다. 심리학은 인간의 불안이 없으면 존재할 수 없는 학문이라고 한다. 인간은 불안과 함께 살아간다는 것이다. 그는 『적정한 삶』에서 코로나19로 인해 모두가 불안한 팬데믹 시대에 불안을 역이용하여 성장의 기회로 삼고 적정하게 만족감을 느끼는 삶을 살아야 한다고 역설한다.

"앞으로 인류는 '극대화된 삶'에서 '적정한 삶'으로 갈 것입니다. 행복의 척도가 바뀔 것이며 개인의 개성이 존중되는 시대가 옵니다. 타인이 이야기하는 'WANT'가 아니라 내가 진짜 좋아하는 'LIKE'를 발견하며 만족감이 스마트해지는 사회가 다가옵니다. 인간의 수명은 길어졌고 적정한 만족감을 느끼지 못하는 인간은 결국 길 잃은 삶을 살게 될 것입니다."

그렇다. 그는 행복은 크기가 아니라 빈도라고 말한다. 파랑새처럼 가까이 있는 소소하지만 확실한 행복을 누리는 소확행의 적정한 삶을 살아가기를 권유한다.

한의원을 운영하고 있는 정이안 원장은 병원을 운영하면서 얻은 경험을 바탕으로 『스트레스 제로』, 『샐러리맨 구출하기』, 『내 몸에 스마일』, 『생활습관만 바꿨을 뿐인데』 등을 냈다. 그중 『내 몸에 스마일』의 내용을 살펴보자. 저자는 수많은 진료와 상담을 통해 치열하게 살아가는 오늘날의 직장인들에게 6대 영역에서 '생활 밀착형 처방전'을 내리고 있다.

첫째 잘못된 생활습관으로 인한 질병 처방전, 둘째 직장 내 인간관계로 인한 질병 처방전, 셋째 컴퓨터로 인한 질병 처방전, 넷째 점심시간과 관련된 질병 처방전, 다섯째 퇴근 후 생활 관련 질병 처방전, 여섯째 성생활 관련 질병 처방전이 그것이다. 이 책은 전문의들이 가르치는 듯한 딱딱하거나 어려운 인상을 주지 않는다. 정신없이 바쁜 직장인들에게 쉽고 재미있게 질병을 진단하고 예방하는 생활 밀착형 건강관리 정보를 유익하게 알려준다.

"진료하면서 얻은 체험들이 모두 책을 쓰는 데 생생한 좋은 자료가 되고 있어요. 일하면서 이렇게 책을 낼 수 있다는 게 정말 감사해요."

정이안 원장의 말이다. 그녀는 바쁜 가운데서도 스트레스를 잘 관리하고 일을 하면서 계속해서 책을 내고 있어 전문가들에게 좋은 사례가 되고 있다.

인재의 요건 두 가지, 맥락형 인재와 민첩성

삼성의 '인재 사관 학교'라 불리는 삼성인력개발원 부원장을 지낸 카이스트 신태균 교수는 『인재의 반격』에서 격변의 시대에 필요한 인재상을 예리하게 알려준다. 인재전문가인 신태균 교수는 평생 인재 문제를 연구하고 지도해 온 경험과 통찰력을 바탕으로 4차 산업혁명 시대, 인공지능 시대에 살아남을 수 있는 인재의 요건에 대해 구체적으로 질문하고 답을 제시한다.

인공지능과 기계가 인간의 자리를 대체할 것이라는 예측이 난무하는 시대에 어떤 사람이 대체 불가능한 자리를 차지할까? 4차 산업혁명의 격랑 속에서 기업을 이끌어갈 인재는 어떤 역량을 갖추어야 할까? 기업은 혁신과 생존을 위해서 인재를 어떻게 확보하고 양성할 것인가?

저자는 미래 인재의 여러 가지 요건 중에서 가장 중요시하는 2대 요건인 '맥락형 인재'와 '민첩성'을 강조한다.

첫째는 맥락형 인재다. 맥락형 인재란 "사물을 개별 정보나 지식으로 이해하지 않고 다른 사물이나 사건과의 연관성 속에서 그 흐름과 움직임의 핵심을 파악하여 분석하고 대응 및 행동하는 유형의 인재"를 뜻한다. 이들은 부분에 매달리지 않고 맥락을 읽어내 전체 흐름을 파악한다. 예를 들면 나무의 한 부분에 집중하는 보통 사람과 달리 나무의 뿌리, 줄기, 가지, 잎을 한눈에 파악하는 스타일이다. 변화의 흐름, 일의 맥락을 읽어내기 위해서는 분야를 넘나드는 지식 유목민이 되지 않으면 안 된다.

두 번째 중요한 능력은 민첩성이다. TV 동물의 왕국을 보면 종종 시속 75km의 토끼가 자신보다 빠른 시속 120km의 치타를 따돌리는 장면을 야생에서 목격하곤 한다. 이것이 어떻게 가능할까. 토끼의 민첩성이 치타보다 뛰어난 까닭이다. 목표가 고정되어 있을 때는 그 목표에 빨리 도달한 사람이 승자가 되었다. 하지만 환경이 급변할 때는 민첩하게 방향을 바꿀 수 있어야 살아남을 수 있다는 사실을 유념할 필요가 있다. 저자는 민첩성의 중요성을 말한다.

"빠른 자가 느린 자를 잡아먹는 것이 초원 생태계의 법칙이다. 그러나 모든 것이 이동하는 변화의 시대에는 속도보다 민첩성이 생존을 좌우한다. 변화의 시점을 제때 파악해 유연하게 이동하는 동물만이 가혹한 변화의 세계에서 살아남을 수 있다."

이와 같은 맥락형 인재와 민첩성을 갖춘 인재가 패러다임을 바꾸고 불확실성의 파고를 뛰어넘을 수 있는 것이다.

유럽 에너지 기업 한국 법인인 에넬엑스코리아 김유상 전무는 『전략가의 일류 영업』을 펴냈다. 김 전무는 한국 법인에서 영업 업무를 총괄하는 영업 분야 베테랑이다. 그는 책 쓰기에 관한 내 책을 보고 나에게 이메일을 보내 왔다. "박사님 책을 읽고 제가 가장 자신 있는 영업에 관한 책을 내고 싶습니다. 20여 년 동안 국내 영업과 50여 개국의 해외 영업의 경험을 쌓았고 좋은 영업 실적을 가지고 있습니다." 나는 책을 쓰도록 격려하였고 얼마 있다가 책이 나오게 되었다.

그는 자신이 몸담은 기업에서 항상 최고의 실적을 내거나 리드해 왔기 때문에 비결을 묻는 사람이 많아서 이들을 위해 코칭했던 내용을 정리했다. 동시에 자신이 공부하고 경험한 '전략적인 고성과 노하우'를 다양한 업종의 사례와 함께 담아냈다.

저자는 책을 쓰게 된 동기를 다음과 같이 설명했다.

"지난해 기준 국내 영업, 마케팅 관련 종사자는 약 480만 명으로 추산된다. 그 어떤 기업에도 영업, 마케팅 부서가 없는 경우는 흔치 않다. 경제의 구석구석을 관통하고 연결하는, 인체의 혈액과 같은 귀한 존재들이다. 좋은 결과를 내기 위해선 전문성이 필요한 직종임에도 '직장 선배에게 물어보고 일단 발로 뛰는 거지'라는 인식이 아직도 크다. 자영업을 다룬 책들은 종종 있지만, 여러 가지 이유로 기업에서의 영업 전략들을 일목요연하게 정리한 책은 많지 않다. 그런 와중에 코로나19로 인해 과거식 대면 위주 영업 방법은 더욱 어려움을 겪게 되었다."

이런 상황에서 저자는 기업들의 공통적인 시장조사, 전략설정, 고객 타기팅, 접근, 다양한 노하우를 통한 계약 성사, 계약 후 고객관리 방법, 코로나 이후 비대면 시대의 영업 방법 등을 여러 가지 사례와 함께 실감 나게 소개했다.

08
자기계발과 리더십 사례

우리나라 대통령은 집권 초기에는 인기가 높으나 정권 말기에는 거의 무력화되는 경향이 있다. 현직을 떠나 '전직이 되는 순간 불행해진다'는 말까지 생겼다. 역대 대통령들 대부분이 불행한 길을 걸어온 까닭이다.

　반면에 미국은 대부분의 전직 대통령이 존경을 받는다. 그 이유는 무엇일까? 우리는 대통령을 평가하는 데 너무 가혹하다. 하지만 미국인들은 실패보다 그가 가진 장점을 더 보기 때문에 대통령들은 과오가 있어도 존경받는 인물로 남을 수가 있다. 미국은 실패를 용인하는 문화다.

　그러나 우리나라는 실패를 용인하지 않는다. 실패를 용인하지 않으면 위인이 나오기 어렵다. 미국이 세계 최고의 국가가 된 배경도 실패를 용인하는 문화가 있기에 가능했다. 그래서인지 우리나라에서 성공한 사례를 책으로 내는 일은 쉬운 일이 아니었다. 좋은 사례를 책으로 내서 벤치마킹하도록 하면 그만큼 좋은 영향력을 끼칠 수 있는데 말이다. 최근 들어 성공사례를 다룬 이야기들이 많이 나오고 있어 다행이다.

나는 성공한 사례에서 자기계발과 리더십을 배우자는 뜻으로 책을 내고 있다. 『감자탕교회 이야기』는 바로 좋은 교회에서 배울 것은 배우자는 뜻으로 쓴 것이다. 나는 책을 쓰기 전 교회에 대해 아쉬운 점이 있었다. 그러다가 감자탕교회로 알려진 서울광염교회에 가게 되었다. 조현삼 목사와 성도들이 신앙 안에서 행복하게 지내는 모습이 보기에 좋았다.

나는 경제학 박사로서 한국교회도 한국경제와 비슷한 성장 과정을 겪었다고 분석했다. 지난 IMF 외환위기는 한국경제가 양적으로 성장해 온 만큼 거품도 많아져 발생한 것이다. 따라서 이는 질적 성장을 통해 거품을 걷어내기 위한 도약의 계기로 받아들일 수 있다.

한국교회도 마찬가지다. 그동안 양적 성장을 위해 교인 수를 늘리고 교회 건물을 증축하는 데 우선순위를 두었던 관행을 바꿀 필요가 있다. 그래서 나는 감자탕교회의 노력들을 소개하여 다른 교회들이 참고하기를 바랐다. 감자탕교회는 교회 홈페이지에 재정 상황을 100% 공개한다. 이를 살펴보면 예산의 30% 이상을 구제, 장학, 선교사업에 지출하고, 1년에 4회의 절기헌금은 전액 이웃을 위한 구제사업에 사용한다. 또한, 교회에서 장사하지 않는다. 나는 이런 사례들을 사실 중심으로 소개했다. 책이 나온 후 감자탕교회는 한국 기독교의 좋은 모델로 주목을 받고 있다.

　이어서 나는 『주식회사 장성군』을 집필했다. 이 책은 감자탕교회의 연장선상에서 발간되었다. 전남 장성군에서 군수와 공무원들이 지방자치단체의 혁신을 위해 노력한 사례를 책으로 엮은 것이다. 지방자치제가 실시된 1995년부터 내리 3선을 한 김흥식 군수가 관료주의와 싸워가면서 공무원들의 마인드를 일류 기업체 사원처럼 변화시킨 이야기가 핵심이다. 또한, 장성군에서는 매주 목요일 오후에 각 분야의 최고 전문가를 초청해 강의를 듣는 '장성아카데미'를 실시하여 공무원과 농민들의 의식을 바꾸었다. 나는 이를 바탕으로 교육에 투자한 감동적인 이야기들을 소개했다.

　이 책은 노무현 대통령이 전 공무원에게 이메일을 보내 읽어보라고 추천함으로써 공무원들의 필독서가 되었다. 다음은 노무현 대통령이 보낸 편지의 일부분이다.

　얼마 전 『주식회사 장성군』이라는 책을 읽었습니다. 이 책은 전남 장성군의 혁신과 변화를 실감 나게 소개하고 있습니다. 읽어보니 행정과정에서 보고를 받은 것과는 사뭇 느낌이 달랐습니다. 감동도 있고 재미도 있고 '혁신이라는 일이 성공할 수 있는 일이구나'하는 자신감도 얻을 수 있었습니다. 공무원 여러분에게도 꼭 한번 읽어보라고 권하고 싶습니다. 개인적으로 자극이 되고, 조직의 혁신 차원에서도 많은 참고가 될 수 있을 것입니다.

'세상을 움직이는 것이 사람이고, 사람을 바꾸는 것은 교육'이라는 것이 이 책이 주는 시사점입니다. 우리의 혁신 과정에서 교육이 좀 부족하지는 않았는지, 좀 더 많은 사람들이 혁신에 참여할 수 있는 환경을 만드는 데 소홀함은 없었는지 다시 한번 돌아보게 됩니다.

작은 가게가 어떻게 유명 맛집이 되었을까

요즘 사람들이 맛집을 선호하면서 한 식당 주인이 쓴 『작은 가게에서 진심을 배우다』가 화제가 되었다. 이 책은 경기도 용인시 외진 마을의 작은 가게를 전국에서 손님이 찾아오는 유명 맛집으로 성장시키기까지, 고기리막국수 김윤정 대표의 비결과 노하우를 기록했다. 코로나19로 인해 소비가 크게 위축된 2020년, 고기리막국수는 8년 만에 매출 30억 원을 달성했다. 어떻게 가능했을까.

김 대표는 손님에게 최고의 상품을 주기 위해 정성을 다하면서 손님이 무엇을 원하고 느끼는지 살폈다. 예를 들어 위생과 맛은 기본이고 음식을 먹는 흐름까지 고려해 서비스했다. 또, 온라인과 오프라인을 넘나들며 관계를 지속하고 손님의 입장이 되어 감정과 욕구를 세심하게 읽어내며, 손님이 경험할 수 있는 작은 불편까지 개선해 나갔다.

이로써 주인과 손님의 관계가 단지 주고받는 관계를 넘어서는 '사이'로 더욱 깊어졌다. 이런 노력을 통해 손님 한 사람 한 사람의 마음에 스며든 고기리막국수는 하나의 브랜드로 자리 잡았다. 이러한 근본적인 힘은 어디에서 왔을까? 김윤정 대표의 고객을 향한 진심의 한 부분을 살펴보자.

김 대표는 남편과 함께 좋아하는 막국수를 1년에 280번 정도나 먹는다고 한다. 1년에 300일 정도 영업을 한다고 하면 정말 많이 먹는 편이다. 보는 것만으로도 너무 질려서 아예 입에도 대지 않는다는 식당 사장들도 많이 있는데 이들 부부는 막국수 사랑이 대단하다는 생각이 든다. 김 대표는 거의 매일 막국수를 먹는 이유를 두 가지로 설명한다.

"하나는 막국수가 좋아서입니다. 좋아하니까 막국수 생각만 하게 되고, 생각에 생각을 더하다 보니 어느새 막국수를 만들게 되었습니다. '좋아하니까 막국수 장사를 한다.' 이것이 저에게는 너무나 자연스러웠지요. 만약 제가 좋아하지도 않는 음식을 손님에게 권해야 한다면 얼마나 괴로울까요. 다른 하나는 그날의 막국수를 평가하기 위해서입니다. 어제와 오늘의 막국수 맛이 일정한지, 손님 입장에서 끊임없이 맛보고 테스트합니다."

| 구글 수석 디자이너의 감사 쓰기와 자기 칭찬하기 |

'구글' 수석 디자이너 김은주 씨는 『생각이 너무 많은 서른 살에게』를 펴내 취업을 준비하거나 직장생활에서 스트레스를 받는 사람들에게 큰 힘과 용기를 주고 있다. 김은주 디자이너는 대학에서 미술을 전공한 후 스물일곱 살에 영어 한마디 제대로 못 한 채, 아무런 준비 없이 유학 가는 남편을 따라 미국에 가서 대학원에 무작정 진학했다. 천신만고 끝에 공부를 마치고 "일단 저지르면 수습할 힘이 생긴다"는 도전정신을 바탕으로 삼성전자, 마이크로소프트, 모토로라 등을 거쳐 꿈의 직장으로 불리는 구글에 디자이너로 입사했다.

하지만 적응하느라 너무 힘이 들었다. 특히 인사 평가를 앞두고는 불안하고 두려운 마음이 밀려왔다. 전년도에 받은 인사 평가가 너무 초라하게 나와서 이번에도 평가를 잘못 받으면 해고될지도 모른다는 두려움이 엄습해 왔기 때문이다. 사람들을 만나는 게 무서웠다. 화장실에 숨어 있기도 하고 주차장 차 안에서 내리지도 못하는 나날이 많아졌다.

그러다가 용기를 내어 같이 일하는 팀원들에게 '우물 안 개구리'라는 제목으로 "우리는 성과를 내기 위한 공장의 로봇이 아니라 사람이다. 업무 능력이나 평가가 사람의 존재 가치를 대변하는 것은 아니다"라는 솔직한 마음을 담은 글을 단체 대화방에 올렸다. 이 글은 회사 여러 그룹으로 빠르게 전파되었고, 많은 사람들이 자신도 개구리라며 커밍아웃을 했다.

다들 똑똑하고 잘나 보이던 그들도 아등바등하면서 남몰래 자신과 열심히 싸우고 있었다. 자신만 힘든 게 아니라는 사실을 알게 되는 것만으로도 엄청난 위로가 되었다. 이 일을 통해 자신의 글이 자신뿐만 아니라 누군가에게 위로가 되고 도움이 될 수 있다는 것을 깨달았다.

이후 그녀는 구글에 순조롭게 적응해 2020년에는 '올해의 디자이너 상'을 받기도 했다. 이를 계기로 강연과 SNS로 사람들과 활발히 소통하면서 지난 25년 동안의 실패담과 성공담을 나누었다. 현재 많은 사람들에게 응원과 위로를 보내며 함께 공감하는 보람과 기쁨을 느끼고 있다.

"힘이 들 때 고민이 있으면 구체적으로 쓰고, 감사할 일을 적어보고, 자신이 잘하는 일을 기록해 보세요." 그녀는 감사 쓰기와 자기 칭찬의 중요성을 강조한다.

09

고전 읽고 새롭게 해석하라

학문의 벽이 무너지면서 통섭이 강조되고 있다. 이웃끼리 서로 소통하는 게 중요한 시대가 되었다. 통섭의 시대에는 본질이 중요하다. 『논어』에 본립도생本立道生이란 말이 나온다. 기본에 충실하면 도가 생긴다는 뜻이다. 요즘 경영학자들이 시간만 나면 '기본으로 돌아가자Back to the basic'라고 외치는데, 『논어』에서는 이미 2,500년 전에 본질을 강조했으니 고전의 힘을 실감하지 않을 수 없다.

고전은 수백 년 또는 수천 년을 내려오면서 시간과 공간을 초월하여 우리에게 영향을 미친다. 시류를 타지 않고 시간과 공간을 뛰어넘어 독자로부터 사랑받고 있다는 것은 깊은 의미가 있다. 고전에 관한 책들이 꾸준히 스테디셀러에 오르는 이유도 바로 여기에 있다.

고전에 관한 책을 써서 알려진 대표적인 작가는 한양대 국문과 정민 교수다. 그는 어려운 고전을 사람들에게 쉽게 소개하여 고전의 대중화에 기여했다. 정 교수가 대중과 처음 만난 책은 『한시 미학 산책』이다. 그는 한시와 미학이라는 부담스러운 주제를 부담스럽지 않게 기술하여 좋은 반응을 얻었다. 어려운 고전이라도 대중이 이해할 수 있는 언어로 쓰면 얼마든지 소통 가능성이 있음을 보여주었다.

이 책은 원래 시인들을 대상으로 하는 매체에 시리즈로 기고한 원고를 모아서 만들었다. 그런데 일반인들이 뜨거운 관심을 보이면서 시인들에게만 어필할 수 있을 거라는 정 교수의 생각을 바꾸는 계기가 되었다. 대중과 책을 통해 소통하는 것이 얼마나 중요한지를 깨닫게 된 것이다.

이후 정 교수는 『와당의 표정』,『돌 위에 새긴 생각』,『한서 이불과 논어 병풍』,『마음을 비우는 지혜』,『다산의 제자 교육법』 등을 펴냈다. 그의 글쓰기는 다산 정약용의 『다산선생 지식경영법』을 내면서 더욱 체계화되었다. 그는 다산을 진정한 지식과 정보의 기획편집자라고 생각했다.

이 책은 다산이 당대의 지식과 문제의식을 어떻게 책으로 기획하고 편집했는지를 일목요연하게 알려주는 책이다. 오늘날 우리가 말하는 지식경영을 다산은 이미 실천하고 있었다. 다산이 500권이 넘는 책을 저술할 수 있었던 저력은 지식경영을 실천했기에 가능한 일이었다.

이 책은 다산이 책을 만든 방법과 과정을 알려준다. 먼저 책에 대한 구상이 서면 제자들을 모아서 팀을 구성하고, 각자에게 작업을 분담하여 카드를 만들도록 한다. 다산은 그 카드들을 모아 구상한 순서대로 배치하고 편집한다. 마지막으로, 도입부를 쓰고 중간에 생각을 집어넣고 종합하여 정리한다. 이런 방식으로 그토록 많은 책을 펴낼 수 있었다. 이 책을 보고 나면 다산 정약용 선생의 다작이 어떻게 가능했는지 이해할 수 있다.

역사에서 길을 찾다

"기억력이 특출한 역사학자, 감동적인 문화해설가, 한국의 사찰과 서원을 유네스코UNESCO에 등재 시킨 문화 대사, 여성계의 대표 리더." 역사학자인 13대 이화여대 이배용 총장에게 붙여진 수식어이다. 이 총장은 "역사 잊은 민족은 미래가 없다", "역사는 오래된 미래"라면서 『역사에서 길을 찾다』를 발간했다.

우리나라는 산업화와 민주화를 거쳐 세계 10위권의 경제 대국으로 발돋움했다. 이제 선진화의 길로 나아가기 위해서는 문화 강국이 되지 않으면 안 된다. 저자는 우리 문화를 법고창신法古創新의 자세로 돌아보고 "가장 한국적인 것이 가장 세계적"이라는 신념을 가지고 실천하기를 강조한다.

저자는 우리 문화유산의 의미와 가치, 조상의 기록문화와 기록보존의식, 세종대왕의 인재 활용과 소통 및 상생의 리더십, 한국 여성의 역할과 교육 정신, 유네스코에서 지정한 문화유산의 가치 등을 소개하고 있다. 특히 국가브랜드위원회 위원장을 지낸 저자는 우리 문화의 가치와 우수성을 잘 알고, 우리 문화재를 유네스코에 등재하기 위해 혼신의 노력을 기울였다.

드디어 산사 7곳과 서원 9곳이 유네스코 문화유산에 등재되는 쾌거를 이루어 문화홍보 대사의 역할을 했다. 산사 7곳은 어디일까? 통도사, 대흥사, 부석사, 법주사, 봉정사, 선암사, 마곡사다. 서원 9곳은 어디일까? 소수서원, 남계서원, 옥산서원, 도산서원, 필암서원, 도동서원, 병산서원, 무성서원, 돈암서원이다.

저자는 "코로나19로 인해 앞날을 예측할 수 없는 요즘, 우리의 전통사상과 고전을 통해서 삶의 지혜와 참된 마음가짐을 찾을 수 있다. AI도 대신할 수 없는 영혼, 마음, 정신이 함께 있기 때문이다"라고 말한다. 책을 읽다 보면 신라, 고구려, 백제의 삼국시대와 고려 시대 그리고 조선 시대 역사를 꿰뚫게 된다. 저자가 우리 역사에 관한 수많은 책을 읽고 연구하고 깨달은 내용을 쉽고 재미있게 스토리텔링 형식으로 전해주기 때문이다. 책을 다 읽고 나면 자신도 모르게 한국 역사의 중요한 부분들이 망라된다는 느낌을 갖게 된다.

김경준 딜로이트 컨설팅 부회장의 책 『위대한 기업 로마에서 배운다』도 과거에서 아이디어를 가져온 대표적인 사례다. 그는 천년 제국을 이룩한 로마를 역사상 최강의 기업으로 정의했다. 로마가 성공한 원동력을 '개방성, 탁월한 리더십, 체계적인 시스템, 철저한 실력주의'라는 4가지로 규정하고 오늘날 경영 현장에 어떻게 적용할 수 있는지 구체적으로 사례를 제시했다.

로마는 2,000년 전에 세계를 경영한 글로벌 기업이었다. 그는 로마의 강점에 비추어 볼 때 오늘날 우리 기업들이 가지고 있는 신입사원 순혈주의, 학연, 지연 등에는 많은 문제점이 있다고 지적했다.

그는 로마의 가장 큰 강점으로 개방성을 꼽았다. 구체적인 사례로 시민권에 대한 그리스와 로마의 차이를 제시했다. 서양문명의 발상지이며 민주정치를 꽃피운 그리스인이 생각하는 시민은 '피를 나눈 자'였다. 아테네에서는 부모가 모두 아테네인이어야만 시민권을 부여했다. 아테네의 문화 발전에 큰 공을 세운 당대 최고의 석학 아리스토텔레스조차도 마케도니아 출신이라는 이유로 시민권을 얻지 못했다. 시민이었던 소크라테스는 아테네의 법률을 지키기 위해 사형을 당했지만, 투표권도 없고 외국인으로 취급받은 아리스토텔레스가 주저 없이 도망쳐 버린 것은 당연한 선택이었다.

반면 로마인이 생각하는 시민은 '뜻을 같이하는 자'라는 점에서 달랐다. 로마인들은 건국 초기부터 정복한 부족을 죽이지 않고 유력자에게 원로원 의석을 제공해 로마의 지배계급으로 편입시키는 전통이 있었다. 이는 경쟁자의 역량을 로마의 역량으로 M&A하는 것과 마찬가지 효과를 가져왔다.

저자는 이런 로마의 개방성을 우리의 경영 현장에 적용하여 한국 기업이 가지고 있는 폐쇄적 성격에서 벗어나야 한다고 역설한다. 과거의 역사를 오늘의 경영과 연관 지어 새롭게 만든 좋은 사례다.

　나 역시 고전을 읽고 새롭게 해석하는 차원에서 『행복한 논어 읽기』, 『행복한 로마 읽기』, 『행복한 성경 읽기』를 펴내 동서양 3대 고전에서 지혜와 경영과 리더십을 배우자고 역설하고 있다. 앞으로도 고전에 관심을 가지고 책 쓰기를 계속해 나가려고 한다.

　요즘 『손자병법』, 『사기란 무엇인가』, 『사마천의 사기 속의 진시황』, 『마흔, 논어를 읽어야 할 때』, 『오십, 중용이 필요한 시간』 등 고전을 읽고 여기에 현대적 의미를 부여하여 지혜를 공유하려는 저자들이 늘어나는 추세다. 이처럼 고전에는 쓸거리가 무한정으로 존재한다. 고전을 읽고 또 읽으면서 그 의미를 현대적으로 조명하면 한 권의 책이 된다.

　고전에 관한 책까지 쓰지 않는다고 할지라도 고전의 내용을 인용하면 글을 쓸 때 많은 도움이 된다. 고전을 쉽게 인용하는 것 자체가 차별화의 요소라는 점을 인식하고 글쓰기와 책 쓰기에 활용해 보자.

10
신앙 체험을 기록하라

오늘날 사회가 복잡해지고 미래가 불확실해지면서 영성에 대한 관심이 높아지고 있다. 『메가트렌드』의 저자 존 나이스비트는 "포스트모던 시대에 절대적인 가치관을 상실한 현대인들은 더욱 영성을 갈망할 것이다. 21세기는 영성의 시대가 될 것이다"라고 전망했다. 불확실성이 커질수록 신앙의 관심도 높아진다. 신앙에 관련된 서적들이 쏟아져 나오는 것도 그만큼 믿음이 중요한 시대가 되었다는 반증이다. 최근에는 많은 신앙인이 자신의 신앙을 중심으로 책을 내어 독자들의 마음을 다스리는 역할을 하고 있다.

미래사목연구소 소장 차동엽 신부가 쓴 『무지개 원리』는 밀리언셀러가 된 책으로, '하는 일마다 잘되리라'라는 부제를 갖고 있다. 한국판 탈무드를 써냈다는 찬사를 받고 있는 저자는 진정한 성공과 행복의 비결을 찾기 위해 국내외 많은 서적을 섭렵하고, 동서고금을 통틀어 빛을 남긴 사람들의 행적을 더듬었다. 그 결과 세계적으로 가장 우수한 인재를 많이 배출한 유대인이 중시하는 성경 속에 '셰마 이스라엘'이라는 비밀이 숨어 있음을 발견했다.

그가 말하는 셰마 이스라엘의 요지는, 무엇을 하든 '힘을 다하여(지성 계발)', '가슴을 다하여(감성 계발)', '목숨을 다하여(의지 계발)' 이를 '거듭' 행한다면 하는 일마다 잘 되게 되어 있다는 것이다. 또한, 이를 통해 진정한 전인적 자기계발을 이룰 수 있다. 저자는 이러한 논리를 바탕으로 꿈을 성취한 사람들의 성공원리를 통합하고 그 공통분모에서 일곱 가지 원리를 찾아내어, 듣기만 해도 희망이 느껴지는 '무지개 원리'라는 이름으로 정리했다.

무지개 원리 7가지는 '① 긍정적으로 생각하라. ② 지혜의 씨앗을 뿌리라. ③ 꿈을 품으라. ④ 성취를 믿으라. ⑤ 말을 다스리라. ⑥ 습관을 길들이라. ⑦ 절대로 포기하지 말라'의 내용으로 구성되어 있다. 무엇보다도 이 책은 진정한 행복과 성공을 꿈꾸는 사람이라면 누구나 쉽게 읽을 수 있고, 그 원리를 터득할 수 있는 구체적이고 실질적인 안내서라는 호평을 받고 있다. 차동엽 신부는 이후 『믿음 희망 사랑』, 『행복선언』, 『바보 ZONE』, 『잊혀진 질문』 등 인간의 행복과 희망을 주제로 책들을 계속해서 발간하며 독자들의 사랑을 받아왔다. 안타깝게도 얼마 전 고인이 되었으나 저자의 책은 아직도 독자들의 꾸준한 사랑을 받고 있다.

『스님의 주례사』는 정토회의 법륜스님이 저술하여 화제가 된 책이다. 우선 책 제목 자체가 눈길을 끈다. 이 책은 남녀 간의 사랑과 연애, 성공적인 결혼 생활이란 주제를 통해 세상에 공짜란 티끌만큼도 없다는 인과응보의 법칙을 강조한다. 스스로의 마음 밭을 잘 다스려 자신만의 인생을 피워 내어, 살아 있는 모든 존재를 향해 세상으로 나아가야 한다는 가르침을 담고 있다.

이 책은 단순히 남녀의 사랑과 연애, 성공적인 결혼 생활을 위한 방법론을 보여주는 데 머물지 않는다. 인과관계의 질서를 일깨우는 인연론이자 스스로의 삶에 물음을 던지는 인생론을 담고 있다. 또한, 다른 존재와 더불어 어떻게 살아가야 하는지 방법을 알려주는 관계론과 함께 자신의 마음 밭을 일궈야 인생 문제를 해결할 수 있다는 마음 관리법을 전하고 있다. 이 책은 결혼에 대해 장밋빛 꿈을 꾸며 새로운 세상으로 모험을 떠나려고 하는 예비부부와, 이미 사랑이란 이름으로 결혼했으나 고전을 면치 못하고 있는 부부에게 전하는 축복 같은 인생의 지혜를 담고 있어 독자들의 지속적인 사랑을 받고 있다. 저자는 『실천적 불교 사상』, 『답답하면 물으라』, 『행복한 출근길』 등 많은 저서를 쉬지 않고 발간하고 있다.

『감자탕교회 이야기』의 주인공인 서울광염교회의 조현삼 목사는 사랑해서 행복하고, 행복해서 사랑이 넘치는 이 시대의 행복한 목사다. 조 목사의 첫 번째 책 『파이프 행복론』은 오랫동안 써 온 칼럼을 발췌하여 만들어졌다. 조 목사는 매주 교회 주보에 칼럼을 써왔고 그 칼럼을 모아서 책을 냈다.

조 목사는 재난이 있는 곳이면 국내든 해외든 가장 먼저 달려가 어려움을 겪는 이웃의 손과 발이 되어주어 긴급재난구호 목사, 119 목사로 불리기도 한다. 조 목사는 교회에 물질을 쌓아두지 않고 가난하고 힘든 사람들을 향해 파이프가 되는 교회를 꿈꾸며 달려왔다. 첫 책을 낸 후 『말의 힘』, 『결혼설명서』, 『관계 행복』, 『구원 설명서』, 『바이블랜드 교회들』, 『우리는 복이 필요합니다』 등을 냈고 쓰는 책마다 기독교계에서 화제가 되었다.

조 목사는 목회하면서 깨달은 지혜를 쉽고 재미있게 글로 풀어내어 독자들에게 전해 주고 있어 글쓰기와 책 쓰기의 좋은 모델이 되고 있다. 또한, 서울광염교회는 나눔과 봉사의 삶을 통해 한국 기독교의 참모습을 보여주는 교회의 상징이라는 평가도 받고 있다. 감사나눔 신문의 김용환 대표는 "기독교에 비판적인 사람들이 조 목사님을 만나고 교회를 방문해 보면 비판의 날을 거두게 될 정도로, 감자탕교회는 한국 기독교에 좋은 이미지를 심어준 아름다운 교회로 성장하고 있어요"라고 평가한다.

세상의 빛과 소금의 역할을 감당하는 평신도의 신앙생활

목회자가 아닌 평신도들의 신앙 체험을 고백한 책들도 많이 나오고 있다. 대표적인 사례로 행정자치부 고위 공무원과 광양만경제자유구역청장을 지낸 이희봉 박사의 『하나님과 함께 일하는 사람』을 소개한다. 이 책은 직장선교 전문가로 알려진 저자가 공직생활 30여 년 동안 직장선교 활동을 통해 깨달은 기독교인의 일하는 자세와 평신도의 역할을 진솔하게 그려내고 있다. 그는 "하나님의 말씀이 성경 속에 갇혀 있어서는 안 되고, 세상에서 빛과 소금의 역할을 감당함으로써 치열한 삶 속에서 살아 움직여야 한다"고 믿는다.

그가 부임하는 곳마다 공직자로서의 업무를 열심히 수행하면서 직장선교 활동에도 헌신한 이유다. 그는 행정자치부 선교회장, 정부중앙청사 기독선교연합회장, 직장인을 위한 목요정오예배위원장, 한국기독교직장선교연합회 부회장 등을 맡아 직장선교 활동에 힘썼다. 공직을 은퇴한 후에도 직장인 성경공부 모임에 나가 직장인들에게 성경공부를 인도하고 있다. 또, 교회와 공공기관, 직장선교회 등에서 특강을 통해 평신도 직장 사역을 이끌고 있다.

그는 평신도가 살아야 기독교가 산다는 자세로 평신도의 역할을 강조한다.

"평신도가 나서야 교회가 살아납니다. 평신도가 거듭나고 예수님을 닮은 삶을 살아야 주의 몸된 교회로서 세워지고 주님의 뜻이 실현될 수 있습니다. 이런 관점에서 교회는 그리스도인들이 세상에서 영향력을 가지고 가정과 직장에서 그리스도를 증거하는 사역을 할 수 있도록 훈련하고 지원해야 합니다."

가톨릭 신자든, 개신교 신자든, 불교 신자든 신앙은 우리 삶의 중요한 부분이다. 인간에게는 두 가지 중요한 과제가 있다고 한다. 바로 부족함과 두려움이다. 부족한 까닭에 채우기 위해 발버둥 치는 게 인생이다. 부족함은 두려움으로 연결된다. 현재의 부족함과 미래에 대한 불안은 파도와 같은 두려움으로 밀려오기 마련이다. 특히 인간은 죽음에 대한 두려움 때문에 신앙을 필요로 한다.

신앙이란 부족함과 두려움에 대한 해답을 제시한다. 신앙과 삶을 주제로 느끼고 깨닫고 은혜받은 내용을 책으로 펴내면 삶이 그만큼 더 풍성해지고 다른 사람들에게도 감동을 전달할 것이다. 신앙 서적도 책 쓰기의 소중한 영역이다. 책 쓰기를 통해 세상에서 만난 어려움과 힘든 상황들을 신앙으로 어떻게 헤쳐 나왔는지 정리하는 기쁨과 보람을 느껴보자.

3장

책 출간에 도전하라

01
출간 기획서를 만들어라

책 쓰기는 흔히 집짓기에 비유된다. 집을 지으려면 설계도가 필요하듯이 책을 쓰기 전에도 출간 설계도를 만들어야 한다. 설계도 없이 집을 짓는 것과 설계도를 가지고 집을 짓는 것은 완전히 다르다. 책도 무조건 쓰는 것과 출간 설계도를 가지고 쓰는 것은 다를 수밖에 없다.

　책을 기획해서 발간하기까지는 시간이 걸린다. 하지만 시간을 투자한 만큼 좋은 책이 나온다. 출판과정은 5단계로 나눌 수 있다.

　1단계는 자료를 모으는 과정이다. '글은 머리로 쓰는 것이 아니라 자료로 쓴다.' 이 책에서 자주 강조한 말이다. 실제로 글을 쓴 사람들은 많은 자료를 가진 사람들이다. 자신이 쓰고 싶은 주제가 정해지면 관련된 책을 20~30권 정도 읽어야 비로소 내용이 파악된다. 최근에 나온 책부터 추적해 들어가면 필요한 책은 대부분 읽을 수 있다. 먼저 '참고 문헌 리스트'를 만들자.

그런 후 글을 쓰면서 그 책들을 읽고 적절하게 인용하면 된다. 관련 서적도 처음에는 정독하지만 어느 정도 읽다 보면 속도가 빨라진다. 비슷한 내용들이 많이 소개되어 가속도가 붙기 때문이다.

물론 자서전의 경우는 저자 자신이 가장 많은 자료를 가지고 있으므로 참고 문헌을 꼭 만들 필요는 없다. 자신에 관한 자료들을 모으면 된다.

책 다음으로 좋은 자료 소스가 신문이나 잡지의 기사다. 신문과 잡지를 읽다가 필요한 기사가 있으면 스크랩을 하거나 컴퓨터에 '자료 모음 파일'을 만들어 내용을 저장해 놓으면 유익하다. 그 밖에 강연에서 들은 이야기, 방송에서 본 이야기 등 주제와 관련된 자료도 메모해 놓으면 도움이 된다.

2단계는 기획하는 과정이다. 책을 어떤 목적을 가지고, 어떻게 만들 것인가를 계획한다. 출간 기획서를 만들어야 한다. 책은 기획력이 중요하다. 출간 기획서에는 제목, 개요, 저자 소개, 목차, 기획 의도, 예상 독자 계층, 차별화 요소, 마케팅 전략 등을 포함한다. 이렇게 기획을 하면 나침반처럼 책이 가는 방향을 짐작할 수 있다. 출간 기획서는 저자 자신뿐 아니라 출판사와 접촉할 때도 필요한 자료다. 출판사에서는 출판 기획서를 보고 책을 발간할지 안 할지를 결정하므로 정성을 들여 잘 만들어야 한다.

편집 전문가인 박보영·김효선 씨는 『편집자처럼 책을 보고 책을 쓰다』에서 기획의 중요성을 강조한다.

출판사에서 투고된 원고와 기획안을 통해 신인 저자를 발굴하는 건 아주 중요한 일임에도 불구하고 편집자들이 한숨을 쉬는 이유는 수많은 예비 저자들이 중요한 것을 놓친 채 형식만 잘 갖춰서 투고하기 때문이다. 출판사에서 원고를 거절하는 대부분의 이유가 글 자체에 대한 문제보다는 투고된 원고의 기획이, 즉 아이템이 참신하지 못해서인 경우가 많다. 출판사에서 원고를 거절하는 데는 몇 가지 이유가 있다. 소수의 독자들을 상대로 하여 대중성이 떨어져 판매량이 높지 않을 듯한 기획, 베스트셀러 랭킹에 오른 책들의 제목과 내용을 흉내 낸 기획, 저자의 전문성과 동떨어진 기획, 저자의 개성과 매력이 제대로 드러나지 않은 밋밋한 기획일 때, 두 번 고민하지 않고 원고를 거절한다.

3단계는 집필하는 과정이다. 책은 콘텐츠가 중요하다. 좋은 내용이 담길 수 있도록 알찬 원고를 만들어야 한다. 우선 책 제목과 세부목차를 정한 후 목차에 따라 글을 써나간다. 그러나 처음에는 원고 쓰는 게 말처럼 쉬운 일이 아니다. 많은 생각이 떠오를지라도 막상 글을 쓰려고 하면 백지장처럼 텅 빈 상태를 경험하게 된다. 그래도 자꾸 앉아서 쓰다 보면 속도가 붙는다. 말을 자주 하면 말발이 붙듯이 글도 자주 써야 글발이 붙는다.

나도 첫 책을 낼 때 주로 주말에 글을 썼는데 처음에는 글이 생각을 따라가지 못해 힘들었다. '과연 책을 쓸 수 있을까?', '내가 무슨 책을 낸다고, 괜한 욕심이 아닐까?' 하는 회의도 들었다. 그래도 일단 앉아 있는 습관부터 들였다. 그리고 책상에 앉아서 조금이라도 글을 썼다. 두 달 정도 지나면서 속도가 붙기 시작했고, 그 후부터는 할 수 있다는 자신감이 생겼다.

4단계는 편집하는 과정이다. 원고가 완성되면 책의 형태로 만드는 게 편집이다. 이때 출판사의 역할도 중요하다. 출판사에 접근하는 방법은 두 가지다. 먼저 출판사를 정하고 함께 기획하는 방법이다. 출판사가 처음부터 관여하여 도와주면 많은 도움이 된다. 그러나 이런 경우는 출판사에서 책을 내겠다는 적극적인 의지가 있을 때 가능하다.

또 다른 방법은 처음부터 출판사와 기획출판이 어려운 경우 원고를 완성한 다음에 출판사를 정하는 것이다. 처음 책을 쓰는 경우는 미리 출판사를 선정하기가 쉽지 않다. 완성된 원고를 가지고 출판사에 접근하는 것이 좋다. 출판사에 진입할 때 첫 책의 경우는 무명의 설움을 어느 정도 받아들이는 것도 지혜다.

출판사는 원고의 교정을 최소한 세 번 정도 본다. 원고의 내용이 확정되면 표지, 책의 날개, 저자 약력, 추천사, 책의 가격 등도 추가한다. 이렇게 책의 내용이 완성되면 인쇄를 한다.

이때 출판사에서는 책의 서평을 쓰고 보도자료를 준비한다. 출판사의 서평이나 보도자료도 살펴보면서 의견을 개진할 수 있다. 인쇄는 기술의 발달로 시간이 오래 걸리지 않는다. 대체로 일주일이면 책이 나올 수 있다. 초판은 대개 1,000~2,000부 정도 찍는다. 하지만 초판이 안 팔리는 책도 적지 않다는 것을 기억해야 한다. 1만 부 정도 팔리면 베스트셀러라고 평가해 주는 이유가 바로 여기에 있다.

5단계는 마케팅전략이다. 마케팅은 과거에는 출판사의 영역이었지만 SNS 홍보가 늘어나면서 저자의 활동에 대한 기대도 높아지는 추세다. 따라서 마케팅 과정을 이해할 필요가 있다. 책이 나오면 일단 알려지는 게 중요하다. 하루에도 수백 권의 책이 나오기 때문에 주목받는 책이 되기가 쉽지 않다.

책은 대체로 서점에 나온 후 3~4주 안에 운명이 결정된다고 해도 과언이 아니다. 이때 사람들의 관심을 끌지 못하면 화제의 책이 되는 것은 어렵다. 책이 나오자마자 홍보에 최선을 다해야 하는 이유다. 그래서 보도자료가 필요하다. 보도자료를 통해 책이 알려져야 한다.

신문이나 잡지에 매주 책을 소개하는 날이 있다. 이때 소개되는 책은 상당한 홍보 효과가 있다. 언론에 소개되는 것도 시간이 지나면 힘들어지는 까닭에 출간 초기에 적극적인 노력이 필요하다. 한 대형 출판사의 사장은 최근의 달라진 홍보 동향에 대해 말했다.

"과거에는 신문 광고를 많이 했는데 요즘은 거의 안 하고 있어요. 블로그, 인스타그램, 유튜브 등 SNS에 홍보를 주력하고 있죠. 홍보 환경도 많이 달라졌어요. SNS 홍보가 중요해지고 있어 오히려 온라인 마케팅 직원을 중시하고 있습니다."

물론 책은 판매하기 위해서만 쓰는 것은 아니다. 어떤 분은 비매품으로 한정본만 찍어 꼭 필요한 분들에게만 돌리기도 한다. 적극적으로 알려야 할 책인 경우는 마케팅이 중요하지만, 그렇지 않은 책들은 꼭 그렇게 할 필요는 없다.

이처럼 각 단계의 출판과정을 따라가다 보면 어느 날 완성된 책이 웃으며 나타나 저자가 된 기쁨을 맛볼 수 있다. 그러면 이제부터 출판의 5단계에서 중요한 과정들을 더 구체적으로 살펴보자.

02
책 제목을 먼저 정하라

책을 고를 때 가장 먼저 눈에 띄는 게 무엇인가. 바로 책 제목이다. 우리는 제목을 보는 순간 이 책을 더 볼 것인지, 말 것인지 결정한다. 아무리 좋은 책도 제목이 신선하지 않으면 독자의 관심을 끌기가 쉽지 않다. 그 많은 책 중에서 사람들의 눈길을 끌려면 제목이 독창적이고 흡인력이 있어야 한다. 소위 베스트셀러나 스테디셀러로 일컬어지는 책들의 공통점 역시 제목이 참신한 느낌을 준다는 것이다. 물론 제목만 좋고 내용이 신통하지 않으면 좋은 책이 될 수 없다는 점도 유념할 필요가 있다.

교보문고 독서경영연구소 김종철 매니저는 독자들에게 책을 구입할 때 제목, 저자, 목차, 가격 네 가지를 보라고 조언한다. "그중에서도 책 제목은 중요하다. 상당수의 책은 책의 제목과 부제에서 핵심 내용을 파악할 수 있다. 자기계발서나 사회과학서적은 '제목과 목차만 잘 읽어도 책의 절반가량을 살펴본 것'이라 말할 수 있다."

제목은 책 한 권을 한마디로 요약한 내용이다. 켄블랜차드컴퍼니의 켄 블랜차드 회장 저서인 『칭찬은 고래도 춤추게 한다』는 밀리언셀러다. 그러나 이 책의 처음 제목은 '유 엑셀런트You Excellent'로 별로 주목받지 못했다. 저자가 책 제목을 바꾸어 달라고 요청해 제목을 바꾸고 나니 폭발적인 반응을 얻게 되었다. 칭찬에 인색한 우리 국민들에게 칭찬의 중요성을 알려준 좋은 책이 된 것이다. 지금은 모르는 사람이 없을 정도로 전 국민에게 사랑받는 책이 되었다. 이 책의 번역자인 섬김리더십연구원 조천제 원장은 제목이 바뀌게 된 과정을 다음과 같이 설명했다.

"책이 나오고 나서 책의 반응이 크지 않아 제목을 바꾸어야겠다고 생각했어요. 그래서 '칭찬은 고래도 춤추게 한다'로 바꾸니까 곧바로 반응이 왔어요. 폭발적이었죠. 책을 읽은 사람들의 독후감이 인터넷을 달구기 시작하더라고요. 기업에서 강의 요구가 빗발쳤어요. 전국을 다니며 칭찬 전도사가 되었죠. 교육을 받고 변화되는 사람들의 모습을 보며 책을 번역한 보람과 감동을 느꼈어요. 칭찬에 인색한 우리 국민에게 칭찬의 개념을 심어준 것이 가장 기뻐요. 이 과정에서 책의 제목이 얼마나 중요한지 실감하게 되었어요."

책 제목이 이렇게 중요하다 보니 출판사에서도 책 제목을 정할 때 마지막 순간까지 고민에 고민을 거듭하게 된다. 하지만 최종 제목이

맨 나중에 결정된다고 할지라도 저자는 처음부터 책 제목을 정하는 게 좋다. 그래야 구심점이 되어 소제목들을 연결해주는 역할을 하기 때문이다.

물론 가끔 저자와 출판사가 제목을 두고 의견이 다를 수 있다. 대개 저자들은 내용에 충실한 제목을 선호하는 반면 출판사는 시장성이 있는 제목을 선호하기 때문이다. 출판사에서는 직접 서점에 제목을 놓고 여론조사까지 해보기 때문에 그 의견을 무시하기가 어렵다.

책을 쓰는 동안 제목의 중요성을 염두에 두어야 한다. 호평을 받고 있는 책들의 제목을 비교해 보면서 눈에 띄고 기억하기 쉬운 제목을 찾아야 한다. 또, 주위 사람들에게도 몇 개의 제목을 정해 놓고 피드백을 받아보고 선호도를 체크해 보면 도움이 된다.

그러면 어떻게 제목을 매력적으로 붙일 수 있을까? 출판기획사 엔터스코리아 양원근 대표는 『책 쓰기가 이렇게 쉬울 줄이야』에서 "책은 제목이 팔 할이다"라고 제목의 중요성을 강조하면서 대박 제목을 만드는 6가지 법칙을 제시했다.

법칙 1. 독자에게 무엇이 이익인지 확실하게 알려주어야 한다.

법칙 2. '지금이 기회'임을 강조하고 '중요한 일'임을 인식시켜야 한다.

법칙 3. 내용이 궁금해서 참을 수 없게 만들거나 '왜'라는 의문이 들게 해야 한다.

법칙 4. '설마, 그게 가능해?' 하는 흥미를 유발시켜야 한다.

법칙 5. 왜 읽어야 하는가? 읽어야 하는 이유를 확실하게 알려야
　　　　한다.
법칙 6. 독자의 마음을 위로하고 대변해 주는 표현을 한다.

　당장 교보문고 같은 대형서점이나 동네서점에 가서 베스트셀러 책들을 살펴보라. 서점에는 종합 베스트셀러, 소설 베스트, 인문학 베스트, 자기계발 베스트 등 분야별로 책들이 전시되어 있다. 아니면 인터넷으로 교보문고나 예스24를 검색하여 베스트셀러를 찾아보라. 분야별로 200위까지 책이 소개되어 있다. 이런 화제의 책을 중심으로 제목을 선정하는 유형을 알아보자.

　첫째, 키워드형이다. 단어 하나 또는 둘로 제목을 붙여 관심을 이끈 책이다. 군더더기 없고 깔끔한 느낌을 준다. 『경청』, 『배려』, 『초격차』, 『프레임』, 『사피엔스』, 『메타버스』 등이 있으며 두 단어로는 『여행의 기술』, 『무조건 심플』, 『돈의 속성』, 『불편한 편의점』, 『언어의 온도』, 『부부의 사계절』 등이 있다.

　둘째, 설명형이다. 제목을 문장으로 만들어 자세하게 설명을 한다. 제목만 읽어도 책의 내용이 떠오를 정도로 확실한 메시지를 전하는 장점이 있다. 『당신이 옳다』, 『관계에도 연습이 필요합니다』, 『나는 당신을 만나 감사합니다』, 『세상에 핸드폰으로 책을 쓰다니』, 『나는 나로 살기로 했다』 등이 있다.

셋째, 강조형이다. 강한 이미지를 부각시켜 읽지 않으면 안 될 것 같은 인상을 준다. 『차라리 혼자 살 걸 그랬어』, 『당신은 행복하십니까?』, 『나는 왜 네 말이 힘들까』, 『정말 별게 다 고민입니다』, 『죽고 싶지만 떡볶이는 먹고 싶어』, 『심장이 쿵하는 철학자의 말』, 『무례한 사람에게 웃으며 대처하는 법』 등이다.

넷째, 숫자형이다. 나이나 필요한 숫자를 넣어서 강한 여운을 남기려는 의도가 있다. 『살아 있는 동안 꼭 해야 할 49가지』, 『죽을 때 후회하는 스물다섯 가지』, 『20대에 꼭 해야 할 일 46가지』, 『90년대 생이 온다』, 『그들이 말하지 않은 23가지』, 『나는 가상화폐로 3달 만에 3억 벌었다』, 『153일 인생을 걷다』 등이 있다.

다섯째, 모방형이다. 베스트셀러나 스테디셀러를 보고 그 유형을 참고하는 전략이다. 『명화 읽는 CEO』, 『시 읽는 CEO』 등 CEO 시리즈가 있다. 『경제학 콘서트』, 『심리학 콘서트』, 『철학 콘서트』, 『일생에 한 번은 고수를 만나라』, 『일생에 한 번은 가고 싶은 여행지 500』 등이 있다.

이와 같은 유형들을 고려하여 책 제목을 정해보자. 원고를 쓸 때는 본인이 정한 제목을 가지고 출발하자. 그러나 마지막 단계에서 책 제목은 출판사의 몫임을 이해하자.

03
세부 목차 50개를 작성하라

책 제목을 정하고 나면 중간제목으로 5~7개 정도의 장을 만든다. 각 장에는 책 제목을 뒷받침하는 내용을 담아 제목을 붙인다. 장이 있어야 내용이 정리되고 책의 방향을 알 수 있다. 예를 들어 『행복한 논어 읽기』는 5장으로 되어 있는데 제1장 평생학습, 제2장 직업 정신, 제3장 리더십, 제4장 인간관계, 제5장 삶의 원칙으로 구분했다. 책 제목이 건물을 한눈에 볼 수 있게 해주는 조감도라면 장 제목은 건물의 기둥이라고 할 수 있다.

장 제목을 정했으면 각 장마다 10~15개 정도의 세부 목차인 꼭지를 만든다. 대략 50개에서 70개 정도의 꼭지들이 완성되면 이제 책의 내용도 더 구체적으로 보일 것이다. 이렇게 만든 목차는 표지 다음으로 중요하다. 독자들은 책 제목을 본 다음 목차를 보며 책의 내용을 짐작하기 때문이다. 한 꼭지당 200자 원고지 12매(A4 기준 1.5 페이지 정도) 내외로 할 경우 800~1,000매 정도면 책 한 권의 분량이 되고, 이것이 책으로 나오면 250~300페이지 정도가 된다.

꼭지 잡기는 골조공사에 해당한다. 먼저 책 제목과 장 제목, 그리고 꼭지의 제목을 정하는 게 효율적이다. 물론 이것이 정답은 아니다. 사람의 성향에 따라 다르겠지만 내 경우는 책을 내면서 이런 순서를 따랐던 게 도움이 되었다.

세부 목차를 정하는 데는 어느 정도 시간이 든다. 집을 설계하는 일이 금방 되지 않는 것처럼 말이다. 하지만 세부 목차를 완벽하게 잡기 위해 너무 집착할 필요는 없다. 글을 쓰다 보면 목차는 바뀌기 때문이다. 일단 생각나는 대로 메모를 해서 꼭지의 제목을 잡아본다. 제목만 봐도 내용이 연상되게끔 구상하는 게 좋다. 이렇게 만들어진 제목들은 기획의 산물이다. 자신이 쓰고 싶은 책을 먼저 도면으로 보는 것이다. 목차의 제목만 봐도 책을 읽고 싶은 느낌을 줄 수 있어야 한다. 우선 자신이 쓰고자 하는 책과 비슷한 주제를 가진 책들을 몇 권 선택해서 책 제목과 목차를 참고하면 많은 도움이 된다.

실제로 책을 쓸 때 이 요령을 모르는 사람들이 있다. 많은 사람들이 목차를 만들지 않고 서론부터 쓰는 경향이 있다. 내가 자문해서 책을 냈던 한 저자의 이야기를 들어보자.

"책을 쓰는 게 정말 기술이라는 것을 실감했어요. 저는 몇 년 동안 책을 쓰려고 노력했으나 요령을 몰라서 방황했죠. 매년 새해가 되면 책을 쓰겠다고 머리말 쓰고 1장부터 쓰기 시작했어요. 조금 쓰다 보면 지쳐서 포기하곤 했죠. 이런 일을 반복하니까 자신감이 없어지더군요. 내 주제에 무슨 책을 쓰냐는 자괴감마저 들었어요. 하지만 포기하려니 지금까지 투자한 시간이 아깝더군요. 그래서 용기를 내어 책 쓰는 방법 좀 가르쳐달라고 부탁을 드렸어요. 그렇게 조언을 받아 목차를 미리 잡아놓고 써보니까 아주 좋았어요. 목차 잡기는 숲을 본 다음 나무를 보는 전략이라고 생각해요. 이 방법을 몰랐다면 책 내기를 포기했을 것 같아요. 책 쓰는 요령을 알려주어서 감사해요."

책을 내는 데도 전문가를 만나는 게 중요하다. 주위에 책을 낸 경험이 있는 사람에게 조언을 받는다면 그보다 더 좋은 일은 없다. 책을 내는 것도 관심이 중요하다. 책을 내겠다고 길을 찾는 사람에게 길이 열리는 것이다. "구하라. 그러면 받을 것이다. 찾아라. 그러면 찾을 것이다. 문을 두드려라. 그러면 열릴 것이다." 성경에 나오는 말이다. 주변에 아는 사람이 없으면 다른 사람들에게 부탁하는 게 좋다. 우리나라는 좁기 때문에 한 다리만 건너면 아는 사람을 만날 수 있다. 또, 책을 읽고 감명받은 저자에게 이메일을 보내 부탁을 하면 대부분의 저자들은 어떤 방법으로든 도와주려 할 것이다.

나 역시 내 책을 읽은 독자로부터 이메일을 받는 경우가 많다. 책을 읽은 소감과 함께 쓰고 싶은 책의 내용을 담아 이메일을 보내온다. 나는 짧게라도 답장을 하면서 용기를 주고 격려를 보낸다. 이렇게 해서 책을 낸 사람들이 많이 있다.

또한, 책과글쓰기대학도 글을 쓰고 책을 내기에 좋은 모임이다. 매월 한 차례 저녁에 만나 글쓰기와 책 쓰기 공부를 한다. 강의를 듣고 원고를 제출하여 평가를 받는다. 무엇보다도 서로에게 큰 격려가 된다. 이곳에는 책을 처음 내고 싶어 하는 사람들이 참석하지만 이미 책을 낸 사람들이 있고, 여러 권 낸 사람들도 있어서 많은 도움을 주고 있다. 책을 내지 않는 초보자는 첫 책을 내기 위해 노력하고, 이미 책을 낸 사람은 더 좋은 책을 쓰기 위해 서로를 격려하고 지원한다.

지방자치단체나 도서관에서 운영하는 글쓰기와 책 쓰기 모임 역시 많은 도움이 되므로 가능한 곳을 찾아 도움을 받는 것도 하나의 방법이다.

나는 많은 사람들에게 책 쓰기를 권하면서 늘 '책 제목과 세부 목차 50개 잡기'를 강조한다. 책을 낸 사람들이 이구동성으로 고백하는 말이 있다.

"책 제목을 정하고 세부 목차 50개만 잡으면 책을 쓸 수 있다는 말에 용기를 얻고 책을 낼 수 있었어요. 정말 그대로 하니까 책이 되더군요. 책 쓰기에도 비결이 있다는 것을 알았어요. 책 제목과 세부 목차 50개 잡기, 정말 좋은 방법 같아요."

04
집중하여 구상하라

만들어진 목차를 보고 있노라면 여러 가지 생각이 떠오른다. 이제는 그렇게 떠오르는 생각들을 어떻게 정리할지 구상해 보자. 그리고 글쓰기 과정에서 논의했던 내용들을 돌아보면서 각 꼭지를 서론, 본론, 결론 또는 기승전결起承轉結의 틀에 맞춰 정리하고 써보자.

나는 글을 쓰면서 인간의 기억력 체계에 대해 새삼 놀라곤 한다. 목차를 정해 놓고 집중하다 보면 전혀 생각지도 못한 일이 떠올라 놀란 적이 한두 번이 아니다.

『감자탕교회 이야기』를 쓸 때 감자가 원래 교회 이름인 서울광염교회와 어떤 관계가 있는지 생각해 보았다. 우선, 이 교회가 감자탕교회로 불리게 된 사연이 흥미롭다. 교회는 5층 건물에서 3층과 5층을 사용하고 있었고, 1층에는 감자탕집이 있었다. 건물 옥상에는 교회 간판이 작게 붙어 있었다. 어느 날 감자탕집 주인은 감자탕 간판을 옥상에다 크게 설치해 버렸다. 밤에 멀리서 보면 작은 교회 간판은 보이지 않고 감자탕 간판만 보이자, 교인들이 교회를 소개할 때 '감자탕 간판이 보이는 건물에 있는 교회'라고 설명했는데 시간이 흐르면서 '감자탕교회'로 불리게 되었다.

그러면 감자와 교회 이름과는 어떤 관계가 있을까? 중학교 때 세계사를 가르치던 선생님께서 감자에 대해 해주었던 이야기가 생각났다. 광염光鹽의 뜻은 빛 광, 소금 염이다. 그러니까 광염교회는 빛과 소금 교회인 셈이다. 그러면 감자와 빛과 소금은 무슨 관계일까? 그렇게 고민하는데 섬광처럼 생각이 떠올랐다. 그래서 이렇게 적었다.

곰곰이 생각해 보면 감자탕과 광염교회는 닮은 점이 많은 것 같다. 감자는 원래 건조한 땅에서도 잘 자라기 때문에 흉년이 들면 더욱 진가를 발휘하는 식품이다. 그래서 역사학자들은 감자가 어려울 때 인류를 구한 귀한 식품이라고 강조한다. 감자가 없었다면 기근으로 많은 사람들이 죽어갔을 터인데 감자 덕택에 생명을 보존하는 경우가 많았다는 것이다.

또, 감자 맛을 제대로 알려면 소금에 찍어 먹어야 한다. 먹을 게 귀했던 시절, 감자는 중요한 간식의 역할을 했다. 감자는 건조한 토양에서도 잘 자라니 햇빛을 풍성히 받을 수밖에 없다. 이처럼 감자는 '빛과 소금'과는 떼려야 뗄 수 없는 관계이니 감자탕과 광염교회의 만남은 절대 우연이 아니라는 생각이 든다.

책을 쓸 때는 집중력이 중요하다. 어떤 기자가 영국의 물리학자인 뉴턴에게 "어떻게 만유인력의 법칙을 발견했나요?"라고 묻자 "그것에 대해 끊임없이 생각했기 때문입니다"라고 대답한 일화는 유명하다. 그만큼 집중력이 중요하다는 뜻이다. 얼마나 많은 사람들이 사과가 땅에 떨어지는 것을 보았겠는가. 그런데 뉴턴만이 "왜 그럴까?" 생각하면서 만유인력의 법칙을 발견한 것이다.

글을 쓸 때 목차를 보고 집중하면 기적이 일어난다. 집중하면서 떠오른 생각들을 정리하고 관련 자료를 찾아보면서 글을 쓰도록 하자.

『좋아하는 일 하면서 먹고살기』는 내가 글을 쓰고 강의한 내용을 토대로 살을 붙여서 낸 책이다. 나는 좋아하는 일로 먹고살고, 일하며 행복을 느끼는 사람들의 이야기를 통해 성공과 행복이라는 두 마리 토끼를 잡는 방법을 제시하고 싶었다. 꿈의 직업을 찾는 젊은이나 새로운 직업을 꿈꾸는 직장인들에게 유용하도록 구상을 했다.

이 책의 1부에서는 자신이 좋아하는 일을 해도 먹고 살 수 있다는 희망을 보여준다. 좋아하는 일을 하며 사는 사람들의 사례를 통해 좋아하는 일을 어떻게 찾았고, 좋아하는 일을 한다는 것이 어떤 것인지, 그것이 주는 행복이 무엇인지 소개했다.

2부에서는 현재의 일을 꿈의 직업으로 전환하는 방법을 제시했다. 자신이 하는 일을 다른 각도에서 봄으로써 그 일이 꿈의 직업이었음을 알게 된 사례들을 소개해 놓았다.

끝으로 3부에서는 꿈의 직업을 찾아가는 과정과 '꿈의 직업 찾아가기 체크리스트'를 제시했다. 먼저 자신이 좋아하는 일을 어떻게 찾고, 어떻게 준비할 것인지, 그리고 그것을 이루기 위해 무엇이 가장 필요한지 실질적인 가이드라인을 제시했다. 좋아하는 일로 먹고사는 각계각층의 다양한 사례들과 인터뷰를 통해 꿈의 직업을 가지고 있는 사람들의 특성을 분석해 보고, 그들의 희망과 용기를 배우도록 구상했다.

자기가 좋아하는 일을 하면서 먹고사는 사람은 소수에 불과하다. 아무리 높게 잡아도 20% 미만이다. 취미가 직업이 된다면 정말 좋은 일이다. 하지만 이런 사람은 소수에 불과하고 대부분의 사람들은 좋아하지 않더라도 일을 하면서 살아갈 수밖에 없다. 나는 이 책에서 현재 자기가 하는 일에 의미와 가치를 부여하고 열심히 하면 어느샌가 자기 직업이 좋아진다고 믿고 그러한 사례들을 구체적으로 소개했다.

공자는 논어에서 '지지자 불여호지자知之者 不如好之者, 호지자 불여낙지자好之者 不如樂之者', 아는 사람은 좋아하는 사람만 못하고, 좋아하는 사람은 즐기는 사람만 못하다고 말했다. 공자가 2,500년 전 농경사회에서 사람을 지지자, 호지자, 낙지자의 3단계로 나누었다는 사실에 놀라지 않을 수 없다. 인생이란 결국 지지자의 단계에서 호지자의 단계로, 호지자의 단계에서 낙지자의 단계로 진화해 가는 과정이라고 할 수 있다.

이렇듯 자신이 직접 경험한 내용이나 간접경험을 이용하여 책을 써나가면 된다. 앞에서 글쓰기의 모델로 소개한 중국 송나라 구양수의 삼다, 즉 다독, 다작, 다상량을 다시 떠올려보자. 그중 다상량은 바로 구상하기의 중요성을 말해준다. 글을 쓸 때 어떤 내용을 쓸 것인지 고민하면서 구상을 하면 글의 내용이 창의성이 있고 신선해지는 효과가 있다.

05
말하듯이 책을 쓸 수 있을까

"말로 하라면 자신 있는데 글로 쓰려면 안 돼요."

이렇게 말하는 사람들이 많다. 말하듯이 글을 쓰는 게 쉽지 않다는 뜻이기도 하다. 그러나 곰곰이 생각해 보자. 문자가 발명되기 전에 인류는 어떻게 소통을 했을까? 말로 했다. 그림을 그려서 그 뜻을 전달하기도 했다. 인류 최초의 예술 작품으로 평가받는 스페인의 '알타미라 동굴 벽화'는 최소 1만 년 전에 그려진 구석기 시대의 동물 그림이다.

구전문학은 문자가 발명되기 전의 문학 형태다. 말로 전해오던 구전문학은 문자화되면서 인류의 문명은 급속도로 발달하기 시작했다. 문자의 발명은 시간과 공간을 초월하여 인간의 지식과 지혜가 전승되게 하였다. 『성경』도 구전으로 내려오던 내용을 문자로 전환한 것이다. 세종대왕의 한글 창제로 우리 조상의 구전문학이 보전되고,

얼마나 많은 사연이 기록되어 보존되었는가. 문자의 발명으로 말이 글로 전환된 것은 문명의 획기적인 발전을 가져왔다.

『대통령의 글쓰기』로 잘 알려진 강원국 작가는 『나는 말하듯이 글을 쓴다』를 내서 그 비결을 알려준다. 강 작가는 대우그룹 김우중 회장, 김대중 대통령, 노무현 대통령의 연설문을 담당했었다. 연설문은 말하듯이 글을 쓴 대표적인 사례라고 할 수 있다. 연설문은 궁극적으로 말을 하기 위해 작성하기 때문이다.

그는 글을 쓰려고 할 때 먼저 말로 해보라고 권유한다. 말을 해보면 글로 쓰려는 의도가 명확해진다. 말을 글로 표현한 후 수정의 과정을 거친다. 수정된 글을 소리 내서 읽어보는 게 좋다. 어색하거나 막히는 곳이 있다면 자연스럽지 않다는 뜻이다. 그 부분을 보완하면 좋은 글이 되는 것이다.

"원고 쓰기와 강의 중 어떤 것이 쉬울까?"

당연히 강의가 쉽다. 나 역시 원고 부탁을 받으면 부담이 된다. 그 부담 때문에 원고 청탁을 거절하기도 한다. 하지만 강의 부탁은 원고에 비하면 쉽게 응답하는 편이다. 말하기가 글쓰기보다 쉬운 까닭이다. 강의한 내용을 바탕으로 책을 내는 경우도 적지 않다. 사실 많은 사람들이 강의한 내용을 모아서 책을 내는 것이다. 전문가는 누구나 책을 낼 수 있다고 하는 이유다.

강원국 작가는 출판사에서 일한 경험을 이렇게 소개했다. "유명 저자의 경우 책을 써달라고 부탁하면 응답을 잘 하지 않아요. 하지만 강의를 부탁하면 쉽게 응답하는 편이죠. 사람을 모으고 2시간짜리 강의를 5회 정도 부탁하면 수락을 합니다. 10시간 동안 강의 내용을 녹취해서 정리한 후 저자의 피드백을 받아 마무리하면 책이 됩니다."

또 하나 책을 내는 방법은 인터뷰를 하여 정리하는 것이다. 질문을 하고 답변한 내용을 정리하면 책이 된다. 『논어』는 공자의 어록이다. 대부분 제자들이 질문하면 공자가 답하는 내용을 후대에 제자들이 정리한 것이다. 『신약성경』의 복음서도 제자들과 종교 지도자들이 질문한 내용을 예수가 답변한 내용이 주류를 이룬다.

나는 『(숙명여대를 혁신으로 이끈) 이경숙의 섬김리더십』을 쓸 때 숙명여대 혁신에 대한 자료를 모으고 당시 이경숙 총장과 인터뷰를 해서 그 내용을 정리해서 책으로 만들었다. 이처럼 성공사례를 책으로 내는 경우, 관련 자료를 모으고 그것을 기초로 질문지를 만들어 인터뷰하고 그 내용을 정리하면 책이 되는 것이다.

과거에는 말한 내용을 녹음하고 그것을 글로 옮기는 녹취 작업에 많은 시간이 걸렸다. 녹음을 글로 풀어쓰는 것은 시간이 오래 걸릴 뿐만 아니라 힘든 작업이었다. 하지만 지금은 핸드폰에 음성지원 시스템 및 자동 녹음기능이 있어서 음성 녹음한 내용을 문자로 전환하는 프로그램을 쓰면 쉽게 문자화할 수 있다. 참 편한 세상이 된 것이다.

글을 쓰는 데도 문명의 이기를 활용할 필요가 있다. 최근에는 '핸드폰으로 책 쓰기 과정'도 있어 자서전을 쓰고 싶은 사람들의 관심이 높아지고 있다. 글을 쓰고 싶어도 타이핑하는 작업이 어려워 엄두를 내지 못했던 사람들이 음성지원을 이용하면 보다 쉽게 글을 쓸 수 있기 때문이다.

글을 쓰는 게 부담이 되는가? 말하듯이 글을 쓰고 싶은가? 말하듯이 책을 쓰고 싶은가?

핸드폰과 컴퓨터의 음성지원 시스템을 활용해 보자. 글쓰기가 훨씬 쉬워진다. 책 쓰기가 손에 잡히듯이 가깝게 다가올 것이다.

06
20회 이상 퇴고하라

"잘 쓴 글은 없다. 잘 고친 글이 있을 뿐이다."

퇴고의 중요성을 강조하는 말이다. 앞에서도 퇴고에 대해 여러 번 언급했다. 글은 교정한 횟수만큼 좋아지는 법이다. 목차를 정하고 글을 썼다면 이제 수정을 해야 한다. 그러면 수정은 어느 정도가 적당할까?

적어도 20회는 해야 하지 않을까? 물론 사람마다 차이가 있다. 탁월한 능력이 있다면 한두 번 수정하고 끝내는 사람도 있을지 모르겠다. 하지만 대부분의 경우 20회 정도 해야 좋은 글이 된다고 본다.

나는 첫 책『명예퇴직 뛰어넘기』를 낼 때 40회 정도 원고를 수정했다. 그때는 글을 쓰고 책을 쓰는 요령을 전혀 몰랐다. 글을 잘 쓰는지 못 쓰는지를 알 길이 없었다. 글을 쓰는 기교도 없었다. 그래서 읽고 또 읽고, 고치고 또 고쳤다. 나중에는 눈을 감으면 책 내용이 첫

페이지부터 마지막까지 영화 필름을 보듯이 떠올랐다.

　이렇게 고친 원고를 출판사에 가져다주었다. 다행히 친구가 동아일보 출판국에서 일하고 있었다.

　"나는 출판사를 전혀 모르니까 자네가 읽어본 후 소개 좀 해주게."

　친구에게 부탁했다. 다행이 출판부장이 우연히 지나가다가 원고를 보더니 "재미있을 것 같은데, 우리 출판사에서 내면 어때?" 하는 바람에 첫 책을 동아일보사에서 발간하게 되었다.

　사람들에게 처음 책을 낼 때 40회 교정을 봤다는 이야기를 하면 깜짝 놀란다. 물론 그때는 책 쓰는 방법을 몰랐기 때문에 혼자서 그렇게 했다. 하지만 교정을 볼 때마다 나아지는 것을 확연히 느낄 수 있었다. 아무리 글을 못 써도 40번을 고치면 좋은 글이 될 수밖에 없지 않겠는가? 실제로 글을 쓰는 많은 사람들이 수정에 수정을 거듭한다는 사실을 알아야 한다.

　글을 수정하는 것에 대해서는 구본준 기자의 책 『한국의 글쟁이들』에서 『다산선생 지식경영법』의 저자 정민 교수와 인터뷰한 내용을 소개한다.

　　정 교수는 책을 쓸 때 '전달력'을 최우선으로 고려한다. 대중은 정 교수의 문체가 유려하다고 하지만 정작 그는 "글쓰기에 있어 아름다움을 전혀 중시하지 않는다"고 잘라 말한다. 형용사와 부사를 최대한 줄이고 접속사를 피해 문장을 나눈다. 그가 글 쓸 때 가장 중시하는 것은 글의 리듬, 그리고 언어의 경제성이다. 아무리 공들여 쓴 표현이라도 퇴고 과정에서 불필요하다고 생각되면 가차 없이 도려낸다. 그럴수록 전달력이 강해지기 때문이다.

일단 쓴 글을 다시 매끄럽게 다듬는 방법으로 그가 가장 중시하는 것이 '낭독'이다. 글을 쓰고 나면 무조건 세 번씩 소리 내서 읽어본다. 다시 손보고 나면 그다음에는 아내에게 읽어달라고 부탁한다.

"아내가 읽어가다 멈추는 곳이 있으면 그건 문장이 잘못된 거예요. 그런 곳들을 한 번 고칩니다."

인터뷰 말미에 저자가 덧붙인 내용도 살펴보자.

아내에게 글을 읽어달라고 부탁한다는 정 교수의 설명을 들으면서 『침묵의 봄』을 쓴 여성 과학 저술가 레이첼 카슨의 이야기가 생각났다. 평생 독신으로 살았던 카슨은 자기 글을 수도 없이 퇴고하는 글쟁이였다. 그리고 같이 사는 어머니에게 반드시 자기 글을 낭독시켰다. 그러면서 글의 리듬과 어미 각운까지 꼼꼼히 따졌다. 동서고금을 떠나 글쟁이들의 퇴고법은 서로 통하기 마련이란 것을 새삼 느낄 수 있었다.

월드비전 긴급구호팀장을 지낸 세계시민학교 한비야 선생도 글을 쓴 후 40회 정도 수정하는 것으로 유명하다. 그녀는 직접 읽어보고 나서 운율까지도 맞춰 볼 정도로 퇴고에 최선을 다한다. 지금까지 『지도 밖으로 행군하라』, 『그건, 사랑이었네』, 『한비야의 중국견문록』, 『1그램의 용기』, 『함께 걸어갈 사람이 생겼습니다』 등 한비야 선생의 책이 나오자마자 베스트셀러가 되는 이유다.

또한, 그녀는 메모를 정말 많이 하는 것으로 정평이 나 있다. 한마디로 메모광이다. 현장에서 느낀 감정을 그대로 적고 훗날 책을 낼 때 활용한다고 했다. 그녀는 한 인터뷰에서 메모에 관해 이렇게 말했다.

"저는 사실 현장을 전하는 리포터에 가까워요. 현장의 이야기를 할 때 사람들이 감동하고 행동으로 옮기잖아요."

이렇게 고치다 보면 어떤 글도 좋아질 수밖에 없지 않을까? 그러니 글재주가 없어서 글을 못 쓴다는 것은 합당한 이유가 될 수 없다. 책을 낼 때는 더 많이 교정을 보아야 한다. 예를 들어 중복되는 내용도 그렇다. 원고 한 꼭지는 중복되는 내용이 많지 않기 때문에 금방 찾아낼 수 있다. 하지만 책으로 내는 경우 중복되는 내용이 더 많아지고 이를 찾기도 쉽지 않다. 요즘엔 컴퓨터 기능이 좋아서 중복된 부분을 찾는 일이 쉬워졌다. 편집의 '찾기' 기능에서 관련 내용을 치면 중복 여부를 확인할 수 있다.

아무리 유명한 작가의 글도 초고는 엉성하다. 그 엉성한 글이 수정을 거치면서 명문으로 태어나는 것이다. 우리가 보는 글은 수정이란 과정을 숨긴 채 완성된 모습만 보인다는 점을 유념해야 한다. 이렇듯 초고는 원래 엉성하다는 사실에서 우리는 용기를 얻을 수 있다. 우리가 보는 책은 활자의 마력이 있다. 인쇄가 되어 보는 내용은 더욱 아름답게 보이는 법이다. 최소한 20회 이상 수정된 글을 우리가 보고 있다고 생각하면 위로가 될 것이다.

07
머리말과 맺음말을 어떻게 쓸까

머리말은 책을 쓰는 목적과 방향을 소개한 글이다. 독자들은 머리말을 보면서 책의 주제를 개략적으로 파악하게 된다. 따라서 머리말에서는 책을 쓰는 목적을 명료하게 언급할 필요가 있다. 머리말은 책의 첫인상을 결정하는 까닭에 매우 중요하다.

책은 읽을 사람을 분명하게 예상하고 준비해야 한다. 목표가 분명하지 않으면 글의 내용도 명확하지 않다. 머리말을 작성해 보면 책을 쓰는 목표가 선명해진다. 과거의 책들이 두루뭉술하게 전체를 포괄하는 형태였다면 요즈음에는 타깃을 분명히 하는 추세를 보인다. 연령대별, 성별로 확실한 구분을 하는 것도 이런 경향을 반영한다. 예컨대 『여성이라면 힐러리처럼』, 『20대를 위한 심리학』, 『서른, 진짜 나를 알아가기 시작했다』, 『서른과 마흔 사이』, 『오십에 읽는 논어』 등의 책들은 목표를 분명히 하는 경향이 있다.

머리말은 책을 쓰기 전에 작성하는 게 좋다. 그래야 책의 방향을 가늠해 볼 수 있다. 하지만 머리말에서 처음에 작성한 내용이 그대로 가는 경우는 많지 않다. 대체로 책을 마칠 무렵에 다시 작성하게 된다. 사실 머리말 쓰는 게 쉬운 일이 아니다.

내 경우는 머리말을 쓰면서 힘들었다. 그러나 책을 다 쓰고 나서 머리말을 다시 쓰면 정리가 되어서 좋았다. 머리말은 책에 따라 '프롤로그' 또는 '책을 펴내며' 등 다양한 형태로 이름을 붙이기도 한다. 김난도 교수의 『아프니까 청춘이다』의 프롤로그는 명언과 함께 시작하여 사람들의 관심을 유도하고 있다.

"젊음은 젊은이에게 주기에는 너무 아깝다."

영국의 작가 조지 버나드 쇼는 이렇게 말했다. 이토록 절절한 표현도 부족하다고 생각될 만큼 젊음은 소중하고, 또 소중하다. 그대 인생의 '아까운' 젊음이 활짝 피어나는 시기가 바로 지금이다. 인생의 가장 소중하고 중요한 시기인 것이다.

어른들은 그대를 볼 때마다 허공을 쳐다보며 부러움인지 아쉬움인지 모를 목소리로 말한다.

"조오홀(좋을) 때다!"

그토록 좋은 시기라는 것은 가능성 때문이다. 그대는 연마하기에 따라 값어치를 매길 수 없는 광채를 내뿜을 원석이다. 그대가 만약 대학에 있다면, 더욱 큰 축복이다. 대학은 원석을 갈고닦아 가장 찬란한 광채를 내뿜을 수 있도록 하는, '최선의 자기'를 발견하는 곳이므로, 대학에서는 육중한 교문의 푸른 녹슬음, 우람한 교정 느티나무의 푸르름조차 가르침을 준다. 그래서 대학이 좋고 그 대학에 다니는 그대의 젊음이 좋다.

나는 『행복한 논어 읽기』의 머리말에 책을 쓰게 된 이유를 다음과 같이 밝혔다.

첫째, 논어의 중요성을 쉽게 알리고 싶었기 때문이다.

나는 이미 출간된 논어에 관한 책들을 보면서 논어 자체의 해석에 치중한 책들이 대부분이어서, 한자를 모르는 사람들에게는 접근 자체가 어렵다는 것을 알았다. 그래서 논어의 뜻을 잘 살리되 관심을 유도하기 위해 가능하면 한자 표현은 줄이고 쉬운 말로 해석을 시도하기 위해 현대적인 사례를 실었다. 고전과 현대를 연결하는 퓨전 형식으로 접근했다.

둘째, 논어의 핵심 50개 정도만 기본적으로 알리고 싶었다.

논어는 읽으면 읽을수록 삶의 지혜가 무궁무진함을 느낀다. 논어의 매력에 심취되어 논어를 1,000번 이상 읽은 경영자도 있다. 그러나 이처럼 지혜의 광맥인 논어도 관심을 갖지 않으면 무용지물이 되고 만다. 우선 핵심이 되는 50개 정도를 목표로 했다. 이 내용들을 이해한 후에 더 관심이 있는 독자는 논어 원전으로 갈 수 있도록 설계했다.

셋째, 중국인과 아시아인을 만날 때 공통의 화제를 제공하기 위함이다.

중국은 이미 경제 대국으로 부상했고, 그야말로 우리에게 위험과 기회의 나라이다. 중국은 우리에게 엄청난 위협이 되고 있지만 잘 활용하면 위대한 기회가 될 수 있음도 사실이다. 나는 중국의 공무원들에게 10여 차례 자기계발과 리더십에 대한 강의를 했다. 중국의 시장 등 공무원들에게 강의할 때 논어를 몇 마디 언급하면 반응이 무척 좋았다. 논어를 알면 대단히 품격이 높은 사람으로 예우해주는 것도 알게 되었다. 중국과 일본을 비롯한 아시아 사람들을 만날 때 의사소통의 도구로서 논어는 진가를 발휘할 수 있다고 본다.

맺음말은 에필로그라고도 한다. 이 부분도 책을 고르기 전에 한 번 읽어보는 부분이다. 내용을 요약할 수도 있다. 아니면 글을 쓰는 과정에서 생겼던 일들을 에피소드 중심으로 정리하기도 한다. 마지막 부분이기 때문에 책을 덮으면서 여운을 남기도록 써야 한다. 정신과 의사 윤홍균 원장은 『자존감 수업』에서 에필로그를 이렇게 마무리하고 있다.

고단한 사자를 보는데 눈물이 찔끔했다. 내가 그렇게 부러워했던 사자였는데, 사자처럼 되고 싶었는데, 정작 사자는 하루하루를 힘들게 버티면서 살아가고 있었다.

어쩌면 우리 삶도 그렇지 않을까 하는 생각이 든다. 지금 한국 사회를 살아가는 우리 모두는 슬픈 사자의 삶을 살고 있는지도 모르겠다. 세상의 중심에 서 있고 싶고, 가족은 나만 믿고 있는데 알고 보니 세상엔 우리를 위협하는 것 투성이다. 지금도 힘겨운데 매번 전력 질주를 해야 하고, 누굴 앞질러야만 살아남을 수 있다. 우리는 지금 지친 사자처럼 대한민국이라는 정글에서 버티고 있다.

그러나 이렇게 생각하면 어떨까. 지금은 잠시 고된 육아의 생활전선에서 지쳐가지만, 우리는 모두 사자보다 멋지고 뛰어난 왕이다. 가족에겐 누구와도 바꿀 수 없는 소중한 아들딸이자 부모, 배우자이고, 많은 위기를 견뎌낸 전사이자 꿋꿋하게 삶을 지켜낸 영웅이다. 가끔은 예기치 못한 공격에 중심을 잃기도 하고, 슬픔과 절망 속에서 울부짖기도 하겠지만 왕이라는 사실에는 변함이 없다. 불 꺼진 방 안에서 숨죽여 울어도 괜찮다. 약해서가 아니다. 인간이라 그렇다.

어떤 순간에도 잊지 말자. 당신은 밀림의 왕이다. 세상의 중심이다. 당신은 세상에서 단 하나뿐인 소중한 존재다.

화제가 된 책 몇 권의 머리말과 맺음말을 읽고 참고하여 작성하면 도움이 된다. 머리말과 맺음말을 쓰는 것은 쉽지 않은 과정이다. 그만큼 중요하고 신경을 많이 쓰지 않을 수 없는 부분이다.

08
저자 소개도 중요하다

원고를 다 쓰고 나서 마지막으로 할 일이 책 표지의 앞날개에 들어갈 저자 소개 글을 다시 쓰는 일이다. 처음에 기획안을 만들 때 작성했던 소개 글을 보완하는 작업이다.

이 부분도 대단히 중요하다. 우리가 서점에 가서 책을 고를 때를 생각해 보자. 책 제목을 보고 그다음에는 저자 이름과 출판사를 본다. 페이지를 넘긴 후 보는 곳이 바로 책의 날개다. 독자들은 이 부분에서 저자를 평가하게 된다. 과연 믿을 만한가를 따지고 싶은 것이다.

최근에는 저자 약력만 소개하는 경우는 드물다. 책을 쓰게 된 배경이나 저자에 대해 짤막하게 전달하여 독자가 글을 읽고 싶은 충동을 느끼게 만든다. 책 앞날개는 그래서 중요하다. 궁금증을 유발하는 문구를 전해야 한다.

나 역시 책을 마무리하면서 이 부분에 많은 신경을 썼다. 『행복한 성경 읽기』의 앞날개 부분을 살펴보자.

> "성경은 참 재미있어요. 읽고 또 읽어도 지루하지 않아요."
> 성경을 읽으면 졸린다는 사람들도 있다. 하지만 성경의 배경과 핵심을 보고 성경을 읽으면 그렇게 재미있을 수가 없다. 베스트셀러 『감자탕교회 이야기』로 화제를 모았던 저자는 성경을 매일 읽으면서 성경 말씀이 삶 속에서 살아 움직이는 것을 느낀다.
> 성경을 통해 매일 새 힘을 얻는 그는 늘 행복하다는 말을 달고 다닌다. 사람들에게 행복한 성경 이야기를 전하고 싶어 책을 쓰게 되었다.

또, 날개 부분은 머리말이나 본문 중 인상적인 내용을 발췌하여 사용하기도 한다. 다음은 이지훈 기자가 쓴 『혼·창·통』의 '책을 펴내며' 중에서 뽑은 내용이다.

> 최고의 기업을 이끄는 경영자들, 세계적 일가를 이룬 석학들, 모든 대가의 성공비결엔 공통된 키워드가 있다! 혼·창·통, 그동안 필자는 수많은 세계 초일류기업 CEO와 경제경영계 석학들을 인터뷰했다.
> 그런데 어느 순간, 대가들의 이야기에서 늘 일관되게 흐르는 공통적인 메시지를 발견했다. 대가들은 저마다 다른 분야에서 활동하고 있고, 생각도 달랐다. 하지만 그들이 이야기하는 성공과 성취의

비결엔 공통의 키워드가 있었다. 혼·창·통이 그것이다.

우리나라 코칭업계의 선두주자인 홍의숙 인코칭 대표는 『리더의 마음』으로 관심을 모았다. 이 책에서는 저자 소개를 어떻게 하고 있을까.

27년 동안 대한민국 주요 기업과 조직에 리더십 코칭을 해왔다. 대한민국 최초로 해외에 코칭 콘텐츠를 수출하고 코칭 분야를 폭넓게 개척하며 그 공로를 인정받아 한국코치협회 올해의 코치상, 교육과학기술부 장관상, 여성과학부 장관상, 여성벤처 유공자 중소기업청장 표창, 한국언론인연합회 자랑스러운 한국인상, 지식산업 부문 대상 등 유수의 상을 수상하였다. 대한리더십학회 부회장과 여성벤처협회 수석부회장을 역임하고 이노비즈협회 등에서 활발히 활동하고 있다.

수많은 리더들의 고민을 들으며 기업의 진정한 변화와 발전을 연구해왔으며, 화이트칼라 코칭 리더십에 이어 블루칼라 코칭 리더십을 국내 최초로 전파하며 활발하게 영역을 넓히고 있다.

2002년 '홍의숙의 CEO코칭'을 시작으로 주요 매체에 칼럼을 기고해 왔고, 『리더의 마음 코칭이 조직을 살린다』, 『코칭의 5가지 비밀』, 『초심』, 『핸드백 속 스니커즈(공저)』 등 리더십 코칭에 관한 10여 권이 넘는 책을 집필했다.

추천사도 중요하다. 중요한 인물이 추천하면 그만큼 신뢰성이 높아지기 때문이다. 추천사는 머리말 앞에 한두 페이지 정도로 길게 쓰는 경우와 표지 뒷면에 서너 줄 정도로 짧게 쓰는 경우가 있다. 화제가 된 책들을 샘플로 삼아 결정하면 된다.

책을 처음 내는 경우는 그 분야에서 명성이 있는 사람이 추천을 해주면 그만큼 신뢰도가 커진다. 추천사를 부탁할 때 책의 내용과 함께 추천사의 방향과 원고지 몇 매라고 구체적으로 요청을 하는 게 좋다. 그렇지 않으면 너무 길게 쓰거나 짧게 쓸 수 있기 때문이다.

추천사를 쓰는 입장에서는 추천의 글을 쓰는 것 자체가 큰 부담이 된다. 책을 다 읽고 내용을 써야 하므로 쉬운 일이 아니다. 추천사를 써주는 사람들은 바쁜 사람들이라는 점을 인식하고 가능하면 책의 내용을 잘 파악할 수 있도록 세심한 배려가 필요하다. 이렇게 하면 추천사를 쓰는 부담은 그만큼 줄어들 수 있다.

09
적합한 출판사를 선정하라

원고가 준비되었다고 일이 다 끝나는 것은 아니다. 책을 인쇄할 출판사를 정해야 한다. 책을 내는 데는 다양한 출판의 형태가 있다. 우선 저자가 비용을 부담하는 정도에 따라 자비출판과 상업 출판으로 나눌 수 있다. 자비출판은 저자가 출판 비용 전부를 부담한다. 저자가 모든 비용을 부담하므로 책 제목, 표지 디자인, 인세 등에서 저자의 의도를 주도적으로 반영할 수 있다.

상업 출판은 기획출판이라고 한다. 기획출판은 출판사가 출판 비용을 전부 부담하므로 저자는 일체의 비용 부담 없이 인세를 받게 된다. 인세는 저자의 영향력에 따라 다르나 정가의 5~10% 선에서 결정된다. 저자가 가장 선호하는 형태의 출판이다. 요즘에는 출판계의 불황이 깊어지면서 기획출판의 경우에도 저자와 출판사가 출판 비용을 분담하는 경우도 있다.

또한, 출판사는 편의상 규모별로 대형 출판사와 중소형 출판사로 나눌 수 있다. 여기에는 어떤 차이가 있을까? 대형 출판사나 중소형 출판사는 기획력에서는 큰 차이가 없고, 홍보능력에서 차이가 있다. 대형 출판사에서 기획출판으로 책을 낼 수 있다면 큰 행운이 아닐 수 없다. 하지만 대형 출판사에서 책을 내는 것은 쉬운 일이 아니다. 책을 내고 싶어 하는 사람이 너무 많기 때문이다. 지명도가 없으면 접근 자체가 어렵다. 지명도가 있더라도 책이 팔릴 확률이 낮으면 긍정적인 답변을 얻기가 힘들다.

나는 대형 출판사에서 주로 기획출판의 형태로 책을 냈기 때문에 많은 사람들이 책 발간을 부탁해 왔다. 소개도 많이 해주었다. 하지만 실제로 책 발간까지 연결되는 사례는 많지 않았다. 사장은 좋다고 하는데 실무자인 팀장이 반대하는 경우도 있다. 자신이 만든 책이 잘 팔리면 출판사에서 위상이 올라간다. 반면에 안 팔리면 고생은 고생대로 하고 위상에도 문제가 생긴다. 이러다 보니 실무 책임자 입장에서는 내용이 좋으면서도 잘 팔릴 수 있는 책에 관심을 갖지 않을 수 없다.

실제로 모 출판사에서 내가 아는 분이 출판하도록 주선을 한 적이 있다. 사장은 좋다고 하는데, 실무자의 반대에 부딪혔다. 그 책이 내용은 좋은데 많이 팔릴 책이 아니라는 것이다. 그래서 포기할 수밖에 없었다.

그만큼 대형 출판사의 벽은 높다는 사실을 알아야 한다. 그러나 내용이 좋다면 얼마든지 가능성은 있다. 출판사는 기본적으로 좋은 원고를 찾아내는 것을 가장 중요한 업무로 생각하기 때문이다. 다만 초보자가 책을 낼 확률이 낮을 뿐이다.

한편 중소형 출판사는 규모가 작아 대형 출판사에 비해 상대적으로 기획력이나 홍보능력이 떨어질 수 있다. 신간 도서는 홍보가 잘 되지 않으면 독자의 관심을 끄는 게 어렵다. 그러나 중소형 출판사의 장점은 진입 장벽이 높지 않다는 점이다. 또, 중소형 출판사 사장들은 대부분 대형 출판사에서 편집을 담당했던 사람들이다. 책을 만드는 능력에서 대형 출판사 못지않은 실력을 갖고 있고, 직접 출간 과정에 세심하게 참여하기 때문에 질 높은 책을 만들 수 있다. 그리고 대형 출판사처럼 책 광고를 내기는 어렵지만 인맥을 활용하여 나름대로의 홍보 능력을 발휘할 수 있다. 잔잔한 홍보를 할 수 있는 것이다.

따라서 처음에는 중소형 출판사에서 경험을 쌓은 후 대형 출판사로 가는 방법도 있다. 아무래도 책을 한 번 내본 경험이 있는 사람은 그 책이 자신을 홍보해 주기 때문에 다음 책을 발간하는 것이 그만큼 쉬워진다. 중소형 출판사든, 대형 출판사든 중요한 것은 콘텐츠다. 글의 내용이 좋으면 어디서든 각광받을 기회는 있다. 실제로 중소형 출판사에서 책을 내 베스트셀러의 반열에 오른 책도 있다.

『내 인생의 첫 책 쓰기』의 저자인 오병곤·홍승완 씨는 좋은 출판사를 고르는 기준을 세 가지로 제시했다. 첫째, 출판사가 저자와 책의 내용에 대해 가지는 관심과 애정이다. 둘째, 해당 출판사의 차별화된 역량이다. 셋째, 자신의 책과 출판사의 궁합이다. 저자들은 그들의 경험을 다음과 같이 솔직하게 털어놓았다.

첫 책을 내는 사람이라면 누구나 한 번쯤 출판 거절을 경험한다. 우리 역시 마찬가지였다. 10년 넘게 직장생활을 했고 어느 정도 일에 대한 전문성도 갖췄다고 자부했지만 책을 낸 경험이 없어 막막했다.

책의 서문과 목차, 그리고 원고 몇 꼭지를 쓴 다음 서너 군데 출판사와 접촉했지만 반응은 차갑기 그지없었다. 한순간에 기대가 무너지고 캄캄해졌다. 책을 제대로 쓰고 난 후에 다시 접촉하리라 결심했다. 내용이 좋으면 거절할 리 없다는 생각으로 책을 계속 써 내려갔다. 책을 다 쓴 후 출판사와 접촉한 결과 두 군데 출판사에서 책을 내자고 제안해 왔다.

책을 출간할 때 저자가 지명도가 있고 출판 경험이 풍부하면 출판사에서 책을 내줄 확률이 높다. 반면에 경력이 없는 무명작가가 책을 내기란 쉽지 않은 일이다. 하지만 반드시 그런 것만도 아니다. 매력적인 원고를 쓰면 어떤 출판사든 관심을 갖게 마련이다. 그러므로 출판사가 첫 번째 독자라고 생각하고 출판사를 끌어당기는 전략을 짜야 한다. 출판사를 만족시키지 못하면 독자의 눈에 들 수 없다.

어떤 출판사를 만나든 출판사의 역할은 중요하다. 원고를 가지고 편집을 하여 책을 마케팅하기까지 전 과정을 출판사가 책임지고 있기 때문이다. 출판사는 교정도 하고 글을 부드럽게 하는 윤문 작업도 담당한다. 출판사의 편집자는 풍부한 경험으로 책의 구성에 도움을 준다. 책 제목과 목차 잡기, 그리고 이야기의 전개에 있어서 출판사의 역할은 소중하다. 그래서 자신에게 적합한 출판사와 좋은 편집자를 만나는 것은 행운이라고 할 수 있다.

10
출판기념회를 준비하라

책 쓰기는 목표관리가 중요하다. 책을 내겠다는 마음을 먹었다면 집중해야 한다. 그런데 책을 쓰는 과정이 순탄치만은 않다. 슬럼프가 찾아온다. 글이 잘 써지지 않으면 괜히 시작한 것 같은 회의와 좌절감이 밀려오기도 한다. 그럴 때 슬럼프를 극복하고 집중하는 방법 중의 하나가 출판기념회 날짜를 정하는 것이다.

흔히 출판기념회라고 하면 정치인이나 저명인사들이 호텔이나 문화회관에서 거창하게 하는 경우를 떠올리기 쉽다. 하지만 꼭 그렇게 생각할 필요는 없다. 가까운 친지들을 초청해서 조촐하게 하는 경우도 있다. 아니면 가족과 함께 조용히 기념회를 가져도 충분하다.

전문가라면 1년 정도 집중해서 준비하면 책을 낼 수 있다. 길게 잡아 2~3년이면 웬만한 책은 낼 수 있다. 의미 있는 날, 예를 들면 회사 창립 30주년, 입사 10년, 결혼 30주년, 회갑, 고희 등 자신이 축하하

고 싶은 날을 선택하여 출판기념회를 계획한다. 기한이 정해져 있어
야 긴장도 되고 비로소 책을 낼 수 있다. 날짜가 정해지면 역산해서
일정을 정한다.

"출판기념회 날짜를 정하세요."

내가 책 쓰기를 안내하면서 꼭 강조하는 말이다. 처음에는 놀라는
반응을 보인다. 물론 날짜를 정하고 계획대로 되지 않을 때도 있다.
하지만 데드라인deadline에 대한 인식을 하게 되어 결국에는 책을 내게
된다. 그리고 많은 분들이 책을 내고 나서 고백한다.

"출판기념회 날짜를 정하지 않았으면 책 나오는 게 어려웠을 것
같아요. 정말 데드라인의 효과를 실감했어요. 결국, 책 쓰기가 목표
관리라는 것을 절실히 느꼈습니다. 데드라인의 신비한 힘을 알려주
어서 감사합니다."

신기하게도 데드라인을 정하면 모든 에너지가 집중되기 때문에
목표를 이루는 효과가 크다. 이를 '데드라인 효과'라고 한다. 책 쓰기
는 1년 목표관리에 해당한다. 힘들고 어려워 포기하고 싶을 때는 출
판기념회에서 가까운 사람들이 진심으로 축하해 주는 장면을 떠올
려보자. 피로를 잊을 수 있다. '정신일도하사불성精神一到何事不成', 정신
을 한 곳에 기울이면 어떤 일이라도 이룰 수 있다고 했다. 책 쓰는 일
이야말로 집중하면 놀라운 효과가 있다.

나는 조찬학습문화의 원조이고 지방자치단체 사회교육의 개척자

인 인간개발연구원 창립자 장만기 회장께 출판기념회 날짜를 정하고 책을 내도록 건의하여 『아름다운 사람, 당신이 희망입니다』가 나왔다. 책이 나오고서 장 회장은 출판기념회를 했다. 워낙 인맥이 넓고 존경받는 인물이라 많은 분들이 참석하여 축하해 주었다. 그동안 관계를 맺어왔던 사람들이 대부분 찾아와서 잊을 수 없는 출판기념회가 되었다. 그 후 몇 년이 지나 안타깝게도 장 회장께서 돌아가셨다. 코로나의 상황이라 장례식에는 유족의 뜻에 따라 가족과 소수의 지인만이 참석했다. 장 회장의 딸인 장소영 상무는 장례식 후 이렇게 말했다.

"코로나 때문에 장례식은 가족 중심으로 치렀어요. 하지만 저희 가족은 아쉬운 마음이 전혀 들지 않았어요. 몇 년 전 아버님 출판기념회 때 아시는 분들이 많이 오셔서 기쁜 마음으로 축하해 주신 덕분에 그때 인사를 다 하셨어요. 돌아보니 건강하실 때 책을 내서서 축하받으시고 사랑받으신 모습이 사진과 영상에 다 있어 영광스럽고 감사한 마음뿐입니다. 그래서 출판기념회에 대해 다시 생각하게 되었어요."

성도GL의 김남춘 회장은 『미스터 보증수표』 책을 발간하고 멋있는 출판기념회를 열었다. 초청 인사는 친지와 가족을 포함해서 50명을 넘지 않았다. 친하게 지내온 고향 친구들, 학교 동창들을 초청했고, 사업을 하면서 가까이 지낸 사람들과 책을 내는 데 도움을 준 사람들을 초대했다. 순서는 축사, 격려사, 서평, 저자의 소감 나누기로 진행되었다.

출판기념회에 일정한 격식은 없다. 자신의 형편에 맞게 하면 된다. 그리고 책을 쓰는 과정에서 책 쓰기의 마지막은 출판기념회라는 사실을 명심하자. 자신의 이름으로 당당하게 세상에 나올 책을 상상하면서 출판기념회 때 참석자들에게 전하고 싶은 저자의 소감과 감사의 인사말을 준비해 보자.

바쁘신 중에도 귀한 시간을 내어서 부족한 사람의 출판기념회에 참석해 주시니 정말 감사합니다. 처음에 제가 책을 쓴다는 것은 있을 수 없는 일이라고 생각했습니다. 글을 쓰는 것도 힘들었고요.

그런데 제 이름으로 된 책을 보니 저의 모든 것이 이 책 속에 녹아 있다는 것을 느꼈습니다. 제가 평범한 삶을 살아오면서 가졌던 철학과 가치관과 원칙들을 정리해 보았습니다.

책을 보고 또 보면서 기록의 마력을 실감할 수 있었습니다. 제 머릿속에만 있었던 기억들이 살아나 저에게 이야기를 해주고 있습니다. 신기한 경험을 할 수 있었습니다. 그리고 여기에 계신 분들께서 책을 아직 안 쓰셨다면 꼭 책을 써보시라고 권유해 드리고 싶습니다.

항상 건강하시고 행복하세요. 감사합니다!

저자의 기쁨과 '1인 1책 쓰기 운동'

"책을 읽고 정말 감동받았습니다."

"저자를 직접 만나다니 영광입니다."

"책에 사인 좀 해주세요."

저자가 되고 나서 듣게 되는 말이다. 사인할 때의 기쁨을 어찌 다 말로 표현할 수 있을까. 책을 내지 않았다면 이런 기쁨은 상상하지도 못할 일이다.

글쓰기와 책 쓰기는 우리의 생각과 행동을 변화시킨다. 저자가 되고 나니 억울하고 화나는 일들이 상당 부분 없어졌다고 고백하는 사람들이 많다. 공자는 『논어』에서 '인부지이불온 불역군자호人不知而不慍 不亦君子乎', 남이 알아주지 않아도 화를 내지 않으면 군자가 아니겠냐고 강조했다. 남이 알아주지 않을 때 화를 내면 소인이 되고, 화를 내지 않으면 군자가 된다는 뜻이다.

글을 쓰면 군자가 될 확률이 높다. 아무리 억울하고 화나는 일도 글을 쓰다 보면 봄눈 녹듯이 마음이 정리되기 때문이다. 글쓰기는 치유하는 효과가 있다. 나 역시 글을 쓰고 책을 내면서 사람들에 대한 관심과 이해심이 높아졌다.

저자가 되면 무엇이 달라질까. 베스트셀러가 되든 안 되든 일단 책을 내고 나면 자신감이 생긴다. 어려운 일을 해냈다는 성취감도 찾아온다. 많은 사람들이 책을 내고 싶어 하지만 막상 책을 내는 사람은 소수다. 그 대열에 속했다는 것이 얼마나 가슴 벅찬 일인가.

또, 책을 쓰면 몸값이 올라간다. '저자'라는 프리미엄이 붙는다. 어디에 가든 당당해지고 가족에게도 큰 자긍심을 심어준다. 전문가 대우를 받으면서 강의 요청도 들어온다. 책 한 권을 쓰고 나면 그다음 책부터는 쉬워진다.

"책을 쓰지 않았으면 어떻게 되었을까?"

나 또한 가끔 생각해 본다. 아마도 조용한 생활을 하고 있을 것이다. 하지만 책을 냄으로써 인생이 바뀌었다. 노사문제, 인사관리, 임금관리 등 전공 서적만 써오다가 일반인을 위한 책을 쓰면서 소통의 대상이 넓어졌다. 인간관계, 자기계발, 리더십으로 영역을 확대하며 많은 책을 쓰게 되었다. 나는 지금도 쓰고 싶은 책이 많다.

이제 책 쓰기는 나의 사명이 되었다. 즉, 나의 사명은 책을 쓰는 일이고 남들이 책 쓰는 일을 돕는 데 있다. '책 쓰기 전도사!' 나에게 붙여진 자랑스러운 별명이다. 나는 나를 만나는 사람들이 책을 쓰겠다는 목표를 정하도록 하는 게 꿈이다. 이를 위해 '에세이클럽'을 만들었고 '책과글쓰기대학'으로 발전시켜 '1인 1책 쓰기 운동'을 전개하고 있다.

내가 이런 꿈과 사명을 가졌다는 것 자체가 신기하다. 20여 년 전까지만 해도 글쓰기와 책 쓰기는 나와 아무런 상관이 없다고 생각했기 때문이다. 내가 원래부터 글쓰기에 소질이 있는 사람이었다면 글쓰기와 책 쓰기를 강조하는 내 말에 설득력이 떨어지리라. 하지만 나는 글 쓰는 재주를 부러워만 하다가 맨땅에 헤딩하는 식으로 글을 쓰고 책을 냈다. 문학 소년이었던 고등학교 친구가 내 책을 읽고 한 말이 생각난다.

"나는 고등학교 때 문학을 하며 글쓰기 연습을 참 많이 했었지. 너는 문학 근처에 가보지도 않았는데 작가가 되었고 나는 평범한 시민이 되었으니, 인생이란 게 참 묘하다는 생각이 드는구나."

저자가 되고 안 되고는 현재의 상황에 달려 있지 않다. 지금은 글을 쓰지 못하더라도 글을 쓰고 책을 내고 싶다는 꿈만 있으면 된다. 저자가 되고 못 되고는 책을 쓰겠다는 목표가 있느냐 없느냐에 달려 있다. 현재의 환경이나 상황은 중요하지 않다. 내가 꿈이 있느냐 없느냐가 중요하다.

여러분은 글을 쓰고 싶은가? 여러분은 책을 내고 싶은가? 이에 대한 불타는 욕구가 있다면 당장 컴퓨터 앞에 앉아 쓰기 시작하자. 노벨상 작가인 버나드 쇼의 묘비명대로 '우물쭈물하다가 내 이럴 줄 알았다'는 후회는 하지 않도록 하자. 실행이 답이다. 글쓰기를 위해 매일 신문이나 인터넷에서 좋은 칼럼 하나를 골라 분석하면서 읽어보자. 그리고 책 쓰기를 위해 다음 세 가지를 정하고 시작하자.

첫째, 책 제목을 정한다.
둘째, 차례가 될 세부 목차 50개를 작성한다.
셋째, 출판기념회 날짜를 잡는다.

이 세 가지만 정하면 책 쓰기의 50%는 준비된 거나 마찬가지다. 나머지는 쓰면 된다. 특히 CEO와 전문가들, 자서전을 쓰고 싶은 사람들은 책을 내도록 노력해야 한다. 이들은 직원들에게, 또 세상을 향해 하고 싶은 이야기가 많은 사람들이다. 그 이야기를 말로 할 것인가, 글로 할 것인가는 결국 선택의 문제다. 호랑이는 죽어서 가죽을 남기고 사람은 죽어서 이름을 남긴다고 했다. 기록하지 않으면 기억되지 않는다. 책을 통해 기록을 남기고 자신의 운명을 바꾸자. '1인 1책 쓰기 운동'에 적극적으로 동참하자.

CEO와 전문가들뿐만 아니라 미래의 CEO와 전문가인 젊은 직장인들도 글쓰기와 책 쓰기가 최고의 자기계발임을 인식하고 깊은 관심을 갖자. 그리고 리더십의 권위자인 미국 LMI 폴 마이어 회장이 한 말을 가슴에 새기면서 책 쓰기에 도전해 보자.

"당신이 원하는 꿈을 생생하게 상상하고, 간절히 바라고, 굳게 믿고, 열의를 다해 행동하면 그것이 무슨 일이든 반드시 이루어진다."

'행복에너지'의 해피 대한민국 프로젝트!
〈모교 책 보내기 운동〉

대한민국의 뿌리, 대한민국의 미래 **청소년·청년**들에게 **책**을 보내주세요.

많은 학교의 도서관이 가난해지고 있습니다. 그만큼 학생들의 마음
또한 가난해지고 있습니다. 지금 학교 도서관에는 색이 바랜 오래된 책
들이 쌓여 있습니다. 이런 책을 우리 학생들이 얼마나 읽고 싶어 할까요?
게임과 스마트폰에 중독된 초등과 중등학생들, 입시 위주의 교육에서 시
험에만 매달리는 고등학생들, 치열한 취업 준비에 매몰되어 책 읽을 시간
조차 없는 대학생들. 이런 상황에서도 학생들이 책을 읽고 꿈을 꾸고 도
전할 수 있도록 책을 읽는 환경을 조성해야 합니다.

한 권의 책은 한 사람의 인생을 바꾸는 힘을 가지고 있습니다. 한 사람
의 인생이 바뀌면 한 나라의 국운이 바뀝니다. **저희 행복에너지에서는 베
스트셀러와 각종 기관에서 우수도서로 선정된 도서를 중심으로 〈모교
책 보내기 운동〉을 펼치고 있습니다.** 대한민국의 미래, 젊은이들에게
좋은 책을 보내주십시오. 독자 여러분의 자랑스러운 모교에 보내진 한 권
의 책은 더 크게 성장할 대한민국의 발판이 될 것입니다.

젊은 꿈나무들을 사랑하시는 독자 여러분의 많은 관심과 참여를 부탁
드립니다.

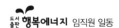

도서출판 **행복에너지** 임직원 일동